Fique comigo

Ayọ̀bámi Adébáyọ̀

Fique comigo

Tradução
MARINA VARGAS

RIO DE JANEIRO, 2025

Título original: Stay With Me
Copyright © Ayòbámi Adébáyò, 2017
Copyright da tradução © Casa dos Livros, 2018

Direitos de edição da obra em língua portuguesa no Brasil adquiridos pela Casa dos Livros Editora LTDA. Todos os direitos reservados.

Nenhuma parte desta obra pode ser propriada e estocada em sistema de banco de dados ou processo similar, em qualquer forma ou meio, seja eletrônico, de fotocópia, gravação etc., sem a permissão do detentor do copyright.

Esta é uma obra de ficção. Os nomes, personagens e incidentes nele retratados são frutos da imaginação da autora. Qualquer semelhança com pessoas reais, vivas ou não, eventos ou locais é uma coincidência.

Contatos:
Rua da Quitanda, 86, sala 601A — Centro — 20091-005
Rio de Janeiro — RJ
Tel.: (21) 3175-1030

Diretora editorial
Raquel Cozer

Gerente Editorial
Alice Mello

Copidesque
Dênis Rubra

Revisão
Ulisses Teixeira
Anna Beatriz Seihe

Diagramação
Abreu's System

Design de Capa
Janet Hansen

Adaptação de Capa
Osmane Garcia Filho

CIP-Brasil. Catalogação na Publicação
Sindicato Nacional dos Editores de Livros, RJ

A181f

Adébáyò, Ayòbámi, 1988-
Fique comigo / Ayòbámi Adébáyò ; tradução Marina Vargas. – 1. ed. – Rio de Janeiro : Harper Collins, 2018.
240 p. ; 21 cm.

Tradução de: Stay with me
ISBN 978-85-950-8320-2

1. Romance nigeriano. I. Vargas, Marina. II. Título.

18-51950
CDD: 828.996691
CDU: 82-31(669.1)

Vanessa Mafra Xavier Salgado – Bibliotecária – CRB-7/6644

Para minha mãe, a Dra. Olusola Famurewa, que continua a fazer da nossa casa um país de maravilhas cujos cômodos transbordam de livros, amor e gratidão.

E em memória do meu pai, o Sr. Adebayo Famurewa, que deixou uma biblioteca e um legado: ainda sinto sua falta.

parte 1

1

JOS, DEZEMBRO DE 2008

Devo deixar esta cidade hoje para ir ao seu encontro. Minhas malas estão prontas, e os cômodos vazios me lembram de que eu deveria ter partido uma semana atrás. Musa, meu motorista, dormiu na guarita do segurança todas as noites desde a última sexta-feira, esperando que eu o acordasse ao amanhecer para podermos partir pontualmente. Mas minhas malas ainda estão na sala de estar, acumulando poeira.

Doei a maior parte do que adquiri aqui — móveis, aparelhos eletrônicos, até mesmo peças de acabamento da casa — para as cabeleireiras que trabalhavam em meu salão. Então, todas as noites, já faz uma semana, me reviro na cama sem ter nem ao menos uma televisão para encurtar minhas horas insones.

Há uma casa esperando por mim em Ifé, bem em frente à universidade onde você e eu nos conhecemos. Eu a imagino agora, uma casa não tão diferente desta, os vários cômodos projetados para abrigar uma família numerosa: marido, mulher e muitos filhos. Eu deveria ter partido um dia depois que meus secadores de cabelo foram desmontados. O plano era passar uma semana arrumando meu novo salão e mobiliando a casa. Queria que minha nova vida estivesse em ordem antes de vê-lo novamente.

Não que eu tenha me afeiçoado a este lugar. Não vou sentir falta dos poucos amigos que fiz, das pessoas que não conhecem a mulher que eu era antes de vir para cá, dos homens que ao longo dos anos pensaram estar apaixonados por mim. Depois que partir, provavelmente não vou nem ao menos me lembrar do homem que me pediu em casamento. Ninguém aqui sabe que ainda sou casada com você. Eu só lhes conto um fragmento da história: eu era estéril e meu marido tomou outra esposa. Ninguém perguntou mais, então nunca lhes contei sobre meus filhos.

Tenho vontade de ir embora desde que os três jovens do National Youth Service foram mortos. Decidi fechar meu salão e a joalheria antes mesmo de saber o que ia fazer em seguida, antes de o convite para o funeral de seu pai chegar como um mapa me indicando o caminho. Memorizei os nomes dos três jovens e o que cada um deles estudava na universidade. Minha Olamide teria mais ou menos a idade deles; ela também estaria terminando a universidade a esta altura. Quando leio sobre eles, penso nela.

Akin, me pergunto muitas vezes se você também pensa nela.

Ainda que o sono não venha, todas as noites fecho os olhos e fragmentos da vida que deixei para trás voltam. Vejo as fronhas com estampa de batik em nosso quarto, nossos vizinhos e sua família, que por um período insensato achei que também era minha. Eu vejo você. Esta noite, vejo o abajur que você me deu algumas semanas depois que nos casamos. Eu não conseguia dormir no escuro, e você tinha pesadelos se deixássemos as lâmpadas fluorescentes acesas. Aquele abajur foi a sua concessão. Você o comprou sem me dizer que tinha encontrado uma solução, sem me perguntar se eu queria um abajur. E, enquanto eu acariciava a base de bronze e admirava os painéis de vidro que formavam a cúpula, me perguntou o que eu levaria comigo se nossa casa estivesse pegando fogo. Eu não pensei antes de dizer *nosso bebê*, mesmo que ainda não tivéssemos filhos. *O quê*, você disse, *não quem*. Mas pareceu um pouco magoado com o fato de, ao pensar que se tratava de uma pessoa, eu não ter considerado salvá-lo.

Eu me forço a sair da cama e tiro a camisola. Não vou desperdiçar nem mais um minuto. As perguntas que você precisa responder, aquelas que sufoquei por mais de uma década, apressam meus passos enquanto pego a bolsa e vou para a sala de estar.

Há dezessete malas, prontas para serem colocadas no carro. Olho para elas, lembrando-me do conteúdo de cada uma. Se esta casa estivesse pegando fogo, o que eu levaria? Preciso pensar a respeito, porque a primeira coisa que me vem à mente é *nada*. Escolho a pequena mala que planejei levar comigo para o funeral e uma bolsa de couro cheia de joias de ouro. Musa pode levar o resto da bagagem para mim em outra ocasião.

É isto, então: quinze anos aqui e, embora minha casa não esteja pegando fogo, tudo que vou levar comigo é uma sacola de ouro e uma muda de roupa. As coisas que importam estão dentro de mim, encerradas em meu peito como em um túmulo, onde permanecerão para sempre, meu baú de tesouros sepultados.

Saio de casa. O ar está gelado e no horizonte o céu escuro está adquirindo um tom violeta com o nascer do sol. Musa está encostado no carro, limpando os dentes com um palito. Ele cospe em uma caneca quando me aproximo e guarda o palito no bolso do paletó. Abre a porta do carro, nos cumprimentamos e eu me sento no banco de trás.

Musa liga o rádio e procura uma estação. Escolhe uma na qual a transmissão do dia está começando com a execução do hino nacional. O porteiro acena quando saímos do condomínio. A estrada se estende diante de nós, envolta em um manto de escuridão que se desbota na aurora, enquanto me leva de volta para você.

2
ILESA, 1985 EM DIANTE

Logo percebi que eles tinham vindo preparados para a guerra. Eu os via através dos painéis de vidro da porta. Ouvia-os tagarelar. Por quase um minuto inteiro, não pareceram notar que eu estava de pé do outro lado. Tive vontade de deixá-los lá fora e voltar para o andar de cima, para dormir. Talvez, se ficassem tempo suficiente no sol, eles derretessem em poças de lama negra. As nádegas de Iya Martha eram tão grandes que, ao derreter, cobririam por inteiro os degraus de cimento que levavam até a nossa porta.

Iya Martha era uma de minhas quatro mães; era a esposa mais velha de meu pai. O homem que a acompanhava era Baba Lola, tio de Akin. Ambos tinham as costas curvadas contra o sol e os rostos tornados odiosos por uma carranca de determinação. No entanto, assim que abri a porta, pararam de tagarelar e sorriram. Eu podia adivinhar as primeiras palavras que iam sair da boca da mulher. Sabia que seria uma demonstração exagerada de um vínculo que nunca tinha existido entre nós.

— Yejide, minha filha preciosa! — disse Iya Martha com um grande sorriso, cobrindo minhas bochechas com suas mãos úmidas e gordas.

Sorri de volta, ajoelhando-me para cumprimentá-los.

— Bem-vindos, bem-vindos. Hoje Deus deve ter acordado pensando em mim. É por isso que estão aqui — falei, curvando-me de novo em uma reverência depois que eles entraram e se acomodaram na sala de estar.

Eles riram.

— Onde está o seu marido? Nós o encontramos em casa? — perguntou Baba Lola, olhando em volta como se eu pudesse ter escondido Akin sob uma cadeira.

— Sim, senhor, ele está lá em cima. Vou chamá-lo, mas antes servirei algo para beberem. O que devo preparar para comerem? Purê de inhame?

O homem olhou de relance para minha madrasta como se, ao ensaiar o drama que estava prestes a ser encenado, não houvesse lido aquela parte do roteiro.

Iya Martha balançou a cabeça, enfática.

— Não podemos comer. Vá chamar seu marido. Temos coisas importantes para discutir com vocês dois.

Eu sorri, saí da sala de estar e fui em direção à escada. Imaginava quais eram as "coisas importantes" que eles tinham vindo discutir. Vários parentes do meu marido já tinham ido até nossa casa para discutir a mesma questão. A discussão consistia em eles falarem enquanto eu ouvia, de joelhos. Nessas ocasiões, Akin fingia ouvir e tomar notas enquanto, na realidade, redigia uma lista de coisas a fazer no dia seguinte. Ninguém naquela série de delegações sabia ler nem escrever, e todos se sentiam intimidados por quem sabia. Ficavam impressionados com o fato de Akin escrever suas palavras. E, às vezes, quando ele parava de escrever, a pessoa que estava falando naquele momento se queixava de sua falta de respeito ao não tomar nota de nada. Muitas vezes durante aquelas visitas meu marido planejava a agenda da semana inteira, enquanto eu sentia cãibras terríveis nas pernas.

As visitas irritavam Akin, que tinha vontade de mandar seus parentes cuidarem da própria vida. Mas eu não permitia. As longas discussões de fato me davam cãibras nas pernas, mas pelo menos faziam com que me sentisse parte de sua família. Até aquela tarde, ninguém de minha família tinha me feito aquele tipo de visita desde que eu me casara.

Enquanto subia as escadas, pensei que a presença de Iya Martha significava que um novo argumento estava prestes a ser apresentado. Eu não precisava de seus conselhos. Minha casa estava muito bem sem as coisas importantes que eles tinham a dizer. Eu não queria ouvir a voz rouca de Baba Lola sendo forçada entre um acesso de tosse e outro, nem ver mais um lampejo dos dentes de Iya Martha.

Eu achava que já tinha ouvido tudo que havia para ouvir e tinha certeza de que meu marido sentia o mesmo. Fiquei surpresa ao encontrar Akin acordado. Ele trabalhava seis dias por semana e passava a maior parte dos domingos dormindo. Quando entrei em nosso quarto, porém, ele estava andando de um lado para o outro.

— Você sabia que eles viriam hoje?

Olhei para o rosto dele em busca da familiar mistura de horror e irritação que demonstrava sempre que uma delegação especial ia nos visitar.

— Eles estão aqui?

Ele parou e uniu as mãos atrás da nuca. Nada de horror, nada de irritação. O quarto começou a me parecer abafado.

— Você sabia que eles viriam? E não me disse nada?

— Vamos descer.

Ele saiu do quarto.

— Akin, o que foi? O que está acontecendo? — perguntei enquanto ele saía.

Sentei-me na cama, apoiei a cabeça entre as mãos e tentei respirar. Fiquei assim até ouvir a voz de Akin me chamando. Desci para juntar-me a ele na sala de estar e abri um sorriso, mas não um sorriso tão largo a ponto de mostrar os dentes, apenas uma discreta elevação dos cantos da boca. Do tipo que diz: *Ainda que vocês, velhos, não saibam nada sobre o meu casamento, estou feliz, não, extasiada por ouvir todas as coisas importantes que têm a dizer a respeito. Afinal, sou uma boa esposa.*

De início não a notei, ainda que estivesse empoleirada na beirada da poltrona de Iya Martha. Ela era clara, de um amarelo pálido como o interior de uma manga ainda não madura. Seus lábios finos estavam cobertos de batom vermelho cor de sangue.

Inclinei-me na direção de meu marido. Seu corpo estava rígido, e ele não me envolveu com os braços para me puxar para mais perto. Tentei descobrir de onde a mulher amarela tinha saído, e por um minuto insano me perguntei se Iya Martha a teria mantido escondida sob as roupas quando entrou.

— Querida esposa, nossa gente diz que quando um homem possui uma coisa e essa coisa se torna duas, ele não fica aborrecido, certo? — disse Baba Lola.

Assenti, sorrindo.

— Bem, querida esposa, esta é a nova esposa. É preciso uma criança para chamar outra criança para este mundo. Quem sabe o rei no céu não responde às suas preces graças a essa esposa? Quando ela engravidar e tiver um filho, temos certeza de que você também terá um — continuou Baba Lola.

Iya Martha concordou com um aceno de cabeça.

— Yejide, minha filha, pensamos sobre esse assunto e adiamos essa decisão muitas vezes, a família de seu marido e eu. E suas outras mães.

Fechei os olhos. Eu estava prestes a despertar do transe. Quando os abri, a mulher amarelo-manga ainda estava lá, um pouco embaçada, mas ainda lá. Fiquei atordoada.

Eu esperava que eles falassem sobre o fato de eu ainda não ter filhos. Estava armada com milhões de sorrisos. Sorrisos de desculpa, sorrisos para despertar compaixão, sorrisos de seja-feita-a-vontade-de-Deus — pense em todos os sorrisos falsos necessários para sobreviver a uma tarde com um grupo de pessoas que afirmam querer o seu bem ao mesmo tempo que enfiam o dedo em sua ferida aberta: eu os tinha todos preparados. Estava pronta para ouvi-los dizer que eu precisava fazer alguma coisa a respeito da minha situação. Esperava que me recomendassem um novo pastor; uma nova montanha na qual eu poderia rezar; um velho curandeiro em uma aldeia remota ou em uma cidade distante com quem eu poderia me consultar. Eu estava armada com sorrisos para os lábios, o brilho apropriado de lágrimas para os olhos e fungadelas para o nariz. Estava disposta a fechar meu salão de cabeleireiro durante a semana seguinte e sair em busca de um milagre com minha sogra a reboque. O que eu não esperava era outra mulher sorridente na sala, uma mulher amarela com a boca vermelho-sangue que sorria como uma nova esposa.

Desejei que minha sogra estivesse lá. A única mulher que eu já tinha chamado de *Moomi*. Eu a visitava com mais frequência do que seu próprio filho. Ela estava comigo quando meu permanente recém-feito foi lavado na corrente de um rio por um sacerdote cuja teoria era que eu tinha sido amaldiçoada por minha mãe antes de ela morrer, minutos depois de me dar à luz. Moomi estava lá comigo quando passei três dias sentada sobre um tapete de oração, entoando sem parar palavras que não compreendia até desmaiar no terceiro dia, interrompendo o que deveria ter sido uma semana de jejum e vigília.

Enquanto me restabelecia em uma ala do Hospital Wesley Guild, ela segurava minha mão e me pedia que rezasse para ter forças. A vida de uma boa mãe é dura, dizia, e uma mulher pode ser uma péssima esposa, mas não uma mãe ruim. Moomi me disse que, antes de pedir a Deus que me desse um filho, eu deveria pedir a graça de ser capaz de sofrer por esse filho. Falou que, se eu desmaiava após três dias de jejum, era porque ainda não estava pronta para ser mãe.

Dei-me conta então de que ela não havia desmaiado no terceiro dia porque provavelmente já fizera várias vezes aquele tipo de jejum em nome dos filhos para agradar a Deus. Naquele momento, as linhas escavadas em torno dos olhos e da boca de Moomi me pareceram sinistras e começaram a significar muito mais para mim do que apenas sinais da idade. Eu estava dilacerada. Queria ser o que eu nunca tinha sido. Queria ser mãe, queria que meus olhos brilhassem de alegrias secretas e de sabedoria como os de Moomi. Mas toda aquela sua conversa sobre sofrimento me aterrorizou.

— Ela é muito mais nova do que você — disse Iya Martha, inclinando-se para a frente em sua poltrona. — Como gostam de você, Yejide, os parentes de seu marido sabem seu valor. Eles me disseram que reconhecem que você é uma boa esposa na casa de seu marido.

Baba Lola limpou a garganta.

— Yejide, eu quero tecer-lhe elogios pessoalmente. Quero reconhecer seus esforços para garantir que nosso filho, quando morrer, deixe um filho como legado. É por isso que sabemos que você não vai considerar essa nova esposa uma rival. Ela se chama Funmilayo, e nós sabemos, nós confiamos, que você a receberá como uma irmã mais nova.

— Uma amiga — disse Iya Martha.

— Uma filha — acrescentou Baba Lola.

Iya Martha deu tapinhas nas costas de Funmi.

— *Oya*, vá cumprimentar sua *iyale*.

Eu estremeci quando Iya Martha se referiu a mim como *iyale* de Funmi. A palavra crepitou em meus ouvidos, *iyale*: *primeira* esposa. Era um título que me marcava como uma mulher que não bastava para meu marido.

Funmi veio se sentar ao meu lado no sofá.

Baba Lola balançou a cabeça.

— Ajoelhe-se, Funmi. Mesmo vinte anos depois de o trem ter começado sua jornada, a terra estará sempre à frente dele. Yejide está à sua frente em todos os sentidos nesta casa.

Ajoelhando-se, Funmi colocou as mãos em meus joelhos e sorriu. Minhas mãos coçaram de vontade de arrancar-lhe o sorriso do rosto com uma bofetada.

Eu me virei para olhar nos olhos de Akin, esperando que de alguma forma ele não fosse cúmplice daquela emboscada. Seus olhos encontraram os meus em uma súplica silenciosa. Meu sorriso, já tímido, se desfez. A cólera apertou meu coração, envolvendo-o com suas mãos de fogo. Minha cabeça latejava bem no espaço entre meus olhos.

— Akin, você sabia disso? — perguntei em inglês, excluindo os dois anciãos, que falavam apenas iorubá.

Akin não disse nada, apenas coçou a ponte do nariz com o dedo indicador.

Olhei em volta em busca de algo no que me concentrar. As cortinas de renda branca com bordas azuis, o sofá cinza, o tapete combinando no qual havia uma mancha de café que eu estava tentando remover havia mais de um ano. Estava muito longe do centro para ser coberta pela mesa e muito longe da borda para ser escondida pelas poltronas. Funmi usava um vestido bege, da mesma tonalidade que a mancha de café, da mesma tonalidade que a blusa que eu estava usando. Suas mãos estavam logo abaixo dos meus joelhos, envolvendo minhas pernas nuas. Eu não conseguia olhar além de suas mãos, além das mangas longas e bufantes de seu vestido. Não conseguia olhar para seu rosto.

— Abrace-a, Yejide.

Eu não sabia ao certo quem tinha acabado de falar. Minha cabeça estava em chamas, cada vez mais quente, prestes a entrar em ebulição. Qualquer um poderia ter dito aquelas palavras: Iya Martha, Baba Lola, Deus. Eu não me importava.

Voltei-me para meu marido novamente.

— Akin, você sabia disso? Você sabia e não teve coragem de me dizer. Você sabia? Seu filho da mãe. Depois de tudo! Seu filho da mãe miserável!

Akin segurou minha mão antes que ela golpeasse seu rosto.

Não foi a indignação no grito de Iya Martha que fez com que eu me calasse. Foi a ternura com que o polegar de Akin acariciou minha palma. Eu desviei o olhar.

— O que ela disse? — perguntou Baba Lola, pedindo que a nova esposa traduzisse.

— Yejide, por favor — disse Akin, apertando minha mão.

— Ela disse que ele é um filho da mãe — traduziu Funmi em um sussurro, como se as palavras queimassem e pesassem em sua boca.

Iya Martha gritou e cobriu o rosto com as mãos. Eu não me deixei enganar por sua encenação. Sabia que por dentro se regozijava. Tinha certeza de que passaria semanas repetindo o que testemunhara para as outras esposas de meu pai.

— Não deve desrespeitar seu marido. Não importa o que aconteça, ele sempre será seu marido. O que mais pode querer que ele faça por você? Não foi por sua causa que ele arrumou um apartamento para Funmi ficar, quando tem uma casa de dois andares bastante grande? — Iya Martha olhou ao redor, estendendo os braços para indicar minha grande residência caso eu não tivesse compreendido a referência que ela fizera à casa cuja metade do aluguel eu pagava todos os meses. — Você, Yejide, deveria ser grata ao seu marido.

Iya Martha tinha parado de falar, mas sua boca ainda estava aberta. Quando uma pessoa se aproximava o suficiente, podia sentir que aquela boca emanava um bafo insuportável, um cheiro de urina velha. Baba Lola tinha escolhido se sentar a uma distância segura dela.

Eu sabia que deveria me ajoelhar, curvar minha cabeça como uma garotinha sendo castigada e dizer que sentia muito por ter insultado meu marido e sua mãe em um fôlego só. Eles teriam aceitado minhas desculpas — eu poderia ter dito que a culpa era do demônio, ou do clima, ou de minhas novas tranças, que estavam muito apertadas, fazendo minha cabeça doer e me forçando a desrespeitar meu marido diante deles. Mas meu corpo inteiro estava contraído como uma mão artrítica, e eu simplesmente não conseguia obrigá-lo a assumir formas que não queria assumir. Então, pela primeira vez, ignorei a ofensa de um parente e me levantei quando todos esperavam que eu me ajoelhasse. Quando fiquei de pé, me senti ainda mais alta.

— Vou preparar a comida — falei, recusando-me a perguntar mais uma vez o que eles queriam comer.

Agora que tinham apresentado Funmi, Baba Lola e Iya Martha podiam aceitar uma refeição. Eu não tinha intenção de preparar uma coisa para cada pessoa, então preparei para eles o que quis. Servi-lhes ensopado de feijão. Misturei feijões que havia feito três dias antes, e que estava planejando jogar fora, ao caldo recém-cozido. Eu sabia que eles iam notar que a mistura estava com um gosto um pouco ruim, mas contava com a culpa que Baba Lola mascarava como indignação diante do meu comportamento e com a alegria que Iya Martha estava escondendo sob suas demonstrações de consternação para que eles continuassem comendo. Para ajudá-los a engolir os alimentos, ajoelhei-me e pedi desculpas aos dois. Iya Martha sorriu e disse que teria se recusado a comer se eu tivesse continuado a me comportar como uma menina de rua. Eu me desculpei novamente e, para reforçar, abracei a mulher amarela; ela cheirava a óleo de coco e baunilha. Enquanto os observava comer, bebi um pouco de malte da garrafa. Fiquei desapontada por Akin ter se recusado a tocar a comida.

Quando eles se queixaram, dizendo que teriam preferido purê de inhame com ensopado de legumes e peixe seco, ignorei o olhar de Akin. Em qualquer outro dia, eu teria voltado para a cozinha para amassar o inhame. Naquela tarde, porém, tive vontade de dizer-lhes que se levantassem e amassassem o inhame eles mesmos, se era purê de inhame o que realmente queriam. Engoli as palavras que queimavam em minha garganta com goles de malte e falei que não podia amassar o inhame porque tinha torcido o pulso no dia anterior.

— Mas você não nos contou nada disso quando chegamos — disse Iya Martha, coçando o queixo. — Você mesma se ofereceu para nos servir purê de inhame.

— Ela deve ter se esquecido da torção. Estava com muita dor ontem. Pensei até em levá-la ao hospital — interveio Akin, sustentando minha mentira bastante óbvia.

Eles devoraram os feijões como crianças famintas e me aconselharam a ir ao hospital para ter o pulso examinado. Apenas Funmi fez uma careta depois de comer a primeira colherada de feijão e olhou para mim com suspeita. Nossos olhares se encontraram, e ela abriu um largo sorriso contornado de vermelho.

Depois que recolhi os pratos vazios, Baba Lola explicou que, como não sabia ao certo quanto tempo a visita iria durar, não tinha se dado ao trabalho de combinar com o motorista de táxi que os levara até lá de voltar para buscá-los. Tinha presumido, como os parentes costumam fazer, que Akin assumiria a responsabilidade de levá-los para casa.

Pouco depois, chegou a hora de Akin levar todos embora. Eu os acompanhei até o carro, e Akin, fazendo tilintar as chaves no bolso da calça, perguntou se todos estavam de acordo com o caminho que ele pretendia fazer. Sua intenção era deixar Baba Lola na Ilaje Street e, em seguida, levar Iya Martha até Ifé. Percebi que ele não disse nada sobre o lugar onde Funmi vivia. Quando Iya Martha disse que a rota que meu marido tinha escolhido era a melhor opção, Akin destrancou as portas do carro e se sentou no banco do motorista.

Contive o desejo de arrancar os cachos *jheri* de Funmi quando ela se aboletou no banco da frente ao lado de meu marido e empurrou para o chão a pequena almofada que eu sempre mantinha ali. Cerrei os punhos enquanto Akin partia, deixando-me sozinha na nuvem de poeira que havia levantado.

*

— O que você deu a eles? — gritou Akin.

— Bem-vindo de volta, marido — falei.

Eu tinha acabado de jantar. Recolhi os pratos e fui para a cozinha.

— Você sabia que estão todos com diarreia? Fui obrigado a parar ao lado de um matagal para eles cagarem. Um matagal! — disse ele, seguindo-me até a cozinha.

— E o que há de tão inédito nisso? Por acaso todos os seus parentes têm banheiro em casa? Eles não cagam no mato nem em estrumeiras? — gritei, atirando os pratos na pia de metal.

O som da louça se quebrando foi seguido de silêncio. Um dos pratos se partiu ao meio. Corri o dedo sobre a borda quebrada. Senti quando me cortou. Meu sangue manchou a borda irregular.

— Yejide, tente entender. Você sabe que eu não quis magoá-la — disse ele.

— Que língua você está falando? Hausa ou chinês? Porque eu não estou entendendo. Comece a dizer algo que eu consiga entender, Sr. Marido.

— Pare de me chamar assim.

— Eu o chamo como quiser. Pelo menos ainda é meu marido. Ah, mas talvez não seja mais meu marido. Perdi essa notícia também? Devo ligar o rádio ou está passando na televisão? Ou no jornal?

Deixei cair o prato quebrado na lixeira de plástico que ficava ao lado da pia. Virei-me para encará-lo.

Sua testa brilhava com gotas de suor que escorriam pelas bochechas e se acumulavam no queixo. Ele batia o pé no ritmo de alguma batida furiosa em sua cabeça. Os músculos do rosto se moviam no mesmo ritmo conforme ele contraía e relaxava a mandíbula.

— Você me chamou de filho da mãe na frente do meu tio. Me desrespeitou.

A raiva em sua voz me abalou, me ofendeu. Eu tinha pensado que o tremor de seu corpo significava que ele estava nervoso — costumava ser assim. Esperava que significasse que ele estava arrependido, que se sentia culpado.

— Você trouxe uma nova esposa para esta casa e é você quem está com raiva? Quando se casou com ela? Ano passado? Mês passado? Quando planejava me contar? Hein? Seu filho da...

— Não diga isso, mulher, não diga essa palavra. Eu devia colocar um cadeado na sua boca.

— Bem, já que não tenho um, vou dizer, seu maldito filho...

A mão dele cobriu minha boca.

— Está bem, eu sinto muito. Eu estava em uma situação difícil. Você sabe que não tenho intenção de traí-la, Yejide. Sabe que não vou, não vou fazer isso. Prometo.

Ele começou a rir. Um som fragmentado e patético.

Tirei sua mão do meu rosto. Ele segurou minha mão, esfregando a palma contra a minha. Tive vontade de chorar.

— Você tomou outra esposa, pagou o dote e se curvou diante de sua família. Eu acho que isso já foi uma traição.

Ele colocou minha palma sobre o coração; estava batendo rápido.

— Isso não é trair você; eu não tenho uma nova esposa. Acredite, vai ser melhor assim. Minha mãe vai parar de pressioná-la para ter filhos — sussurrou ele.

— Absurdos e mentiras.

Recolhi minha mão bruscamente e saí da cozinha.

— Se isso faz com que se sinta melhor, Funmi não conseguiu chegar ao mato a tempo. Ela emporcalhou o vestido.

Eu não me senti melhor. Não me sentiria melhor durante muito tempo. Já estava me desfazendo, como um lenço amarrado às pressas que se afrouxa e cai no chão antes que o dono perceba.

3

Yejide foi criada em um sábado. Quando Deus teve tempo o bastante para pintá-la de um ébano perfeito. Não havia dúvida. A obra final era prova viva.

Na primeira vez que a vi, quis tocar seu joelho por cima do jeans e dizer-lhe ali mesmo: "Meu nome é Akin Ajayi. Eu vou me casar com você."

Yejide tinha uma elegância natural. Era a única garota da fileira que não tinha a postura desleixada. Mantinha o queixo erguido em vez de se inclinar de lado para se apoiar no braço laranja da poltrona. Sentava-se com a coluna ereta, os ombros retos, as mãos unidas diante do umbigo de fora. Eu não conseguia acreditar que não a notara lá embaixo, na fila da bilheteria.

Yejide olhou para a esquerda alguns minutos antes de as luzes se apagarem, e nossos olhares se encontraram. Ela não desviou o olhar como eu esperava, então me endireitei. Ela me esquadrinhou de cima a baixo, me avaliando, mas não bastou que tivesse sorrido para mim antes de se virar para a tela do cinema. Eu queria mais.

Ela parecia não perceber o efeito que tinha. Parecia ignorar como eu a admirava, fascinado, já pensando nas melhores palavras para convencê-la a sair comigo.

Infelizmente, não consegui falar com ela de imediato. As luzes se apagaram no momento que encontrei as palavras que estava procurando. E entre mim e Yejide estava sentada a garota com quem eu estava saindo na época.

Terminei com a garota naquela noite mesmo, logo após o filme, no foyer do Oduduwa Hall, em Ifé, enquanto a multidão que havia ido até lá para assistir ao filme passava por nós.

— Sinto muito, mas terá que voltar sozinha para o seu alojamento. Nos vemos amanhã — falei.

Uni as mãos em um pedido de desculpas, embora não estivesse arrependido. Nunca me arrependeria. E a deixei plantada lá, com a boca entreaberta.

Abri caminho pela multidão. Procurava pela linda jovem de jeans azul, sandálias plataforma e uma camiseta branca que deixava o umbigo à mostra. E a encontrei. Yejide e eu nos casamos antes do fim daquele ano.

Amei Yejide desde o primeiro momento. Não tenho dúvida. Mas há coisas que nem mesmo o amor é capaz de fazer. Antes de me casar, eu acreditava que o amor podia tudo. Porém, logo descobri que ele não era capaz de suportar o peso de quatro anos sem filhos. Quando o fardo é pesado demais e o carregamos por muito tempo, até mesmo o amor se verga, racha, fica prestes a se despedaçar, e às vezes se despedaça de fato. Mas, mesmo quando está em mil pedaços aos nossos pés, não significa que não seja mais amor.

Depois de quatro anos, ninguém se importava mais com o amor. Nem minha mãe, que não parava de falar sobre minha responsabilidade para com ela como primogênito. Lembrava-me dos nove meses durante os quais o único mundo que conheci ficava dentro dela. E recordava o sofrimento dos últimos três meses, como não conseguia ficar confortável na cama e tinha que passar as noites em uma poltrona coberta de almofadas.

Pouco tempo depois, Moomi começou a falar sobre Juwon, meu meio-irmão, o primeiro filho da segunda esposa de meu pai. Fazia anos que Moomi não o usava como exemplo. Quando eu era mais novo, ela falava dele o tempo todo. *Juwon nunca chega em casa com o uniforme sujo; por que sua camisa está suja? Juwon nunca perdeu as sandálias de ir para a escola; este é o terceiro par que você perde só este trimestre. Juwon sempre chega em casa antes das três; aonde você vai depois da escola? Por que Juwon chegou em casa com prêmios e você não? Você é o primogênito da família, sabe o que isso significa? Sabe realmente o que isso significa? Quer que ele ocupe seu lugar?*

Ela parou de falar de Juwon quando ele decidiu aprender um ofício depois de terminar a escola, porque sua mãe não tinha dinheiro para pagar a universidade. Acho que Moomi percebeu que um garoto que estava treinando para se tornar carpinteiro nunca estaria à altura de seus filhos educados na universidade. Ela passou anos sem mencionar Juwon, e parecia ter perdido o interesse em sua vida até o momento em que decidiu que eu precisava tomar outra esposa. Então ela me disse, como se eu já não soubesse, que Juwon já tinha quatro filhos, todos meninos. E, dessa vez, não se limitou a falar de Juwon, mas me lembrou de que àquela altura todos os meus meios-irmãos já tinham filhos.

Quando eu já estava casado com Yejide havia dois anos, minha mãe começou a aparecer em meu escritório na primeira segunda-feira de cada mês. Ela não ia sozinha. A cada vez levava uma nova mulher junto, uma potencial segunda esposa. Nunca deixava de aparecer na primeira segunda-feira. Nem quando estava doente. Tínhamos um acordo. Contanto que eu continuasse a permitir que ela levasse as mulheres até o meu escritório, ela não constrangeria minha esposa, aparecendo em nossa casa com uma de suas candidatas, nem falaria com Yejide sobre seus esforços.

Quando minha mãe ameaçou começar a visitar minha esposa todas as semanas com uma nova mulher se eu não escolhesse uma das candidatas no prazo de um mês, fui obrigado a tomar uma decisão. Eu sabia que minha mãe não era uma mulher de fazer ameaças vazias. Sabia também que Yejide não ia suportar esse tipo de pressão. Isso a teria destruído. De todas as garotas que minha mãe fez desfilarem por meu escritório naqueles meses, Funmi foi a única que não insistiu em morar com Yejide e comigo. Funmi era a escolha óbvia porque não queria muito de mim. Pelo menos não no início.

Ela era uma concessão fácil. Aceitou um apartamento separado, a quilômetros de distância de Yejide e de mim. Não pediu mais do que um fim de semana a cada mês e uma mesada razoável. Concordou que nunca seria a esposa que me acompanharia a festas e compromissos públicos.

Não vi Funmi por meses depois de concordar em me casar com ela. Eu lhe disse que tinha muitas coisas para resolver no trabalho e ficaria um tempo sem poder visitá-la. Alguém devia tê-la convencido de que "uma esposa paciente ganha o coração do marido no final". Ela não discutiu; apenas esperou até que eu aceitasse a ideia de que ela agora fazia parte da minha vida.

Com Yejide, tudo tinha sido mais imediato. Passei o primeiro mês depois de conhecê-la dirigindo duas horas todos os dias apenas para ficar um pouco com ela. Saía do escritório às cinco e dirigia por cerca de trinta minutos até Ifé. Levava mais quinze minutos para atravessar a cidade e chegar aos portões da universidade. Em geral, entrava no quarto F101 do Moremi Hall cerca de uma hora depois de ter saído de Ilesa.

Fiz isso todos os dias até que, uma noite, Yejide saiu para o corredor e fechou a porta atrás de si em vez de me convidar para entrar. Ela me disse para nunca mais voltar, que nunca mais queria me ver. Mas não me dei por vencido. Todos os dias durante onze dias, me apresentei diante do quarto F101, sorrindo para suas colegas e tentando convencê-las a me deixar entrar.

No décimo segundo dia, ela abriu a porta e saiu para falar comigo no corredor. Ficamos lado a lado enquanto eu implorava que ela me dissesse o que eu tinha feito de errado. Uma mistura de odores vindos da cozinha e dos banheiros flutuava em nossa direção.

Descobri que a garota que eu namorava antes de conhecê-la tinha ido até o quarto de Yejide para ameaçá-la. A garota dissera que tínhamos nos casado em uma cerimônia tradicional.

— A poligamia não me interessa — disse Yejide na noite em que finalmente me explicou o que estava acontecendo.

Outra garota teria encontrado uma maneira de dizer indiretamente que queria ser uma esposa única. Mas não Yejide; ela era franca e direta.

— A mim também não — falei.

— Olhe, Akin. Vamos esquecer isso. Essa coisa... nós. Essa *coisa*.

— Eu não sou casado. Olhe para mim. Por favor, olhe para mim. Se você quiser, podemos ir ao quarto daquela garota agora mesmo, para que eu possa confrontá-la e exigir que mostre as fotos do casamento.

— O nome dela é Bisade.

— Não me interessa.

Yejide ficou em silêncio por um tempo. Ela se apoiou contra a porta, observando as pessoas que iam e vinham pelo corredor.

Toquei o ombro dela, que não se afastou.

— Então, eu fui uma idiota — disse ela.

— Você me deve um pedido de desculpas — falei.

Eu não estava falando sério. Nosso relacionamento ainda estava naquele estágio em que não importava quem estava certo e quem estava errado. Não tínhamos ainda chegado ao ponto em que decidir quem precisava se desculpar dava início a outra briga.

— Desculpe, mas você sabe como as pessoas são... desculpe.

Ela se apoiou em mim.

— Tudo bem.

Eu sorri enquanto seu polegar desenhava círculos invisíveis em meu braço.

— Então, Akin, agora você pode me confessar todos os seus segredos, sujos ou imaculados. Quem sabe uma mulher tenha filhos seus em algum lugar...

Havia coisas que eu poderia ter contado a ela. Coisas que eu devia ter contado a ela. Sorri.

— Eu tenho algumas meias e cuecas sujas. E você? Alguma calcinha suja?

Ela balançou a cabeça.

E eu finalmente disse as palavras que dançavam em minha língua desde o primeiro momento... ou uma variante delas.

— Yejide Makinde, vou me casar com você.

4

Durante um tempo, não aceitei o fato de ter me tornado uma *primeira* esposa, uma *iyale*. Iya Martha era a primeira esposa de meu pai. Quando eu era criança, achava que ela era a esposa mais infeliz da família. E, quando cresci, minha opinião não mudou. No funeral de meu pai, ela ficou ao lado da sepultura recém-cavada, com os olhos estreitos ainda mais apertados, amaldiçoando todas as mulheres que ele tinha tomado como esposas depois de se casar com ela. Começou, como sempre, com minha mãe, havia muito falecida, já que ela foi a segunda, aquela que fez de Iya Martha a *primeira dentre* não exatamente *iguais*.

Eu me recusava a pensar em mim mesma como uma primeira esposa.

Era fácil fingir que Funmi não existia. Eu continuava a acordar com meu marido deitado de barriga para cima ao meu lado na cama, as pernas esparramadas e um travesseiro sobre o rosto para bloquear a luz do abajur em minha cabeceira. Eu beliscava seu pescoço até ele se levantar e ir para o banheiro, respondendo ao meu bom-dia com um aceno de cabeça ou de mão. Ele não conseguia raciocinar logo cedo, era incapaz de juntar duas palavras antes de tomar uma xícara de café ou um banho frio.

Algumas semanas depois que Funmi entrou em nossa casa pela primeira vez, nosso telefone tocou pouco antes da meia-noite. Quando por fim me sentei na cama, Akin já estava no meio do quarto. Puxei a cordinha do abajur duas vezes para acender as quatro lâmpadas, que inundaram o quarto de luz. Akin tinha atendido o telefone e franzia a testa enquanto ouvia a pessoa do outro lado da linha.

Depois de colocar o telefone novamente no gancho, veio se sentar ao meu lado na cama.

— Era Aliyu, o diretor de operações da sede, em Lagos. Ele me ligou para dizer que não devemos abrir o banco para o público amanhã. — Ele suspirou. — Houve um golpe.

— Ah, meu Deus — falei.

Ficamos em silêncio por um tempo. Eu me perguntei se alguém teria morrido, se nos meses seguintes haveria caos e violência. Embora fosse muito jovem para me lembrar dos acontecimentos, eu sabia que os golpes de 1966 tinham acabado por empurrar o país para uma guerra civil. Confortei-me pensando em como, depois do último golpe, que apenas vinte meses antes tinha tornado o general Buhari chefe de Estado, a tensão se dissipara em poucos dias. Na época, o país tinha decidido que estava cansado do governo civil corrupto que Buhari e seus colegas tinham deposto.

— Mas é certo que os conspiradores conseguiram tomar o poder?

— Parece que sim. Aliyu disse que inclusive já prenderam Buhari.

— Vamos torcer para esses não matarem ninguém.

Puxei o cordão do abajur uma vez, apagando três das quatro lâmpadas.

— Este país! — Akin suspirou enquanto se levantava. — Vou descer e verificar se as portas estão trancadas outra vez.

— E quem está no comando agora?

Eu me deitei na cama, embora não fosse conseguir voltar a dormir.

— Ele não disse nada sobre isso. Vamos ficar sabendo pela manhã.

Não ficamos sabendo de nada pela manhã. Às seis, um oficial do Exército fez um pronunciamento condenando o governo anterior, mas não disse nada sobre o novo. Akin foi para o escritório logo após a transmissão, de forma a chegar ao trabalho antes que começassem os eventuais protestos. Fiquei em casa: sabia que minhas cabeleireiras em treinamento não iam aparecer no salão depois de ouvir as notícias naquela manhã. Deixei o rádio ligado e tentei telefonar para todas as pessoas que conhecia em Lagos para ter certeza de que estavam sãs e salvas, mas àquela altura as linhas já tinham sido cortadas e eu não consegui falar com ninguém. Devo ter pegado no sono depois de ouvir o noticiário do meio-dia. Quando acordei, Akin já estava em casa. Foi ele quem me informou que Ibrahim Babangida era o novo chefe de Estado.

A coisa mais estranha nas semanas seguintes foi o fato de Babangida se referir a si mesmo, e passar a ser identificado, não apenas como chefe de Estado, mas presidente, como se o golpe equivalesse a uma eleição. No geral, as coisas pareciam continuar como de costume e, assim como o restante do país, meu marido e eu voltamos à nossa rotina habitual.

Na maioria dos dias de semana, Akin e eu tomávamos juntos o café da manhã, que geralmente consistia em ovos cozidos, torradas e muito café. Nós gostávamos do nosso café da mesma forma, em canecas vermelhas que combinavam com as pequenas flores do jogo americano, sem leite e com dois cubos de açúcar cada. Enquanto comíamos, falávamos sobre nossos planos para o dia que começava. Sobre chamar alguém para consertar a goteira no teto do banheiro, sobre os homens que Babangida havia nomeado para o Conselho Nacional de Ministros, sobre assassinar o cachorro do vizinho, que uivava a noite toda, sobre se a nova margarina que estávamos provando era gordurosa demais. Não falávamos sobre Funmi; não mencionávamos seu nome nem mesmo por engano. Após a refeição, levávamos juntos os pratos para a cozinha e os deixávamos na pia, para serem lavados depois. Então, lavávamos as mãos, trocávamos um breve beijo e voltávamos para a sala de estar. Na sala, Akin pegava o paletó, colocava-o sobre o ombro e saía para o trabalho. Eu subia para tomar banho e depois ia para meu salão. E assim continuamos, os dias se tornando semanas, as semanas um mês, como se nosso casamento ainda incluísse apenas nós dois.

Então, um dia, depois que Akin saiu para o trabalho, subi para tomar banho e descobri que uma parte do telhado havia desabado. Estava chovendo naquela manhã e a pressão da água da chuva acumulada naquele ponto devia ter finalmente rompido o amianto já encharcado, arrebentando o centro da área infiltrada pela umidade, de modo que a água jorrava para dentro da banheira. Tentei encontrar uma maneira de tomar banho naquela banheira mesmo assim, porque desde que me casara nunca tinha usado nenhum dos outros banheiros da casa. Mas continuava chovendo e o amianto rompido estava localizado de tal forma que eu não conseguia me encaixar em nenhum canto da minha própria banheira sem ser atingida pela água da chuva ou por pedaços de madeira e metal que entravam na banheira junto com a água.

Depois que liguei para o escritório de Akin e deixei uma mensagem com a secretária a respeito do telhado, pela primeira vez tomei banho no banheiro de hóspedes no fim do corredor. E ali, em um ambiente que não me era familiar, considerei a possibilidade de acabar tendo que tomar muitos banhos naquele pequeno boxe se Funmi começasse a aparecer em nossa casa e insistisse em passar a noite no quarto principal. Enxaguei a espuma e voltei para o quarto principal — meu quarto — para me vestir e ir ao trabalho. Quando dei uma olhada no estado do banheiro antes de descer as escadas, verifiquei que a situação não tinha piorado e que a água ainda estava caindo dentro da banheira.

Quando abri meu guarda-chuva e corri para o carro, o aguaceiro já tinha se tornado uma chuva torrencial; o vento soprava forte e tentava de todas as formas arrancar-me o guarda-chuva. Quando cheguei ao carro, meus sapatos estavam encharcados. Tirei-os e vesti as sapatilhas que costumava usar para dirigir. Virei a chave na ignição, mas nada aconteceu, ouvi apenas um clique inútil. Tentei várias vezes, sem sucesso.

Eu nunca tinha tido problemas com meu fiel fusca azul desde que o ganhara de presente de Akin depois que nos casamos. Meu marido o levava regularmente para a revisão e toda semana verificava o óleo e todo o resto. Do lado de fora continuava a cair um dilúvio; eu não conseguiria ir andando até o salão, mesmo que não ficasse muito longe de nossa casa. O vento já havia arrancado vários galhos das árvores no jardim de nosso vizinho e teria destruído meu guarda-chuva em poucos minutos. Então fiquei sentada no carro, observando outros galhos que tentavam resistir ao vento até serem arrancados e atirados no chão, ainda exuberantes e verdes.

Em momentos como aquele, momentos que não faziam parte da minha rotina, Funmi invadia meus pensamentos. E passava pela minha mente a ideia de que eu também me tornaria uma daquelas mulheres que acabavam sendo declaradas velhas demais para acompanhar o marido às festas. Mas, mesmo nessas ocasiões, eu conseguia capturar esses pensamentos e aprisioná-los em um canto da minha mente, em um lugar onde não podiam abrir as asas e encobrir a minha vida.

Naquela manhã, peguei um bloco de notas na bolsa e comecei a fazer uma lista de novos itens que precisava comprar para o salão. Estabeleci também um orçamento para meu projeto: tinha a intenção de expandir meu negócio e abrir novas unidades. Não adiantava pensar em Funmi; Akin tinha me garantido que ela não seria um problema, e até aquele momento nada havia acontecido para provar que ele estava errado. Eu não tinha contado a nenhuma das minhas amigas sobre Funmi. Quando falava com Sophia ou Chimdi ao telefone, conversávamos sobre meu negócio, sobre os filhos delas e sobre a promoção de Akin no trabalho. Chimdi era mãe solteira e Sophia era uma terceira esposa. Eu não achava que nenhuma das duas pudesse me dar algum conselho útil sobre minha situação.

O telhado desabado e o carro que se recusava a dar partida: se seu dia tivesse começado assim, Iya Martha teria voltado para o quarto e passado o dia de portas trancadas e janelas fechadas porque o universo estava tentando lhe dizer alguma coisa. O universo estava sempre tentando dizer alguma coisa àquela mulher. Mas eu não era Iya Martha, então, quando a chuva se reduziu a uma garoa, virei a chave na ignição uma última vez e saí do carro vestindo minhas sapatilhas. Com a bolsa a tiracolo, guarda-chuva em uma das mãos e sapatos molhados na outra, fui andando para o trabalho.

*

Meu salão guardava o calor de várias mulheres. Mulheres sentadas em cadeiras acolchoadas, à mercê e sob os cuidados do pente de madeira, do secador de cabelo, das minhas mãos e das mãos das aprendizes que eu estava treinando. Mulheres que liam livros em silêncio, mulheres que me chamavam de "querida irmã", mulheres que contavam piadas que me faziam rir mesmo vários dias depois. Eu amava aquele lugar — os pentes, os ferros de frisar, os espelhos em todas as paredes.

Comecei a ganhar dinheiro como cabeleireira durante o meu primeiro ano na Universidade de Ifé. Como a maioria das calouras, eu morava no Mozambique Hall. Todas as noites durante a primeira semana depois que me mudei para o alojamento, fui de quarto em quarto, dizendo às outras garotas que poderia trançar seus cabelos pela metade do preço que costumavam pagar no salão. Tudo o que eu tinha era um pequeno pente de madeira e, enquanto morei na universidade, a única outra coisa na qual investi foi em uma cadeira de plástico para minhas clientes se sentarem. Aquela cadeira foi a primeira coisa que levei comigo quando me mudei para o Moremi Hall, no segundo ano. Eu não ganhava o suficiente para comprar um secador, mas no meu terceiro ano estava faturando o suficiente para me sustentar. E sempre que Iya Martha decidia confiscar o dinheiro que meu pai me mandava por intermédio dela todos os meses, eu não passava fome.

Mudei-me para Ilesa depois do casamento e, embora fosse de carro para Ifé durante a semana para assistir às aulas, era impossível continuar com a atividade de cabeleireira como antes. Fiquei um tempo sem ganhar dinheiro algum. Não que precisasse: além do dinheiro para as despesas da casa, Akin me dava uma quantia generosa para meus gastos pessoais. Mas eu sentia falta do trabalho como cabeleireira e não me agradava saber que, se por algum motivo Akin deixasse de me dar a mesada, eu não teria o suficiente para comprar nem um chiclete.

Nos primeiros meses de nosso casamento, a irmã de Akin, Arinola, foi a única mulher cujos cabelos eu trancei. Ela se ofereceu muitas vezes para me pagar, mas eu recusava. Ela não gostava de estilos elaborados e sempre me pedia para trançar seus cabelos no clássico *suku*. Depois de algum tempo, trançá-los em linhas retas que eram interrompidas no meio da cabeça começou a me entediar. Então a persuadi a me deixar passar dez horas trançando seus fios em mil minúsculas tranças. Em uma semana, as colegas de Arinola na College of Education estavam implorando para que ela lhes apresentasse sua cabeleireira.

De início, eu atendia o crescente fluxo de mulheres sob um cajueiro em nosso quintal. Mas Akin logo encontrou um espaço que, ele me disse, seria perfeito para um salão. Eu relutava em abrir um salão de beleza de verdade, porque sabia que, até obter meu diploma, só poderia trabalhar lá nos fins de semana. Akin acabou me convencendo a dar uma olhada no lugar que ele tinha encontrado, e, assim que coloquei os pés lá, me dei conta de que era realmente perfeito. Tentei conter meu entusiasmo dizendo a ele que não era sensato gastar dinheiro com um lugar que ficaria fechado cinco dias por semana. Mas ele leu meus pensamentos e, algumas horas depois, estávamos de mãos dadas na sala de estar do senhorio enquanto ele negociava o aluguel.

Eu ainda estava usando aquele espaço quando ele se casou com Funmi. E naquela manhã, embora tivesse chegado mais tarde do que de costume por causa da chuva e do problema com o carro, fui a primeira a entrar no salão. Quando abri as portas, não vi nem sinal das minhas aprendizes. Elas costumavam chegar mais cedo para arrumar as coisas para o dia de trabalho, mas assim que acendi as luzes, ouvi o barulho da chuva aumentar até parecer que havia uma centena de cascos golpeando o telhado. Havia poucas chances de elas conseguirem atravessar a cidade antes de a chuva parar outra vez.

Liguei o rádio que meu pai me dera quando fui para a universidade. Estava quebrado em vários lugares, que eu colara com fita adesiva. Girei o dial até encontrar uma estação que tocava músicas que não reconheci. Em seguida, comecei a arrumar xampus e pomadas, potes de gel e ferros de frisar, tigelas de creme para relaxamento e latas de spray para cabelo.

Não me preocupei em verificar se o fato de ter andado na chuva tinha arruinado minhas tranças, apesar do guarda-chuva. Se me olhasse no espelho, eu teria que examinar o formato do meu rosto, meus olhos pequenos, meu nariz grande; o que havia de errado na curvatura do meu queixo ou em meus lábios, todos os milhares de motivos pelos quais um homem, especificamente Akin, poderia achar Funmi mais atraente. Eu não tinha tempo de me entregar à autopiedade, então continuei trabalhando, porque arrumar os equipamentos fazia com que minha mente se concentrasse em cabelos.

Depois que a chuva parou, as meninas foram aparecendo uma após a outra. A última delas chegou pouco antes de nossa primeira cliente aparecer. Peguei um pente de madeira, separei o cabelo da mulher ao meio, mergulhei dois dedos na pomada oleosa e comecei meu dia. Seus cabelos eram grossos e cheios, e crepitavam suavemente enquanto eu os trançava em pequenas fileiras que se uniam na nuca. Havia quatro pessoas esperando quando terminei. Passei de uma cabeça para outra, separando cabelos, trançando madeixas nos padrões desejados, aparando as pontas duplas e dando conselhos às aprendizes. Que felicidade. O tempo voou e logo já passava muito do meio-dia. Quando fiz uma pausa para o almoço, meus pulsos doíam — naquela manhã, quase todas as clientes quiseram fazer tranças e penteados elaborados, poucas foram até o salão apenas para lavar e fazer escova.

Naquela tarde, decidi comer arroz cozido em folhas de *eeran*, coberto com ensopado de óleo de palma. Havia uma mulher na rua que cozinhava tão bem esse tipo de arroz que, depois de comer os pedaços de peixe defumado e a pele de vaca do cozido, eu sempre tinha que conter o desejo de lamber as folhas. Era o tipo de comida que exigia que se fizesse uma pausa depois que o prato estava vazio e induzia a um estado de satisfação que me fez ficar olhando para o vazio enquanto ao meu redor o salão fervilhava de atividade. Do lado de fora, o céu ainda era de um azul violáceo ameaçador, embora a chuva finalmente tivesse parado. O ar frio entrava em correntes no salão e competia com os secadores de cabelo para determinar a temperatura do ambiente.

Quando ela entrou, pensei que fosse uma cliente. Ficou parada na porta por um momento, o céu nublado ao fundo como um mau agouro. Olhou em volta com o cenho franzido até me ver. Então sorriu e veio se ajoelhar a meu lado. Ela era tão bonita. Tinha o tipo de rosto que valorizava qualquer penteado, um rosto que no mercado fazia as outras mulheres a seguirem com olhares cheios de desejo, um rosto que induzia algumas a perguntar quem era sua cabeleireira.

— Bom dia, nossa mãe — disse Funmi.

Suas palavras me atingiram como uma facada. Eu não era sua mãe. Eu não era mãe de ninguém. Todos ainda me chamavam de Yejide. Eu não era Iya Isso ou Iya Aquilo. Ainda era apenas Yejide. Esse pensamento amarrou minha língua e me fez ter vontade de arrancar a dela. Anos antes, nada teria me impedido de dar-lhe um soco que a faria engolir todos os dentes. Quando estudava na Escola Secundária para Meninas de Ifé, eu era conhecida como Yejide Terror. Eu me envolvia em brigas dia sim, dia não. Naquela época, esperávamos até estarmos fora da escola para começar uma briga. Afastávamo-nos da vizinhança e procurávamos um caminho que nenhum dos professores tomasse para voltar para casa. E eu sempre vencia: nem uma vez, nem uma única vez saí perdedora. Perdia alguns botões, quebrava um dente, algumas vezes meu nariz sangrava, mas nunca perdi. E nunca senti em minha boca nem um único grão de areia.

Sempre que chegava em casa tarde e ensanguentada por causa de mais uma briga, minhas madrastas me repreendiam em voz alta e prometiam me punir por meu comportamento vergonhoso. À noite, falavam baixo, com panos desbotados amarrados em torno dos seios murchos, e recomendavam aos sussurros que seus filhos não fossem como eu. Afinal, seus filhos tinham mães, mulheres vivas que amaldiçoavam e cozinhavam, tinham negócios e pelos nas axilas. Somente crianças sem mãe, crianças como eu, podiam se comportar daquela forma. E não bastava que eu não tivesse mais mãe, mas a mãe que eu tivera, aquela que morreu depois de me colocar no mundo, era uma mulher sem linhagem! E quem engravida uma mulher sem linhagem? Apenas um homem estúpido que, por acaso, era seu marido. Mas a questão não era essa; a questão era que, quando não era possível identificar a linhagem de uma criança, essa criança poderia descender de qualquer coisa — até de cães, bruxas ou tribos estranhas com sangue ruim. Os filhos da terceira esposa obviamente tinham sangue ruim, já que em sua família ocorriam com frequência casos de insanidade. Mas pelo menos aquele sangue ruim era conhecido: meu (possível) sangue ruim era de origem desconhecida e isso era ainda pior, como ficava claro pela forma como eu envergonhava meu pai ao brigar na rua como um vira-lata.

As discussões sussurradas nos quartos que cada esposa compartilhava com os filhos acabavam sendo relatadas a mim em detalhes por meus meios-irmãos. Suas palavras não me magoavam; era um jogo que as esposas jogavam, tentando provar qual delas havia produzido uma prole superior. Eram as ameaças nunca levadas a cabo, nem mesmo quando minhas brigas se tornaram um evento cotidiano, que me incomodavam. Eram as surras de cinto não dadas, as tarefas a mais que eu não era obrigada a executar, os jantares que eu não deixava de comer que me lembravam de que nenhuma delas se importava de verdade comigo.

— Mãe? — disse Funmi.

Ela ainda estava de joelhos.

Engoli minhas memórias como uma enorme pílula amarga. Funmi tinha colocado as mãos em meu colo; suas unhas estavam perfeitas. Tinham sido pintadas de vermelho-hibisco, como as canecas combinando que Akin e eu tínhamos usado para beber café naquela manhã.

— Mãe?

Eu nunca mais tinha pintado as unhas. Costumava pintá-las quando estava na universidade. Seriam as unhas que a tornavam atraente? Como ele se sentia quando ela passava aquelas belas unhas por seu peito? Seus mamilos se enrijeciam? Soltava um gemido? Eu queria... não... eu precisava saber imediatamente, em detalhes. O que ela teria dele que antes sempre fora apenas meu? O que ela ia ter que eu nunca tivera? Um filho?

— Mãe?

— Quem aqui é sua mãe? É melhor se levantar agora — retruquei.

Havia uma cadeira vazia ao meu lado, mas ela preferiu se sentar no braço da minha.

— O que está fazendo aqui? Quem lhe mostrou este lugar?

Eu sussurrei porque a conversa de fundo entre clientes e cabeleireiras tinha sido interrompida. Alguém tinha desligado o rádio e o salão ficara em silêncio.

— Eu pensei apenas em vir cumprimentá-la.

— A essa hora do dia? Você não trabalha?

Era um insulto, mas ela encarou como uma pergunta.

— Não, não trabalho mais porque nosso marido está cuidando bem de mim.

Sua voz se elevou quando ela disse "nosso marido", e ficou claro que todos no salão a ouviram. Cadeiras rangeram quando as clientes se remexeram em seus assentos e se recostaram o máximo possível em uma tentativa de ouvir a conversa.

— Como é?

— Nosso marido é um homem muito generoso. Ele tem cuidado muito bem de mim. Graças a Deus, tem dinheiro suficiente para todos nós.

Ela sorriu sobre o topo da minha cabeça.

Olhei de cara feia para o reflexo dela no espelho diante de nós.

— Dinheiro suficiente para o quê?

— Para nós, mãe. É para isso que um homem trabalha, *abi*? Para suas esposas e filhos.

— Algumas de nós têm trabalho — falei, mantendo meus punhos cerrados firmemente a meu lado. — Você precisa ir embora para eu poder voltar a cuidar do meu.

Ela sorriu para o espelho.

— Venho visitá-la amanhã à tarde, *Ma*. Talvez você esteja menos ocupada.

Ela esperava que eu sorrisse de volta?

— Funmi, nunca mais quero ver suas pernas de vassoura por aqui.

— Mãe, não há necessidade de tudo isso; temos que ser amigas. Pelo menos em nome dos filhos que vamos ter. — Ela voltou a ficar de joelhos. — Eu sei que as pessoas dizem que você é estéril, mas nada é impossível para Deus. Tenho certeza de que, depois que eu engravidar, seu útero também vai se abrir. Se você diz que eu não devo vir aqui, não virei, mas quero que saiba que essa amargura toda pode ser um dos motivos de você ser estéril. Adeus, *Ma*.

Ela estava sorrindo quando se levantou e se virou para sair.

Eu me levantei e agarrei a parte de trás de seu vestido.

— Você! Sua miserável... *egbere* maldita. Quem está chamando de estéril?

Eu não estava preparada para o confronto. Até meu insulto errou o alvo. Funmi não se parecia em nada com um mítico *egbere*. Ela não era baixa; não carregava um tapete nem chorava incessantemente. Na verdade, quando se virou para me encarar, estava sorrindo. Eu já estava cercada de clientes e cabeleireiras antes que pudesse acertar a primeira bofetada em seu rosto.

— Pare com isso — disseram as mulheres. — Deixe-a ir. — Elas tiraram minhas mãos do vestido de Funmi e me empurraram até eu estar novamente sentada em minha cadeira. — Querida irmã, por favor, acalme-se. Você precisa manter a calma.

5

Comprei canecas novas.

— Sabe por que eu não gosto de canecas brancas? — disse Akin no café da manhã.

— Por favor, me explique — respondi.

— Elas sempre ficam manchadas de café.

— É mesmo?

Ele ajeitou a gravata e franziu a testa.

— Você parece irritada. Aconteceu alguma coisa?

Eu passei mais margarina em minha torrada, mexi meu café e cerrei a mandíbula. Estava preparada para não dizer nada sobre o motivo de estar chateada até que Akin me perguntasse "por quê" pelo menos cinco vezes. Mas ele não me deu nem ao menos chance de ficar de mau humor.

— Eu não gostei dessas canecas brancas. — Ele ergueu um dedo e fez uma pausa para beber um pouco de água. — Onde estão as antigas?

— Eu as quebrei.

Sua boca formou um *ah* que não pronunciou e ele comeu outro pedaço de torrada. Dava para ver que ele achava que eu tinha simplesmente derrubado as canecas por engano ou que as deixara cair quando ia guardá-las. Não havia nenhuma razão para que ele pensasse que eu tinha atirado cada caneca vermelho-hibisco contra a parede da cozinha enquanto o cuco na sala soava meia-noite. Ele não poderia imaginar que eu tinha varrido os pedaços quebrados, recolhendo-os com uma pá de lixo e colocando todos eles em um pequeno pilão para triturá-los até estar suando por todos os poros do meu corpo e me perguntando se não estava ficando maluca.

— Os auditores internos da sede estiveram no escritório ontem, e ficamos tão ocupados com eles que eu me esqueci de mandar alguém dar uma olhada no telhado. Hoje vou...

— Sua esposa foi ao meu salão ontem.

— Funmi?

— Quem mais? — Eu me inclinei para a frente em minha cadeira. — Ou você tem outra esposa que eu não conheço?

Era uma ideia que eu não conseguia afastar desde que Funmi deixara meu salão no dia anterior, a possibilidade de que houvesse outras esposas — em Ilesa ou em qualquer outra cidade —, outras mulheres que ele talvez amasse, outras mulheres que o tornassem menos meu.

Akin cobriu metade do rosto com a mão.

— Yejide, eu expliquei a você meu acordo com Funmi. Não deveria se incomodar com ela.

— Ela disse que você está cuidando muito bem dela. — Minhas palavras não carregaram a força que eu queria que carregassem, porque eu não consegui encontrar a raiva e o desprezo que dirigira a Funmi no dia anterior. Eu queria ficar com raiva dele, então continuei falando; tentando, com minhas palavras, ultrapassar o que realmente sentia para alcançar a raiva que deveria sentir. — O que significa isso? Explique-me o que ela quis dizer com "cuidando muito bem".

— Querida...

— Chega. Pode parar agora mesmo. Por favor, não me chame de querida de novo esta manhã.

Mas na verdade eu queria que ele me chamasse de querida novamente, só eu e ninguém mais. Queria que ele estendesse a mão sobre a mesa, tomasse a minha e me dissesse que tudo ia ficar bem entre nós. Naquela época eu ainda acreditava que ele ia saber o que fazer e o que dizer apenas porque era Akin.

— Yejide...

— Onde você estava ontem à noite? Fiquei acordada até bem depois da meia-noite esperando você voltar. Por onde andou?

— Estava no clube.

— *Ahn*? No clube? Acha que sou idiota? A que horas fecha o clube? Me diga, a que horas?

Ele suspirou e olhou para o relógio.

— Vai começar a me policiar?

— Você disse que nada ia acontecer entre você e aquela garota.

Ele pegou o paletó e se levantou.

— Preciso ir para o trabalho.

— Você está me traindo, *abi*? — Eu o segui até a porta, lutando para encontrar as palavras para dizer que na realidade não queria brigar, para explicar que eu tinha medo que ele me deixasse, medo de ficar sozinha de novo no mundo. — Akin, Deus vai traí-lo, eu lhe asseguro. Deus vai traí-lo do mesmo jeito que está me traindo.

Ele fechou a porta e eu o observei pelo vidro. Estava completamente desajeitado. Em vez de segurar a pasta com a mão, levava-a agarrada ao corpo, presa sob o braço esquerdo, de modo que seu corpo pendia um pouco para aquele lado e ele parecia prestes a vergar. O paletó não estava pendurado sobre um dos ombros, mas preso com força na mão direita; a ponta de uma das mangas tocava o chão e foi arrastada pelos degraus do alpendre e pela grama enquanto ele caminhava em direção ao seu Peugeot preto.

Eu me afastei quando ele deu a ré. Sua caneca de café ainda estava cheia, intacta. Eu me sentei em sua cadeira, terminei de comer minha torrada e a dele e bebi seu café. Em seguida, arrumei a mesa de jantar e levei os pratos sujos para a cozinha. Lavei a louça, tendo o cuidado de me certificar que não havia nenhuma mancha de café nas canecas.

Não tinha vontade de ir trabalhar porque não estava preparada para outro confronto com Funmi. Eu estava certa de que ela não deixaria de aparecer no salão apenas porque eu tinha mandado. Sabia que mulheres como Funmi, o tipo de mulher que escolhia ser a segunda, terceira ou sétima esposa, nunca recuavam facilmente, nunca. Tinha visto elas chegarem e se transformarem na casa de meu pai, todas aquelas mães que não eram minhas, sempre entravam com uma estratégia escondida sob a roupa, nunca eram tão estúpidas nem tão afáveis quanto pareciam a princípio. E era Iya Martha quem sempre era pega desprevenida, quem ficava atordoada, sem uma estratégia ou um plano próprio.

Estava ficando óbvio que eu tinha sido uma tola por acreditar por um segundo que fosse que Akin tinha Funmi sob controle. Então decidi tirar o dia de folga para pensar melhor em tudo. Fui até o salão por alguns minutos para dar instruções a Debby, a aprendiz mais experiente. Em seguida, tomei um táxi para Odo-Iro para chamar Silas, o mecânico que geralmente consertava meu fusca.

Silas ficou surpreso ao ver que eu tinha ido até sua loja sozinha e perguntou por Akin. Durante todo o caminho até minha casa, ele tentou me dizer de diferentes maneiras que preferiria discutir os reparos com Akin.

Enquanto ele consertava o fusca, preparei a comida e, quando ele terminou, ofereci-lhe o almoço. Ele lavou as mãos do lado de fora e devorou o inhame rapidamente. Sentei-me e o observei enquanto ele comia. Eu falava com ele e ele me encarava, grunhindo de vez em quando, mas na maior parte do tempo apenas me olhava espantado, como se não soubesse o que poderia dizer em resposta à minha falação incessante. Quando Silas se levantou para sair, separei o valor que ele havia cobrado e lhe entreguei as notas, depois o acompanhei até seu carro, ainda falando enquanto ele ia embora.

Fiquei sentada na varanda cumprimentando os vizinhos que passavam até que Debby veio me prestar contas do dinheiro que tinha recebido no salão. Convidei-a para entrar e comer alguma coisa, mas ela recusou, dizendo que não estava com fome. Então insisti para que ela tomasse uma garrafa de Maltina. Depois que ela foi embora, não havia mais nada a fazer. O carro tinha sido consertado, a louça estava lavada e o jantar estava pronto, mesmo que àquela altura eu já soubesse que Akin não chegaria antes da meia-noite. Eu não podia mais adiar o momento de pensar em Funmi.

Considerei diversas possibilidades: de dar-lhe uma bela surra na próxima vez que ela aparecesse no salão até pedir-lhe que fosse morar conosco, para que eu pudesse ficar de olho nela todo o tempo. Não demorei muito para perceber que a solução final tinha pouco a ver com ela. Eu simplesmente tinha que engravidar, o mais rápido possível e antes de Funmi. Era a única maneira de ter certeza de que eu permaneceria na vida de Akin.

*

Eu achava que era a nora favorita de Moomi. Quando criança, todos esperavam que eu chamasse minhas madrastas de Moomi; até meu pai me encorajava a fazê-lo, mas eu me recusava. Continuei a chamá-las de *Mama*. E sempre que meu pai não estava por perto, uma das mulheres me esbofeteava apenas porque eu me recusava a honrá-la, chamando-a de "minha mãe". Eu não me recusava porque estava sendo teimosa ou tentando desafiá-las, como algumas delas achavam. Minha mãe tinha se tornado uma obsessão para mim, uma religião, e apenas pensar em me referir a outra mulher como Mãe me parecia um sacrilégio, uma traição à mulher que abrira mão da própria vida por mim.

Um ano, a igreja anglicana que minha família frequentava celebrou o Domingo da Maternidade com uma cerimônia especial. Depois de fazer seu sermão, o vigário chamou todos os que tinham menos de dezoito anos para irem até o altar porque queria que homenageássemos as mães com uma música. Eu devia ter doze anos na época, mas não me levantei até que alguém me cutucou nas costas. Cantamos uma canção que todos já conheciam, inspirada em um ditado popular. Eu consegui pronunciar o primeiro verso, *Iya ni wura, iya ni wura iyebiye ti a ko le f'owo ra*, antes de morder a língua para conter as lágrimas. As palavras *Mãe é ouro, a Mãe é um ouro precioso que o dinheiro não pode comprar* ressoaram dentro de mim mais do que qualquer homilia que eu já tivesse ouvido. Àquela altura eu já sabia que minha mãe não poderia ser substituída por dinheiro, por uma madrasta nem por nenhuma outra pessoa, e tinha certeza de que nunca iria chamar nenhuma mulher de "Moomi".

No entanto, toda vez que a mãe de Akin me envolvia em seu abraço carnudo, meu coração cantava *Moomi* e, quando a chamei assim, esse título venerado não ficou preso em minha garganta nem se recusou a sair como costumava acontecer quando minhas madrastas tentavam arrancá-lo à força de mim. Ela honrava o nome, ficando do meu lado quando algum problema que eu tinha com Akin chegava a seu conhecimento, garantindo-me que era uma questão de tempo até eu engravidar de seu filho, insistindo que meu milagre estaria à espera assim que eu virasse a esquina certa.

Quando a Sra. Adeolu, uma cliente grávida, me contou sobre a Montanha dos Milagres Espantosos, fui falar com Moomi no mesmo dia para discutir a questão com ela. Precisava que ela me confirmasse a informação; ela era um repositório de conhecimento sobre esses assuntos. Mesmo que não soubesse nada sobre uma determinada casa de milagres, geralmente sabia a quem perguntar e, uma vez que tinha verificado as histórias, sempre estava pronta para me acompanhar até o fim do mundo em busca de uma nova solução.

Houve um tempo em que eu teria ignorado as palavras da Sra. Adeolu, um tempo em que eu não acreditava em profetas que viviam em montanhas nem em sacerdotes que oficiavam à margem de rios. Isso foi antes de eu me submeter a diversos exames no hospital e cada um deles demonstrar que não havia nada me impedindo de ficar grávida. A certa altura, comecei a desejar que os médicos encontrassem algo errado, algo que explicasse por que minha menstruação ainda vinha todos os meses, anos depois do meu casamento. Queria que eles achassem algo que pudessem tratar ou remover. Mas eles não encontraram nada. Akin também fez exames e voltou dizendo que os médicos tampouco tinham encontrado algo de errado com ele. Então parei de descartar as sugestões de minha sogra, parei de pensar que mulheres como ela eram incivilizadas e um pouco insanas. E me abri a alternativas. Se não estava conseguindo o que queria em um lugar, o que havia de errado em procurar em outro?

Meus sogros moravam em Ayeso, um bairro antigo da cidade onde ainda havia algumas casas de barro. A casa deles era de tijolos, com um jardim na frente parcialmente cercado por um muro de cimento baixo. Quando cheguei, Moomi estava sentada em um banquinho baixo no jardim da frente, descascando amendoins em uma bandeja enferrujada no colo. Ela ergueu a cabeça quando me aproximei e em seguida voltou a baixá-la. Eu engoli em seco e andei mais devagar. Havia algo errado.

Moomi sempre me cumprimentava gritando *Yejide, minha esposa.* As palavras eram tão calorosas quanto o abraço que se seguia.

— Boa tarde, Moomi.

Meus joelhos tremiam quando tocaram o chão de cimento.

— Você está grávida? — perguntou ela sem desviar o olhar da bandeja de amendoins.

Eu cocei a cabeça.

— Além de estéril, você é surda? Eu perguntei se está grávida. A resposta é "sim, estou grávida" ou "não, ainda não fiquei grávida nem um único dia da minha vida".

— Eu não sei.

Eu me levantei e me afastei até que ela não estivesse mais ao alcance de meu punho cerrado.

— Por que você não permite que meu filho tenha um filho?

Ela colocou a bandeja de amendoim no chão com força e se levantou.

— Eu não fabrico crianças. Deus é quem faz isso.

Ela marchou na minha direção e falou quando seus dedos do pé tocaram as pontas dos meus sapatos.

— Você já viu Deus em uma sala de parto parindo um bebê? Diga-me, Yejide, já viu Deus na maternidade? As mulheres fabricam crianças, e se você não consegue fazer isso então não passa de um homem. Ninguém deveria chamá-la de mulher. — Ela agarrou meus pulsos e baixou a voz a um sussurro. — Esta vida não é difícil, Yejide. Se não pode ter filhos, basta permitir que meu Akin tenha filhos com Funmi. Veja, não estamos pedindo que você deixe de ocupar seu lugar na vida dele, estamos apenas dizendo que deveria chegar para o lado para que outra pessoa possa se sentar.

— Não sou eu que o estou impedindo, Moomi — falei. — Eu a aceitei. Ela inclusive passa os fins de semana em nossa casa agora.

Ela colocou as mãos na cintura larga e riu.

— Eu também sou mulher. Acha que nasci ontem? Diga-me, por que Akin nunca tocou em Funmi? Ele já está casado com ela há mais de dois meses. Diga-me por que ele ainda não removeu as roupas dela nem uma vez. Diga-me, Yejide.

Eu reprimi um sorriso.

— Não é da minha conta o que Akin faz com sua esposa.

Moomi ergueu minha blusa e colocou a palma enrugada sobre minha barriga.

— Lisa como uma parede — disse ela. — Você teve meu filho entre as pernas por mais dois meses e sua barriga ainda está plana. Feche suas pernas para ele, eu imploro. Todos sabemos como ele se sente em relação a você. Se não o afastar, ele não vai tocar em Funmi. Se não fizer isso, ele vai morrer sem filhos. Eu lhe suplico, não arruíne a minha vida. Ele é meu primogênito, Yejide. Eu imploro, em nome de Deus.

Fechei os olhos, mas mesmo assim as lágrimas forçaram passagem.

Moomi suspirou.

— Eu tenho sido boa para você, então lhe imploro em nome de Deus. Yejide, tenha piedade de mim. Tenha piedade de mim.

Então ela me abraçou, me envolveu nos braços e murmurou palavras de conforto. Mas em seu abraço não havia calor. Suas palavras permaneceram em minha barriga, frias e duras onde deveria haver um bebê.

6

O medo segurava meus tornozelos enquanto eu subia a Montanha dos Milagres Espantosos. O homem barbado que me acompanhava não aplacava minha ansiedade. Ele era minha escolta, enviado do topo da montanha onde os outros fiéis entoavam palavras que o vento carregava até nós e em seguida levava para longe. Eu via cerca de uma centena deles, vestindo túnicas verdes e chapéus tradicionais combinando.

— Sem paradas — disse o guia.

Ele devia ter percebido que meus passos estavam ficando mais lentos. A encosta íngreme da montanha era nua, sem uma árvore sequer que nos oferecesse um abrigo temporário do sol. Eu estava com sede, minha garganta estava seca e quase não havia saliva em minha boca. Não haveria trégua para mim. Eu tinha sido orientada a ir até lá em jejum. Sem levar comida nem água e, como me informou o guia ao me encontrar ao pé da montanha, se eu parasse para descansar enquanto subíamos, seria mandada de volta para casa sem orações e sem me encontrar com o Sumo Sacerdote.

A Sra. Adeolu tinha me garantido que o Profeta Josiah, o líder do grupo, era de fato um milagreiro. Sua barriga proeminente era uma prova convincente. Eu precisava de um milagre, rápido. A única maneira de me salvar da poligamia era engravidar antes de Funmi; dessa forma, Akin poderia se livrar dela. Mas enquanto eu puxava uma pequena cabra montanha acima, o único milagre que realmente queria era que água brotasse de uma rocha para que eu pudesse aplacar minha sede. Eu me preocupava com a maneira como o guia olhava para meu peito. Tremia não apenas por causa da exaustão, mas também por causa de um mau pressentimento. Toda vez que meus olhos encontravam seus olhos ostensivamente lascivos, eu tinha vontade de descer a montanha correndo até meu carro; mas em vez disso continuei a subir em direção ao topo. Funmi ainda estava morando em seu apartamento na cidade, mas eu não precisava de um profeta para me dizer que, assim que ela engravidasse, ia se mudar para minha casa.

— Pode me ajudar com a cabra? — perguntei ao guia, desejando que o profeta tivesse enviado uma mulher para me buscar.

— Não — respondeu ele, movendo a mão diante do meu rosto.

Justo quando eu estava prestes a ceder à vontade de afastá-la com um tapa, ele a curvou e limpou as gotas de suor da minha bochecha.

Segurou minha cintura, presumivelmente para me equilibrar. Tentei acelerar meus passos vacilantes, mas a cabra tinha empacado. Eu puxei sem parar até a corda esfolar minhas mãos. Eu a teria arrastado pelo flanco, mas as instruções eram de levar uma cabra branca sem ferimentos, defeitos ou manchas de outra cor.

— É a cabra; eu não estou parando para descansar.

Eu estava com medo de ele me mandar de volta.

— Estou vendo.

Depois de algum tempo, a cabra começou a se mover. Logo chegamos ao topo da montanha. Os fiéis, sentados em um grande círculo, estavam de olhos fechados.

— Entre no círculo — disse o guia, que em seguida foi se sentar com os outros e fechou os olhos.

Um homem estava de pé no centro do círculo. Sua barba era ainda mais longa do que a do guia e cobria a maior parte de seu rosto. Seu chapéu era maior do que os dos outros e alguma coisa tinha sido enfiada dentro dele de forma que, em vez de cair para trás, ficava de pé, rígido.

— Abram caminho para nossa irmã — disse ele.

Os dois fiéis na minha frente se levantaram e entraram no círculo sem abrir os olhos. Arrastei a cabra comigo e fiquei de pé junto ao homem com o grande chapéu. Olhei em volta, observando os rostos, e me dei conta de que todos tinham barba, eram todos homens. Lembrei-me dos olhares lascivos do guia e me senti desfalecer. Como se estivessem esperando um sinal, os homens começaram a gemer e tremer como se recebessem um estímulo invisível. Pensei em Akin e em quão belos seriam nossos filhos.

— Você terá um filho — gritou o homem ao meu lado, e os gemidos cessaram. Ele abriu os olhos. — Veja seu filho — disse, indicando a cabra.

Olhei da cabra para os olhos brilhantes do homem. Pensei em fugir daquele lunático, mas de repente imaginei todos os outros me perseguindo, enlouquecidos e babando como cães raivosos, as túnicas verdes esvoaçando ao vento. Eu me vi rolando pela encosta íngreme ao encontro de minha morte.

— Acha que sou louco? O Profeta Josiah é louco? — Ele agarrou minha nuca e deu risadas curtas. — Não pode escapar de nós antes de terminarmos. E então você estará esperando um filho.

Continuei fazendo que sim com a cabeça até ele soltá-la.

Os gemidos recomeçaram. O homem se inclinou sobre a cabra e tirou a corda de seu pescoço. Em seguida a envolveu em um pedaço de pano verde até que apenas o focinho ficou à mostra. Ele a entregou a mim.

— Seu filho.

Eu peguei a trouxa de pano.

— Segure-o junto ao peito e dance — ordenou ele.

Os gemidos cessaram e os homens começaram a cantar. Eu comecei a arrastar os pés e segurei a trouxa junto ao peito, suportando o peso com dificuldade. A cantoria mudou para um canto rápido, e meu ritmo se acelerou. Eu comecei a cantar com eles.

Dançamos até minha garganta estar tão seca que eu mal conseguia engolir. E cada vez que eu piscava, via clarões de luz e cor, como fragmentos de um arco-íris estilhaçado. Continuamos dançando até eu sentir que estava à beira de uma experiência mística. Então, sob o sol escaldante, a cabra pareceu ser um recém-nascido, e eu acreditei. Cantamos e dançamos até meus tornozelos doerem e eu desejar cair de joelhos. Horas devem ter se passado até que o Profeta Josiah falou:

— Alimente a criança — disse ele.

Sua voz era como um controle remoto que regulava a atividade dos homens ao nosso redor. Dessa vez, quando ele falou, a cantoria se interrompeu. Olhei para a mão dele, esperando que me desse um punhado de capim.

Ele puxou a frente da minha blusa.

— Amamente a criança.

Depois que ele sussurrou essas palavras, pareceu-me natural levar a mão às costas e abrir o fecho da peça de renda marfim que eu estava usando. Erguer minha blusa e empurrar a parte da frente do sutiã para cima. Sentar-me no chão com as pernas esticadas, espremer meu seio e levar o mamilo à boca aberta em meus braços.

Não pensei em Akin e no que ele diria, que eu estava ficando louca. Não pensei em Moomi, que me lembraria de que eu não pisaria em terreno firme na casa de seu filho enquanto não lhe desse um filho. Não pensei nem mesmo em Funmi, que já poderia estar grávida. Olhei para a trouxa em meus braços e vi o rostinho do meu filho, senti o cheiro fresco de talco e acreditei.

Quando o Profeta Josiah tirou a trouxinha dos meus braços, me senti vazia.

— Vá — disse ele. — Mesmo que nenhum homem se aproxime de você este mês, você ficará grávida.

Eu abracei com força suas palavras, que preencheram meus braços e me confortaram. Enquanto descia a montanha sozinha, eu sorria. Ainda sentia a umidade em meu seio, e meu coração batia com uma fé desesperada.

7

Yejide me disse que estava grávida em um domingo. Ela me acordou por volta das sete da manhã para dizer que um milagre havia acontecido no dia anterior. Em uma montanha. Um milagre em uma montanha.

Pedi-lhe que, por favor, apagasse o abajur. Pela manhã, a luz fazia meus olhos doerem.

Naquela época, ela ainda tinha senso de humor. Não se furtava de fazer uma piada de vez em quando. Pensei que ela estivesse prestes a dizer algo hilário. Talvez fosse um pouco demais eu ter acreditado que ela seria capaz de brincar sobre estar grávida.

Quando ela apagou a luz do abajur, eu me sentei na cama. Esperei que fizesse logo a piada para poder me enfiar novamente debaixo das cobertas. Mas ela ficou de pé ao lado da cama, sorrindo. Não achei graça. Ela estava violando minha política dominical. Eu observava com rigor o dia do repouso, nunca abrindo os olhos voluntariamente antes do meio-dia. Ela sabia muito bem disso.

— Vou pegar uma xícara de café para você.

Ela abriu um pouco a cortina, deixando entrar uma réstia de luz.

Levantei-me quando ela saiu do quarto. Fui até o banheiro, liguei a água fria e coloquei minha cabeça sob o chuveiro durante alguns minutos. Depois voltei para o quarto sem me enxugar, deixando a água escorrer pelo meu peito e pelas minhas costas e molhar um pouco a cintura do meu short.

Ela estava de volta ao quarto quando entrei. Sentada na cama com as pernas cruzadas sobre os tornozelos. Percebi então que não estava de camisola. Vestia short e camiseta azul. Parecia que já estava acordada havia algum tempo.

Havia uma bandeja ao lado dela com pratos de inhame frito, uma tigela de caldo de peixe e duas xícaras de café. Aquela mulher, que passava semanas reclamando se eu comesse um sanduíche na cama, levara uma tigela de caldo de peixe para o quarto. Eu deveria ter percebido naquele momento que algo estava errado.

Sentei-me na cama e tomei um gole de café.

— A que horas você acordou?

— Akin, acho que vai ser uma menina.

Nada tinha me preparado para uma Yejide que achava que tinha engravidado em uma montanha. Não sabia o que dizer a ela. Tomei meu café da manhã e a observei atentamente. Ouvi enquanto ela falava. Quando comi o último pedaço de inhame frito, estava claro que ela não achava que tinha engravidado na maldita montanha. Estava convencida disso.

Coloquei a bandeja na mesinha de cabeceira e a puxei para perto de mim.

— Você precisa descansar, dormir um pouco mais.

— Você não acredita em mim.

— Eu não disse isso.

Ela se desvencilhou do meu abraço.

— Você também não disse que acredita, ficou apenas comendo esse tempo todo. Não está nem ao menos animado ou feliz. Ainda não me deu os parabéns, mas já tomou seu café, então não é isso.

Ela queria que eu a felicitasse. Por ter engravidado em uma montanha.

— Akin? — Ela agarrou minha mão, enterrando as unhas em minha palma. — Você acredita em mim? Diga, acredita em mim?

— Coisas assim não acontecem. Você precisa parar de ir a esses lugares com Moomi. Já lhe falei isso. Essas pessoas são mentirosas, um bando de impostores.

Ela soltou minha mão.

— Sua mãe não foi comigo.

— O quê? Você está indo a esses vigaristas sozinha agora?

— Você precisa acreditar. — Ela franziu o cenho, balançou a cabeça. — Às vezes tenho pena de você.

— Como assim?

— Você não acredita em nada.

— Do que você está falando? Só porque não acredito que um homem com uma túnica verde agitou uma varinha e a engravidou?

— Ele não usou uma varinha, eu carreguei uma... Deixe para lá, você vai achar grotesco — disse ela, suspirando.

— Eu já estou achando grotesco. O que você carregou? Meu Deus, não acredito que estamos tendo essa conversa.

— Não importa. — Ela sorriu, pousando a mão sobre a barriga. — Quer saber de uma coisa? Vou ao hospital fazer os exames e então você também vai acreditar que algo especial aconteceu naquela montanha. Eu realmente acho que posso estar grávida.

— Meu Deus. — Era como se eu estivesse falando com uma estranha. — Yejide, vamos deixar uma coisa bem clara. Você não ficou grávida naquela montanha. Se não estava grávida quando subiu, não estava grávida quando desceu. — Eu coloquei a mão sobre seu joelho. — Entendeu?

— Akin. Em nove meses, você vai comprovar que eles não são vigaristas. — Ela segurou meu queixo e beijou meu nariz. — Você vai ver. Agora vamos falar de outra coisa.

O beijo no nariz foi a gota d'água. Abriu meus olhos para o fato de que eu precisava fazer alguma coisa antes que ela perdesse a razão. Em algum momento na manhã daquele domingo, decidi que estava na hora de engravidá-la. Acabar com todas aquelas visitas loucas a sacerdotes e profetas de uma vez por todas. Mas primeiro tinha que esperar até que ela estivesse pronta.

— Talvez eu vá a Lagos no próximo fim de semana — falei.

— O que você vai fazer em Lagos?

— Preciso falar com Dotun sobre alguns investimentos.

— Dotun e investimentos? Tenha cuidado com seu irmão; às vezes eu acho que ele só traz problemas.

Ela estava equivocada a respeito de estar grávida, mas estava certa a respeito de Dotun.

8

Eu deveria ter ficado menstruada uma semana depois de minha visita à montanha. Não fiquei. No fim daquele mês, meus seios estavam tão sensíveis que vestir o sutiã me deixava excitada. Eu vomitava todas as manhãs às sete em ponto.

Eu tinha certeza de que estava grávida e acreditava que meu corpo estava me dando sinais que um exame logo confirmaria. Eu sabia que o exame tinha que vir antes de qualquer forma de celebração verdadeira, mas estava entusiasmada por pensar em como tudo seria maravilhoso assim que os médicos confirmassem que eu estava grávida. Não contei a Akin sobre o que estava acontecendo em meu corpo porque não queria que ele arruinasse minhas esperanças. Nós mal nos falávamos. Ele passava quase todas as noites no apartamento que tinha alugado para Funmi. Eu passava a maior parte das minhas examinando minha barriga de diferentes ângulos no espelho do banheiro.

— O que você está fazendo? — perguntou Akin quando já fazia algumas semanas que eu estava grávida.

Eu não o tinha visto entrar no banheiro.

— Como está sua esposa? — perguntei, abaixando a blusa.

Ele se aproximou e a levantou.

— O que há de errado com você?

Eu puxei a blusa para abaixá-la.

— Por que deveria haver algo de errado comigo?

— Só estou preocupado. Por que você estava...?

— Eu já disse. Estou grávida.

Akin recuou um passo como se eu tivesse dado um soco em seu maxilar. Ficou olhando para mim como se um chifre tivesse crescido na ponta do meu nariz. Em seguida começou a rir. Um som breve que me perseguiria durante o sono.

— Você andou fazendo sexo... — A risada morreu em sua garganta com um som gorgolejante. — ...com outro homem?

— Não estou entendendo a pergunta.

Seu pomo de adão começou a subir e descer furiosamente, ameaçando romper a pele e espirrar sangue por toda a superfície de azulejos brancos do chão do banheiro.

— Nós dois sabemos que você não pode estar grávida. Faz meses que eu nem sequer a toco. A não ser que você... você...

Sua boca continuou aberta, mas ele não disse mais uma palavra.

Saí do banheiro, desci as escadas e corri para fora de casa antes que ele pudesse me seguir. Precisava do ar fresco da noite para clarear minha mente e da lua no céu para renovar minha fé.

Na manhã seguinte, Akin não respondeu quando o cumprimentei. Sua mão tremia enquanto ele misturava açúcar no café.

— Vou começar o curso pré-natal hoje — avisei.

A xícara de café estava a meio caminho de seus lábios. Ele a deixou cair sobre a mesa, encharcando a toalha branca com o líquido marrom.

— Como pôde me trair, Yejide?

— Não sei do que está falando — retruquei, comendo um pedaço de torrada.

Ele começou a rir.

— Então, trata-se de uma concepção imaculada? E como vamos chamar essa criança? Filho de Satã? Quando um demônio vai aparecer para me visitar em sonho?

Eu bati com a torrada no prato.

— Ah, então agora você pode falar? Despejar tudo? Quem foi que se casou com outra mulher? Nesta casa, quem foi que se casou com outra mulher, me responda. Me responda de uma vez! Quem foi o cretino traidor que fez isso?

Ele contornou a mancha de café marrom com o polegar.

— Nós já conversamos sobre isso, estava resolvido.

Eu estava com tanta raiva que mal conseguia respirar. Levantei-me e me inclinei sobre a mesa para ficar com o rosto bem perto do dele.

— Pois muito bem. Tem outra coisa que está resolvida. Eu quero um bebê e, como você está muito ocupado com sua nova esposa para me engravidar, posso ter um bebê de qualquer homem que eu quiser.

Ele se levantou e segurou meus braços logo acima dos cotovelos. As veias em sua testa latejavam.

— Não pode — disse ele.

Eu ri.

— Posso fazer o que eu quiser.

Suas unhas se cravaram em meus braços através das mangas da camisa.

— Yejide, você não pode.

Balancei a cabeça.

— Na verdade, posso. Posso. Posso.

Ele começou a me sacudir até minha cabeça balançar e meus dentes baterem. Então, me soltou subitamente. Eu me sentei na cadeira, segurando-me à mesa para não cair.

Ele pegou um pires da mesa e o ergueu. Por um momento aterrorizante, eu o vi quebrando a delicada porcelana na minha cabeça. Mas, em vez disso, ele atirou o pires do outro lado da sala, em seguida puxou a toalha da mesa de jantar. Pratos, canecas, pires e garrafas térmicas caíram no chão. Meu marido não era um homem violento. O homem que pegou uma cadeira para golpear a mesa de jantar com ela até quebrá-la era uma pessoa que eu não conhecia.

*

O Wesley Guild Hospital fedia a desinfetante. O cheiro de limpeza química me fez sair duas vezes da sala de pré-natal para vomitar. Nunca imaginei que o vômito pudesse me deixar tão feliz. No entanto, eu sorria diante da sujeira que tinha depositado na sarjeta e tinha vontade de chamar todas as pessoas que passavam para olhar. A incapacidade de manter os alimentos no estômago, a sensibilidade exagerada ao toque e o desconforto geral que eu sentia eram ritos de passagem para a maternidade, a iniciação a um posto que eu sempre desejara alcançar. Finalmente eu era uma mulher.

Uma enfermeira explicou o que estava acontecendo com nosso corpo, nos ensinou uma música sobre amamentação e depois conversamos sobre dieta e exercícios.

Quando a aula chegou ao fim, ela veio falar comigo.

— Parabéns, senhora! Como está fisicamente?

— Obrigada, *Ma*. Você sabe como é. — Eu ri. — Estou vomitando tudo que como, e não consigo comer muito. Desde a semana passada que estou comendo apenas abacaxi e feijão; imagine a combinação, minha irmã. Abacaxi com feijões cozidos no óleo de palma! Eu tento comer outras coisas, mas nada mais fica dentro de mim.

— *Abi*, é assim mesmo. Na verdade, com meu último filho, eu só conseguia comer *eba*, nada de ensopado, nem legumes para acompanhar, nada, apenas *eba* e água. Imagine só. Se eu tentava comer qualquer outra coisa, saía direto pelo meu nariz.

Nós rimos.

— E tem o sono também. Eu só consigo dormir deitada de um dos lados — falei. — Acordo todas as vezes que tenho que me virar.

A enfermeira olhou para a minha barriga.

— Sua barriga ainda não está tão grande. — Ela franziu a testa. — Você não deveria ter problemas para dormir nessa fase. Espero que não haja nada...

— Não há nada de errado, tudo está correndo normalmente...

— Ah, e há quanto tempo isso está acontecendo? O desconforto, há quanto tempo?

— Enfermeira, por que está preocupada? Eu disse que está tudo bem; provavelmente sou apenas eu.

— Ah-há. Vejo que está me chamando de enfermeira. Não me reconhece? Eu faço meu cabelo no seu salão uma vez a cada quinze dias.

— Ah. Sim, é verdade — falei, tentando, sem sucesso, me lembrar de seu rosto.

— Está se lembrando agora? — perguntou ela.

Sorri e fiz que sim com a cabeça.

— Claro — disse, ainda incapaz de identificar seu rosto.

— Parabéns, minha irmã. Os homens, eles não entendem, mas, graças a Deus, todos os seus inimigos agora ficarão envergonhados. Sempre culpam a mulher, mas às vezes é no corpo deles que está o problema.

Ela me abraçou forte, como se fôssemos companheiras de equipe em um jogo misterioso e eu tivesse acabado de marcar um gol de ouro contra nossos adversários.

*

Quando voltei do hospital, Funmi estava esperando do lado de fora do meu salão. Depois de sua última visita, eu tinha dado instruções precisas às minhas cabeleireiras para que nunca mais a deixassem entrar. Naquela tarde, porém, fiquei feliz em vê-la. Naquele dia, eu teria ficado feliz em ver todas as minhas madrastas enfileiradas diante do salão. A aula pré-natal tinha me enchido de um amor incondicional por todas as criaturas vivas.

— Entre, querida — falei.

Eu lhe ofereci uma garrafa de Coca-Cola, mas ela só bebeu depois que eu tomei um gole, para se assegurar de que não estava envenenada.

— Eu vim implorar — disse ela.

Mas sua mandíbula cerrada me disse que tinha ido até lá para brigar, não para implorar.

— Nosso marido brigou comigo esta manhã por sua causa. Ele disse que não vai mais me visitar por sua causa. Por favor, deixe que ele vá me ver, porque eu tentei, por você. Eu tentei ficar de fora, quando meu lugar é dentro. Por favor — disse ela em um tom baixo o suficiente para me dar a impressão de que não queria que ninguém ouvisse suas palavras, mas alto o suficiente para que as cabeleireiras e clientes que estavam inusitadamente silenciosas ouvissem.

Naquele momento, eu soube que Funmi era uma mulher perigosa, o tipo de mulher que a chamaria de bruxa apenas para que você a espancasse até a morte e acabasse na cadeia.

Eu estava me sentindo generosa. Poderia ter doado tudo que havia em minha loja naquela tarde. Finalmente estava grávida. Tinha participado de uma reunião pré-natal e as pessoas tinham me tratado com zelo: me pediram para comer frutas, repousar e fazer exercício. Nada mais importava. Deus fora generoso comigo, e eu não tinha motivos para ser egoísta em relação ao meu marido. Afinal, o que era um marido em comparação a uma criança que seria toda minha? Um homem pode ter muitas esposas ou concubinas; uma criança tem apenas uma mãe.

— Vou falar com ele. Você vai vê-lo antes do fim desta semana — respondi a ela.

A boca de Funmi se abriu no que presumi que fosse uma expressão de surpresa. Ela tinha ido até lá para brigar, atrás de uma história que pudesse espalhar aos quatro ventos para provar que eu era má, e estava indo embora sem essa munição. Mascarando a decepção, Funmi se levantou e se despediu. Quando ela estava prestes a sair da loja, falei:

— Minha querida, quero que seja uma das primeiras a saber: comecei meu curso pré-natal hoje. Deus me deu a graça.

Ela se virou e olhou para mim. Vi em seus olhos a compreensão de que agora eu constituía uma ameaça para ela, e não o contrário. Ela pôs a mão na testa. Incapaz de fingir alegria, foi embora.

Minhas cabeleireiras ficaram loucas de alegria: me abraçaram, riram e cantaram canções de louvor. Até as clientes participaram. Eu era um milagre, vingadora de mulheres boas como eu em toda parte. Fiquei sentada, certa de que tinha ficado mais alta; certa de que, se me levantasse, minha cabeça tocaria o teto.

Como era minha intenção, a notícia da minha gravidez se espalhou rápido. Funmi acompanhou minha sogra até minha casa naquela noite. Estava claro que ela estava ansiosa por cumprir o papel de boa esposa jovem agora que meu lugar na vida de Akin tinha se consolidado. Quando cheguei em casa, elas estavam esperando no alpendre.

Sorri, me aconcheguei no abraço de Moomi e assenti com a cabeça enquanto ela perguntava sem parar:

— É verdade? É verdade?

Funmi abriu um sorriso tão largo, que minhas bochechas doeram só de olhar para ela.

— Você tem que nos dar gêmeos. Dois meninos gordos, menininhos gordos. É o que você vai nos dar — disse Moomi, acomodando-se em uma poltrona depois que entramos em casa.

— Do jeito que me sinto, estou pronta para lhe dar seis meninos de uma vez só — falei.

— Vamos devagar: dois meninos para começar, me dê apenas esses dois para começar. Depois, deixarei que faça qualquer mágica que queira fazer.

— O que querem comer? — perguntei.

Moomi balançou a cabeça.

— Hoje não quero comer nada. Essa notícia é mais do que suficiente para me deixar saciada por dias. Além disso, não quero que fique para cima e para baixo sem necessidade. Trate de descansar muito, não se abaixe para varrer nem carregue nada pesado. E inclusive para comer, por favor, não vá ficar triturando inhame. Talvez você devesse até mesmo contratar uma dessas garotas que dão uma mão em casa para ajudá-la durante esse tempo.

— Eu realmente não preciso de ajuda em casa — falei. — Acho que posso dar conta...

— Eu posso vir ajudar — disse Funmi, intrometendo-se.

— O quê?

— Você não precisa pagar por uma ajudante. O que acha de eu vir morar aqui para ajudar na casa? — Ela sorriu. — Você vai precisar descansar muito nesse período.

— Isso é verdade — disse Moomi. — Na realidade, acho que é exatamente isso que deveria fazer.

— Só se estiver tudo bem para você, *Ma*. — Funmi se inclinou na minha direção. — Você se importa?

Eu tinha sido enganada novamente. Por alguma razão, ainda era idiota o suficiente para imaginar que aquelas duas entrariam em minha sala sem ter um plano pronto. Sim, a gravidez tinha me deixado generosa o suficiente para receber Funmi em minha sala, mas eu não estava disposta a permitir que ela se mudasse para minha casa. Eu era inteligente o suficiente para saber que, se ela fosse morar conosco sob o pretexto de me ajudar, nunca mais iria embora.

Não consegui pensar em uma maneira de dizer não a Funmi. Pelo menos não havia nenhuma maneira de fazê-lo sem que Moomi pensasse que eu estava sendo desrespeitosa com ela. Apesar de tudo, eu desejava que a família de Akin me amasse. Não queria que meu filho vivesse sob a insígnia do ressentimento contra sua mãe, como eu vivi. Caso morresse, eu queria que o amor por mim compelisse as pessoas que eu deixaria para trás a cuidar do meu filho. Eu estava prestes a me tornar mãe. Havia muito em jogo, eu tinha que ser calma e amável, ou pelo menos aparentar ser. O destino do meu filho ainda não nascido dependia disso.

Então sorri enquanto fervilhava por dentro e disse que ia falar com Akin. Moomi sorriu com satisfação, e Funmi também, antecipando a vitória. Meu sorriso me sufocava, e eu mal podia esperar pelo momento de elas irem embora para poder tirá-lo do rosto. Que belo quadro nós teríamos dado, nós três com nossos sorrisos perfeitos.

9

Tudo começou com os exames de ultrassom. As máquinas diziam que não havia bebê em meu útero.

A Dra. Uche foi a primeira médica a fazer o exame. Ela tinha olhos pequenos que flutuavam em uma piscina de lágrimas estagnadas que se recusavam a rolar. A luz em seus olhos cintilou quando ela me deu a notícia.

— Sra. Ajayi, não há bebê nenhum.

— Eu a ouvi da primeira vez, e da segunda também — falei.

Ela continuou olhando para mim com seus olhos cintilantes como se esperasse que eu fizesse alguma coisa. Chorar? Gritar? Pular em cima da mesa e começar a dançar?

Ela se inclinou para a frente em seu assento.

— Há quanto tempo está grávida?

— Achei que tinha dito que não há bebê.

A Dra. Uche abriu um sorriso cauteloso. Eu já tinha visto aquele sorriso antes, no rosto de meu pai. Era um sorriso discreto, que dava a impressão de que a qualquer momento sua boca ia explodir em um potente grito por ajuda. Era o sorriso especial reservado à sua terceira esposa, aquela que certa vez foi ao mercado nua. Aquela que estava sempre conversando com pessoas que ninguém mais conseguia ver.

— Posso olhar os resultados? — pedi.

— Eu quero falar com você sobre essa gravidez — disse a médica.

Ela obviamente achava que eu estava ficando louca.

— Já ouviu falar do salão de beleza Perfect Finish? — perguntei.

Ela fez que sim com a cabeça.

— Conhece o Capital Bank?

— Sim, tenho conta lá.

— Eu sou a proprietária do Perfect Finish e meu marido é diretor do Capital Bank. Obtive meu diploma em Ifé. Não sou uma maluca que vive na rua. Por que quer falar sobre a gravidez comigo se acabou de dizer que não há bebê?

A Dra. Uche colocou a mão na testa.

— Senhora, me desculpe se soei condescendente. Estou apenas preocupada com a sua saúde, com a sua saúde mental.

Ela disse *saúde mental* em um tom tão sussurrado, como se tivesse medo de ouvir as próprias palavras, que eu me questionei sobre o seu próprio estado mental.

— Doutora, eu estou bem. Apenas me dê os resultados. Há muitos pacientes esperando.

Ela me entregou os laudos.

— Isso acontece, esse tipo de... gravidez. Com mulheres que não podem ter... que ainda não tiveram filhos. Acontece. Os sintomas da gravidez estão lá, mas não há bebê. Estamos de acordo que você não está grávida, certo? Talvez você devesse se consultar com um ginecologista novamente para discutir o problema. Eu vi no seu histórico médico que você já fez diversos exames, mas talvez possamos fazer mais alguns.

— Vou pensar a respeito.

Fui para o corredor com a mão sobre minha barriga ligeiramente inchada, sem me deixar abalar pela descrença de Akin e da médica. Eu me sentia como um balão inflado de esperança e de um bebê milagroso. Pronta para flutuar por sobre as alas do Wesley Guild Hospital.

*

Akin começou a rir quando eu lhe disse que Funmi queria morar conosco durante a minha gravidez. Estávamos nos preparando para dormir; eu já estava vestindo minha camisola branca, ele ainda estava despindo a roupa de trabalho.

— Aquela garota? Em todo caso, de que gravidez está falando? Eles confirmaram no hospital?

Ele tirou o cinto com um puxão; o couro golpeou a cama como um chicote.

— A médica que me atendeu não sabe o que está fazendo. Ela precisa de óculos, estou lhe dizendo. Disse que não conseguiu ver meu bebê... Um bebê que já começou a chutar.

— Chutar?

— Sim, agora. Por que está balançando a cabeça? Balance mesmo, balance até ela cair do pescoço, você vai ver. — Eu me sentei na cama. — Quando eu estiver com meu bebê nos braços, você vai ficar envergonhado, todos vocês que acham que eu não posso ter filhos. Até aquela médica idiota vai ficar envergonhada.

— Você sabe que parece uma maluca falando, não sabe?

— O que quer dizer com isso?

Eu acariciei minha barriga e esperei que ele respondesse.

Ele ficou apenas de cueca e se deitou ao meu lado.

— Yejide, por favor, diminua a luz do abajur.

— O que quis dizer com isso que acabou de falar?

Ele se deitou de bruços e virou o rosto para o outro lado.

— Akinyele? Eu, parecendo maluca?

— Você não está grávida, e Funmi não vem morar aqui. Posso dormir agora?

Ele puxou as cobertas sobre a cabeça.

Suas palavras deslizaram pelo quarto e, sem que eu me desse conta, subiram pelo meu corpo, como formigas carnívoras. Então, nas primeiras horas da madrugada, quando acordei para urinar pelo que talvez tenha sido a décima vez no decorrer daquela noite, elas me picaram sem aviso prévio. Quando me sentei na cama para tomar um gole d'água da garrafa quase vazia que eu agora deixava na mesinha de cabeceira, suas palavras se repetiram em minha mente, provocando perguntas.

Eu agora estava com cerca de quatro meses de gravidez e minha barriga crescia a cada dia, mas meu marido preferia acreditar em uma médica incompetente. Ele não parava de dizer que eu parecia maluca. Será que estava cego? Não conseguia enxergar minha barriga? Meu rosto inchado? Até estranhos reparavam. Em todo lugar que eu ia, as pessoas me cumprimentavam: *L'ojo ikunle a gbohun Iya a gbohun omo o — que possamos ouvir a voz da mãe e a voz do bebê quando der à luz.* Estranhos desejavam o meu bem, rezavam pela minha sobrevivência e pela sobrevivência do meu filho. As pessoas desciam de táxis cheios para que eu pudesse entrar; eu não ficava mais na fila do banco, todos me diziam para passar à frente. Será que Akin achava que eu era uma louca que parava as pessoas na rua para anunciar que estava grávida? Desde o dia em que nos casamos, eu nunca anunciara que estava grávida. Por que era tão difícil para ele acreditar em mim agora?

Deitada na cama, coloquei as mãos sobre a barriga. Sentia pressão nas têmporas, o começo de uma enxaqueca. Ao meu lado, Akin estava inquieto e se contorcia no sono. Olhei para seu queixo sem pelos e tive que cerrar o punho para não o acariciar. Ainda o observava quando ele despertou.

Akin esfregou os olhos com o dorso da mão.

— Você não dormiu?

— Por que me odeia tanto?

Ele coçou o pescoço.

— Começou de novo. Durma um pouco, Yejide.

— Se eu fizer um exame e ele mostrar que estou grávida, vai acreditar em mim?

Tentei ler seu rosto na luz indistinta do amanhecer. Mas não consegui.

— Yejide, você precisa dormir um pouco mais. É muito cedo para isso.

*

Transformei o quarto vazio ao lado da cozinha em um quarto de brincar. Criei um lugar especial onde eu pudesse passar o tempo com meu bebê, um espaço só para nós dois. Aquele quarto não foi algo planejado; eu o rearrumei porque Akin tinha parado de falar comigo e também de visitar Funmi à noite. Em vez disso, ficava na sala de estar, assistindo ao noticiário da noite e lendo os jornais, mas quase sempre sem falar comigo, mesmo que eu estivesse sentada ao seu lado. Respondia às minhas perguntas com um grunhido, aos meus insultos, com silêncio.

Eu tinha desistido de tentar provocar Akin ou de persuadi-lo a conversar comigo, então ficava naquele quarto em vez de na sala de estar. Arrumei no chão os brinquedos que havia comprado para o bebê, levei para lá uma poltrona e comprei meus próprios jornais para ter algo para ler enquanto esperava o timer soar na cozinha. Naquele quarto, cercada de ursinhos de pelúcia e chocalhos coloridos, li sobre os militares que tinham sido acusados de planejar um golpe de Estado. Fui atraída pelo perfil de dois dos homens. Um deles era o tenente-coronel Christian Oche, doutorando na Georgetown University, nos Estados Unidos, até ser convocado de volta pelo Comando Supremo. Eu me perguntava que curso sua vida teria tomado se ele não tivesse sido chamado de volta e tivesse conseguido concluir sua tese. Talvez tivesse lido sobre os acontecimentos no canto inferior direito de algum jornal americano. Também me perguntei se, ao embarcar no avião com destino a Lagos, ele sentira uma tristeza debilitante, ignorada até ser substituída pela emoção de voltar para casa.

E havia também o homem cujo destino fascinava o país: o major-general Mamman Vatsa, ministro em exercício, poeta premiado e amigo íntimo do chefe de Estado. Vatsa e Babangida eram amigos de infância que depois foram companheiros de classe na escola; alistaram-se no Exército no mesmo dia e comandaram batalhões vizinhos na guerra civil. Babangida tinha inclusive sido padrinho de casamento de Vatsa.

Naquela época, eu passava mais tempo no quarto de brincar do que em qualquer outro lugar da casa, mas no dia em que li que Vatsa, Oche e outros onze homens haviam sido condenados à morte, sentei-me com Akin na sala de estar e tentei discutir essa notícia com ele. Mas Akin continuava redirecionando a conversa para minha barriga inchada, então voltei para o quarto de brincar sem perguntar se ele achava que o encontro de Wole Soyinka, Chinua Achebe e J. P. Clark com Babangida poderia ser de alguma ajuda. O apelo dos escritores por clemência fazia sentido para mim; afinal de contas, não tinha nem mesmo havido uma tentativa de golpe de fato: os homens foram julgados por suas *intenções*. No dia seguinte, chorei ao ler que dez dos oficiais, incluindo Vatsa e Oche, haviam sido executados. Vatsa afirmou sua inocência até o fim, mas levaria anos para que outros militares questionassem as evidências com base nas quais ele tinha sido condenado. Na época, a Nigéria estava em plena lua de mel com Babangida, e, como a maioria das novas esposas, não fazia interrogatórios ainda.

Eu não fui para a sala de estar quando o ministro da Defesa anunciou as execuções, mas ouvi do quarto de brincar porque Akin havia aumentado o volume. Eu queria ir até ele, não para falar, mas apenas para estar a seu lado e senti-lo apertar meu braço. Mas eu tinha medo que ele olhasse para minha barriga sem dizer nada, com a expressão de alguém olhando para vômito.

Por fim, o silêncio gelado de Akin se derreteu em calorosas palavras sussurradas. Ele inclusive foi até o quarto de brincar algumas vezes. Suas palavras ocupavam tanto espaço naquele quarto que era difícil para mim respirar. Desde que eu lhe contara que estava grávida, ele não se referira uma vez sequer ao bebê, mas quando me visitava no quarto de brincar era a única coisa da qual queria falar. Ele queria me incutir algum juízo, mas seus sermões eram repletos de perguntas às quais logo deixei de responder. Ele me perguntava repetidas vezes se eu achava que meu filho ia salvar o mundo. Perguntava se eu tinha visões com a criança e pedia que eu descrevesse os anjos que tinha visto, mesmo depois de eu ter dito a ele que nunca vira anjo algum. Certa noite, ele me perguntou se eu achava que meu filho teria superpoderes, e foi então que eu decidi que bastava. Na manhã seguinte, fui até o salão e disse às meninas que só retornaria no outro dia. Então, dirigi até o hospital universitário de Ifé.

Não havia eletricidade no hospital quando cheguei. Depois de marcar minha consulta, a enfermeira me informou que o gerador só seria ligado às duas da tarde, e, como havia pessoas na minha frente na fila, talvez eu só conseguisse me consultar com um médico às três. Eram apenas onze da manhã. Decidi ir até o mercado para comprar alguns itens para meu salão. Comprei os xampus e fixadores que costumava usar e, em seguida, parei em uma loja de presentes para comprar um vaso de flor de madeira que ficaria bonito no quarto de brincar.

Estava saindo do mercado quando senti uma mão segurar meu pulso. Eu me virei e me vi cara a cara com Iya Tunde, a quarta esposa de meu pai. Eu não a via desde o enterro dele.

— Yejide, então é você? Eu a vi e disse a mim mesma: não, não pode ser Yejide, Yejide não entraria neste mercado sem visitar minha tenda. Onde este mundo vai parar? Uma filha agora pode visitar o mercado sem ir até a tenda de sua mãe? — disse Iya Tunde.

— Boa tarde, Iya Tunde. — Não resisti ao ímpeto de lembrar-lhe que ela era Iya Tunde, não minha mãe. — Como vão os negócios?

— Imploramos a Deus que seja um bom dia de vendas. Em seguida agradecemos porque não estamos passando fome.

Durante os primeiros meses depois de se casar com meu pai, Iya Tunde vendeu frutas em uma pequena barraca atrás de nossa casa. Quando ela engravidou, meu pai a transferiu para a tenda que tinha construído para Iya Martha no mercado e pediu que a compartilhassem porque uma mulher grávida deveria ter sombra e espaço suficientes para fazer seus negócios. Ele prometeu a Iya Martha que ia construir uma nova tenda apenas para ela, em outro lugar do mercado. Não sei como ela fez isso, mas, no fim do ano, Iya Tunde tinha tomado conta da tenda e Iya Martha estava vendendo seus produtos na barraca de madeira atrás de nossa casa. Meu pai nunca construiu outra tenda para Iya Martha.

— Cumprimente todos em casa por mim — pedi. — Eu tenho que ir.

— Espere, espere, deixe-me ficar feliz por você, vejo que agora é duas pessoas em uma. Você está grávida!

— Graças a Deus.

— Sua mãe não está dormindo no céu, ela está rezando por você. Embora ela não tivesse linhagem, ou pelo menos não uma que conhecêssemos, está claro agora que ela é uma boa mãe.

Ela não podia me deixar ir sem me dar um golpe. De acordo com meu pai, minha mãe fazia parte de um grupo nômade fulani quando engravidou dele e se recusou a continuar viajando com seu povo. Mas minhas madrastas iriam para o túmulo chamando-a de uma mulher de "linhagem desconhecida".

— Eu realmente tenho que ir.

— Lembre-se de nos visitar de vez em quando, dar as caras de tempos em tempos. Afinal, aquela sempre será a casa de seu pai.

Toda vez que tomava uma nova esposa, meu pai dizia a seus filhos que ter família era ter pessoas que iriam procurar por você se um dia fosse sequestrado. Em seguida acrescentava que estava reunindo um exército para o caso de um dia um de nós ser realmente vítima de um sequestro. Era uma piada ruim, e eu era a única que ria. Eu ria de todas as suas piadas. Acho que ele acreditava na ilusão de sua grande família harmoniosa. Provavelmente achava que eu continuaria visitando minhas madrastas após sua morte.

— Adeus, Iya Tunde.

— Adeus! Cumprimente seu marido por mim.

As sacolas de plástico que eu carregava me pareceram subitamente mais pesadas. Foi um alívio quando o motorista as tomou de mim para me ajudar a embarcar no ônibus. Eu tinha deixado meu carro no hospital para evitar forçar sem necessidade o velho motor. Lutei para afastar as lembranças de minha infância solitária, acariciei a barriga através das roupas e me tranquilizei. Eu não precisava ter medo. Mesmo que Funmi acabasse tirando Akin de mim, eu logo teria alguém só meu, minha própria família.

Cheguei bem a tempo da consulta.

Depois do ultrassom, o Dr. Junaid limpou a garganta.

— Há quanto tempo está grávida?

— Cerca de seis meses.

— Quando fez o último ultrassom?

Ele escreveu algo no prontuário aberto à sua frente.

— Aos três meses, e isso já faz três meses. Fui atendida por uma jovem médica na ocasião, talvez tenha sido por isso que ela se enganou... falta de experiência.

Ele parou de escrever e olhou para mim.

— Hum, você acha que ela se enganou?

— É por isso que estou aqui, para confirmar. Ela disse que não havia bebê. — Eu acariciei minha barriga proeminente. — O senhor pode ver por si mesmo, tenho certeza de que não é *kwashiorkor*.

Eu ri. O Dr. Junaid não.

— Já consultou um especialista em fertilidade? Consultou um antes de, bem, antes de pensar que estava grávida? Fez outros exames?

— Sim, claro. Eu me consultei com um médico em Ilesa e fiz todos os exames. Eles disseram que eu estava bem.

— E seu marido, ele se consultou com um especialista?

— Sim.

Certa vez, fomos juntos ao hospital. Akin respondeu à maioria das perguntas do médico, e, quando ele perguntou sobre nossa vida sexual, Akin segurou minha mão e acariciou meu polegar enquanto respondia: *Nossa vida sexual é normal, absolutamente normal.*

O Dr. Junaid fechou o prontuário no qual estava escrevendo e se inclinou para a frente.

— Então seu marido fez os exames? Eles fizeram os exames e...?

— Sim, ele fez os exames — respondi. — Mas, doutor, e o meu bebê?

— Senhora — disse ele, tamborilando na mesa —, não há bebê.

Eu bati três vezes as mãos e comecei a rir.

— Doutor, o senhor por acaso está cego? Não quero insultá-lo, mas não consegue ver?

— Por favor, deixe-me explicar. Essas coisas acontecem às vezes. As mulheres pensam que estão grávidas, mas não estão.

— Ouça o que está dizendo. Eu não acho que estou grávida. Eu *sei* que estou grávida. Não fico menstruada há seis meses. Olhe para a minha barriga. Já até senti o bebê chutar! Eu não *acho* que estou grávida, doutor. Eu *estou*. Não consegue ver? Eu estou grávida.

— Senhora, por favor, fique calma.

— Vou embora. Não sei se são as máquinas com as quais vocês trabalham que estão com defeito ou se são seus cérebros.

E saí do consultório batendo a porta.

*

Quando a gravidez se aproximou dos onze meses, decidi ir novamente à Montanha dos Milagres Espantosos. No dia em que fui até lá, Akin estava em Lagos para uma reunião de trabalho e tinha viajado com seus colegas no carro oficial do banco. Eu dirigi o carro dele até a extensão de terra plana ao pé da montanha. Quando cheguei, havia apenas um carro no local, um Volvo estacionado à sombra de uma amendoeira. Reconheci o número da placa da Sra. Adeolu.

Enquanto eu subia, tudo estava quieto e silencioso. Levei mais de duas horas para chegar ao topo, porque parei algumas vezes para me sentar em pedras e beber da garrafa de água que levava comigo. O sol era implacável. Suor escorria pelas minhas costas e se infiltrava no espaço entre minhas nádegas. Puxei a gola do vestido para a frente e para trás para arejar minha pele.

Quando cheguei ao topo, não encontrei vivalma. Vaguei até encontrar uma placa de madeira na qual alguém tinha rabiscado: *Profeta Josiah viajando. Por favo, volta no outro* mês *para seu milagri*. Que pena para o Profeta Josiah, pensei comigo mesma, acariciando o punhado de notas de naira em meu bolso: queria dar-lhe algum dinheiro. Ele não pedira nada na primeira vez que fui até lá, e achei que um presente não faria mal. A garrafa d'água estava vazia, eu estava com sede e me sentia fraca. Com medo de desmaiar ao descer a montanha, caminhei pelo topo, esperando encontrar uma garrafa d'água esquecida, e rezando para não pegar cólera se encontrasse uma. Foi quando vi a barraca, que consistia de quatro estacas de madeira formando um retângulo com uma cobertura de folhas de palmeira.

Na barraca, o Profeta Josiah e a Sra. Adeolu estavam fazendo sexo. Eu podia ver o rosto dela; tinha os olhos fechados em uma espécie de êxtase. O chapéu do Profeta estava prestes a cair e sua túnica enrolada em torno da cintura deixava expostas as nádegas em movimento. Suas pernas nuas eram muito magras.

*

Fui embora antes que um dos dois me visse e passei os dois meses seguintes em casa, esperando o bebê nascer. Parei de ir ao salão e deixei que Akin lidasse com a cabeleireira-chefe quando ela ia prestar contas à noite. Não cozinhava nem fazia tarefas domésticas. Akin comprava refeições de *bukas* na cidade e se sentava comigo no quarto de brincar para ter certeza de que eu comeria alguma coisa. Também me levava jornais, que eu não lia. Certa manhã, disse a ele que estava conservando minhas energias para conseguir fazer força quando o bebê estivesse pronto para nascer. Ele não me disse que não havia bebê, nem me perguntou por que eu não tinha feito isso quando a gravidez completou nove meses. Apenas me deu um beijo no queixo e saiu para o trabalho, mas quando voltou aquela noite me explicou que, se quisesse ser forte para o bebê, eu precisava estar ativa. Não houve menção a psiquiatras, e ele não parecia estar brincando nem sendo condescendente com uma pessoa louca. Falou comigo do jeito que eu queria que tivesse falado todo aquele tempo: como um pai ansioso. Aceitei seu conselho e no dia seguinte voltei ao trabalho.

*

Em uma tarde de sábado, abri a porta de minha casa e encontrei Funmi, cercada por várias caixas e malas. O táxi que a levara até lá levantava uma nuvem de poeira ao se afastar.

— Saia da frente e me deixe passar — disse ela.

Fiquei parada ao lado da porta como um guarda enquanto ela entrava. Assisti quando arrastou as malas para dentro da casa uma após a outra, espalhando-as pela sala de estar. Ela usava um *boubou* azul-marinho e um lenço do mesmo tecido, que havia amarrado em torno do cabelo trançado como uma faixa. Sua pele clara brilhava à luz do sol que entrava pela porta aberta.

— Onde é o meu quarto? — perguntou ela quando terminou de arrastar as malas para dentro.

— Nesta casa? Você está sonhando?

— Você, mulher... já aguentei o bastante de você. Não venha mais com essas loucuras para cima de mim. Esta é a casa do meu marido também. Por que eu deveria ficar fora dela? — Ela tirou o lenço e o amarrou em torno da cintura. — Por quê? Sua mulher perversa, eu lhe pedi apenas que chegasse para o lado para que nós duas pudéssemos nos sentar. Se não tomar cuidado, vou empurrá-la para fora do assento.

— Escute aqui: não fui eu quem se casou com você. Aquele que você chama de marido não está em casa. Quando ele chegar, pode fazer a ele essas perguntas idiotas. — Apontei para a porta. — Agora, saia da minha casa!

— Quer saber do que mais? Só consigo ver sua boca se movendo, mas não ouço uma única palavra. Preste bastante atenção: só há uma coisa capaz de me tirar desta casa, uma coisa!

— Eu disse para sair!

Bati com a mão na coxa ao pronunciar cada palavra.

— Eu só vou deixá-la em paz se você levantar sua blusa e me deixar ver sua barriga. Já faz mais de um ano que está grávida. Deixe-me ver o que tem aí, porque o que estão dizendo por toda a cidade é que você está carregando uma cabaça por baixo das roupas. Sim, você foi desmascarada. — Ela riu. — Mas pode provar que elas estão erradas, provar que as pessoas maldosas estão erradas. Deixe-me ver sua barriga e eu a deixo em paz. Juro por Deus.

Segurei o queixo com uma das mãos e coloquei a outra sobre a barriga distendida.

— Não vai dizer nada?

O que eu poderia dizer? Que minha gravidez era real? Eu ainda não tinha ficado menstruada e, se tivesse levantado minha blusa e desenrolado minha saia, nenhuma cabaça teria caído no chão; nenhuma almofada teria tombado aos meus pés. Ela teria visto minha barriga dura e distendida e as estrias cruzando a pele. Eu poderia ter dito que minha gravidez não era real, que ultrassom após ultrassom tinham mostrado que não havia nada lá, mesmo que os chutes do bebê me acordassem todas as noites. Que algumas das minhas cabeleireiras achavam que eu tinha ficado maluca e que o último médico com o qual me consultei tinha me encaminhado para um psiquiatra.

Mas eu não consegui dizer nenhuma dessas coisas; havia apenas uma coisa a dizer. A única coisa que ela não esperava que eu dissesse. Fechei a porta e me voltei para ela.

— Venha comigo, vou lhe mostrar seu quarto.

E a levei para o quarto de brincar.

Eu não era idiota. Sabia que era uma questão de tempo até que Moomi aparecesse para se certificar de que Funmi estava morando em nossa casa. Se brigasse com Funmi, eu só pioraria as coisas. Moomi poderia me pedir para ir embora e, apesar de Akin continuar me dizendo o quanto me amava, eu não acreditava mais nele. Embora quisesse acreditar. Eu não tinha pai, mãe nem irmãos. Akin era a única pessoa no mundo que realmente notaria se eu desaparecesse.

Hoje digo a mim mesma que foi por isso que me esforcei para aceitar cada nova humilhação: para ter alguém que procurasse por mim caso eu desaparecesse.

parte 2

10

ILESA, DEZEMBRO DE 2008

Estou cavando a sepultura do meu pai. Fazendo mais do que o meu dever porque o marido de minha irmã superestimou suas habilidades quando prometeu fazê-lo. Como primogênito, era minha obrigação dar o primeiro e o último golpes de enxada na terra, por segurança. O genro de meu pai deveria fazer o resto, ou pagar outra pessoa para executar o trabalho. Eu achei que Henry contrataria homens, pois é o que a maioria das pessoas faz hoje em dia.

Yejide, você deve se lembrar de quando eu lhe disse, anos atrás, que logo essa tradição seria abandonada. Seu pai tinha acabado de morrer. Enquanto sua família organizava o funeral, você disse a eles que eu deveria me juntar à escavação da sepultura, mesmo que ainda não estivéssemos casados. Mas suas madrastas, é claro, não permitiram. E você chorou até o branco dos seus olhos ficar vermelho. Eu tentei confortá-la, dizendo que na verdade não importava, porque em alguns anos todos estariam pagando trabalhadores para cavar sepulturas de qualquer maneira. Não sei se me ouviu ou mesmo se você se importou. Naquela noite, você chorou até dormir.

Eu não pude lhe dizer naquela época, mas fiquei aliviado por não ter que cavar a sepultura de seu pai. Naquele tempo eu ainda acreditava em fantasmas, e tinha pavor de cemitérios. Se suas madrastas tivessem concordado em me deixar cavar, porém, eu teria cavado apenas para agradá-la. Não importa o que pense de mim agora, deve saber que há poucas coisas que eu não faria para deixá-la feliz. Hoje tenho certeza de que não existem fantasmas, porque se existissem eu já estaria sendo assombrado. Então, aqui estou eu, em uma cova de cerca de dois metros de profundidade, ajudando Henry para que o trabalho esteja terminado quando chegar a hora de sairmos para o funeral.

Henry está fazendo isso para provar algo aos meus pais. Durante três anos, eles se recusaram a dar a mão da única filha em casamento a Henry porque ele não era iorubá. Ficaram irredutíveis até que minha irmã pôs fim à discussão engravidando de Henry. Então, aquelas mesmas pessoas que tinham jurado que ele só se casaria com sua filha por cima de seu cadáver disseram a Henry que ele podia escolher qualquer data para o casamento desde que fosse realizado antes de a gravidez começar a ficar evidente. Henry agora fala iorubá com fluência e sabe mais sobre nossas tradições do que eu. E aqui estamos, trabalhando como escravos, em silêncio sob um sol escaldante, porque Henry ainda está tentando provar a meus pais que está à altura da filha deles. A julgar por sua respiração pesada, está claro que ele foi longe demais quando afirmou que era capaz de fazer tudo "como deveria ser feito".

O sol está tão quente que parece que há uma fornalha em minhas costas. Meus braços doem cada vez que levanto a pá, mas eu continuo. Enquanto escavo, penso em Dotun e, pela primeira vez em todos esses anos, sinto sua falta. Se estivesse aqui, ele teria quebrado o silêncio, teria encontrado uma maneira de fazer Henry e eu rirmos. Ele me ligou esta manhã, por volta das sete. Não disse quem era, não precisava. Quando ouvi: "Bom dia, irmão Akin", reconheci sua voz. Telefonava do hotel do aeroporto; tinha recebido a carta que lhe enviei sobre os preparativos do funeral e sairia de Lagos ao meio-dia para chegar a Ilesa a tempo da cerimônia. Nossa primeira conversa em mais de uma década durou menos de um minuto. Quando desliguei o telefone, não senti nem sombra da raiva que eu esperava sentir; em vez disso, tive um súbito desejo de ficar na cama o dia inteiro, dormindo. O telefonema de Dotun fez com que eu me perguntasse se você vai honrar meu convite. Eu me pergunto se você vai aparecer, se vai concordar em se sentar ao meu lado e cantar os hinos.

À medida que escavamos, a terra vai ficando mais dura. Não parece uma sepultura, apenas um longo buraco no chão. Limpo a garganta.

— Eu acho melhor chamarmos alguém para terminar isso.

Henry sorri e desaba contra a parede da cova, como se tivesse ficado o dia todo esperando que eu dissesse isso. Ele franze a testa.

— Arinola...

Espero que conclua a frase, mas ele não diz mais nada. Eu olho para sua testa franzida, tentando entender o que seu silêncio significa.

— Você não quer que eu diga a ela que abandonamos o trabalho?

— Ela ficou muito emocionada por eu estar cavando a sepultura.

— Tudo bem, podemos dizer a ela que você cavou.

É a verdade — exagerada, mas ainda verdade. Além disso, o que seria do amor sem a verdade exagerada até o limite, sem as versões melhoradas de nós mesmos que apresentamos como se fossem as únicas que existem?

*

Timi me disse que Moomi se recusou a descer para a cerimônia. Enquanto me pergunto o porquê, ocorre-me que minha mãe poderia estar triste pela morte de meu pai. Quase dou uma risada. Enquanto subo as escadas, dois degraus por vez, sei que o motivo deve ser outro. Acho que eles nunca foram apaixonados. Mas se toleraram até meus irmãos e eu sairmos de casa. Então Moomi parou de se dar ao trabalho de ser tolerante e libertou a raiva e o ressentimento que cultivara durante anos. Meu pai não reagia: depois de lidar com suas quatro esposas mais novas, restavam poucas energias àquele pobre homem. Agora que ele está morto, acho que Moomi vai sentir um pouco de tristeza, mas misturada a uma sensação de triunfo: ela o superou. Viro à esquerda no patamar da escada e entro na sala íntima de Moomi. A porta do quarto está escancarada. Ela está sentada na cama, vestida de branco como as outras viúvas, com os braços cruzados sobre o peito.

— Moomi, Timi disse que você não quer descer. Por quê?

Ela suspira.

— Akinyele.

Nunca é um bom sinal quando ela me chama pelo meu nome completo. Entro no quarto e me sento em uma poltrona, esperando que ela continue.

— Uma mentira pode viajar por vinte anos, por cem anos, mas basta um dia... — Ela levanta a mão direita e aponta para o teto com o dedo indicador. — Basta um dia para que a verdade a alcance. A verdade alcançou você hoje, Akin. Hoje é o dia em que descobri que você tem mentido para mim a respeito de Dotun. Não me disse que ele ligou hoje de manhã? Você disse que a esta hora ele já estaria aqui. Onde ele está? Akinyele, onde está meu filho?

Enfio a mão no bolso da calça, pego meu telefone, disco o número do qual Dotun me ligou pela manhã e levo o telefone à orelha.

O número que você ligou no momento está fora de área. Por favor, tente mais tarde.

— Está vendo? Eu acabei de ligar para ele, *Ma*. O número está fora de área.

— Você não vai mais me enganar. Acha que vou desabar se me disser a verdade? Mesmo que a verdade acabe comigo, acha que sou jovem demais para morrer?

— Você precisa acreditar em mim.

Estou cansado de tentar convencê-la de que não estava mentindo, quero apenas que Dotun apareça de uma vez e ponha fim à ansiedade dela.

— O que poderia realmente me matar é saber que você e seu irmão não fizeram as pazes e que Dotun foi para o túmulo sem perdoá-lo. — Moomi suspirou. — E que eu poderia ter colocado juízo na cabeça de vocês, mas não, preferiram não me dizer qual era o motivo da briga.

— Vou lhe dizer mais uma vez: nós resolvemos tudo muito antes de ele ir embora.

É Dotun quem precisa do meu perdão, não o contrário. Mas tenho certeza de que ele ainda acha que eu preciso me desculpar. E eu me dei conta, Yejide, que é do seu perdão que preciso. A questão de perdoar Dotun ou implorar por seu perdão se torna secundária quando Moomi derrama as primeiras lágrimas que a vi derramar desde que seu marido morreu. São lágrimas que não têm nada a ver com meu pai: são todas para Dotun, seu filho favorito.

— Como você pode me dizer que meu filho está vivo se ele ainda não chegou em casa para enterrar o próprio pai, o próprio pai? Akin, você está me enganando, agora tenho certeza de que me enganou esse tempo todo.

A voz de Moomi estremece, mas ela não soluça, as lágrimas simplesmente rolam.

— Moomi, pare de chorar, por favor. Venha, vamos descer para que o funeral possa começar. Todos já estão sentados, são quase quatro. Tenho certeza que ele chegará durante a cerimônia.

— Se você não trouxer Dotun até este quarto, eu não vou a funeral nenhum.

Ela tira o lenço, dobra-o em um quadrado e coloca-o na mesa de cabeceira.

— Moomi, você está nervosa à toa. Ele logo estará aqui.

Ela se deita na cama e se vira para a parede.

Esse atraso me faz pensar que Dotun continua o mesmo, o homem que deixou o país sem dizer nada a ninguém da família; o homem que vai chegar quando o funeral terá terminado, não vai se desculpar e vai fazer uma piada esperando que todos riam.

— Moomi, por favor, pare de chorar, Dotun não está morto. — Eu olho para o relógio. Faltam cinco minutos para as quatro. — Moomi, espero que esteja me ouvindo. Às cinco em ponto, se Dotun não tiver chegado, vamos começar o velório.

— Sem mim?

— Vou pedir ao padre que adie por uma hora. Não posso pedir mais do que isso, *Ma*.

— O padre não vai começar sem mim.

— Eu pedirei a Timi que venha chamá-la quando faltarem alguns minutos para as cinco. — Eu me levanto. — Por favor, fique tranquila, Moomi.

Desço as escadas e volto para o jardim, onde as tendas foram instaladas. Inclino-me para cumprimentar algumas pessoas enquanto atravesso a multidão ruidosa em direção à primeira fileira de cadeiras, tudo isso enquanto olho em torno à procura de seu rosto.

Na frente da tenda, falo com o sacerdote, depois sussurro para minhas madrastas que a vigília começará às cinco. Vou para o fundo da tenda sem responder-lhes por que Moomi ainda não desceu. Preciso me afastar do barulho, ligar para o coveiro, confirmar que o lugar de descanso de meu pai está pronto.

No momento em que saio do abrigo da tenda, um táxi amarelo e preto de Lagos estaciona. Vejo Dotun no banco de trás, sozinho. Ele sai do carro, ergue os olhos e nossos olhares se encontram. Ele está calvo também, e seu rosto é uma versão flácida daquele do qual me lembrava.

Fico observando-o com as mãos nos bolsos da calça. Ele fica parado ao lado do táxi por um momento, depois vem na minha direção. E, pela primeira vez em mais de uma década, meu irmão e eu ficamos cara a cara.

Tento pensar no que fazer, no que dizer. Ele se adianta e se prostra na areia vermelha. Ao se levantar, diz duas palavras:

— Irmão *mi*.

Não sei quem faz o primeiro movimento, mas não importa; nos abraçamos, rindo. Acho que um de nós tem lágrimas nos olhos.

Yejide, espero que seja assim também entre nós quando você chegar. Se você vier.

11
ILESA, 1987 EM DIANTE

Um dia, voltando de uma viagem a Lagos, encontrei Funmi à mesa de jantar, comendo arroz frito com um garfo. Quando entrei, ela parou de comer e veio na minha direção sorrindo, colocou os braços ao redor do meu pescoço e beijou meu queixo. Seu hálito cheirava a alho.

— Seja bem-vindo, meu marido — disse ela, pegando minha pasta. — Como foi a viagem?

— Ótima — respondi.

Não pensei que houvesse motivo para alarde. Achei que ela tinha simplesmente passado o dia em nossa casa.

— Yejide está lá em cima? — perguntei enquanto Funmi me servia um copo de água fresca.

Funmi franziu os lábios, suspirou e me levou para a sala de estar.

— O trânsito em Lagos devia estar terrível, como de costume, *abi*?

— Estava bom.

Ficamos em silêncio enquanto eu bebia a água.

Funmi sempre tentava conversar comigo, mas tínhamos um problema. Fora o fato de sermos casados, não tínhamos nada em comum. Eu costumava falar pouco quando estávamos juntos.

— Quer que prepare alguma coisa para você comer? — perguntou ela.

— Não, obrigado.

— Eu fiz arroz frito, mas, se você quiser outra coisa, posso preparar. Quer purê de inhame?

Alguém devia tê-la convencido de que, se me alimentasse sempre que possível, meus sentimentos em relação a ela mudariam. Estava sempre me oferecendo comida ou bebida.

— Eu almocei na casa de Dotun antes de sair de Lagos. Ainda não estou com fome.

— Ah, tudo bem. Mais tarde, *abi*?

Assenti, pousei o copo vazio em um banquinho e comecei a me levantar. Funmi colocou a mão em meu joelho.

— Quero pedir uma coisa — disse ela.

— O quê?

— Querido, quero que passe a noite comigo.

A palavra "querido" sempre me soava estranha saindo de sua boca. Era uma palavra que ela não sentia e na qual eu não acreditava. Mas ela continuava a dizê-la, como se achasse que o ato de a repetir pudesse torná-la verdadeira. Pensei diversas vezes em dizer que não me chamasse assim, mas seria cruel.

— Funmi, você sabe que eu só posso ir ao seu apartamento no fim de semana.

— Não, querido. Eu moro aqui agora.

— O que você acabou de dizer?

— Faz dois dias que me mudei para cá. Yejide me mostrou meu quarto. Ela não se importou nem um pouco; na verdade, me recebeu de braços abertos.

Meu primeiro instinto foi dizer a Funmi que arrumasse suas coisas imediatamente e partisse. Eu sabia que não conseguiria dar conta de Yejide e Funmi sob o mesmo teto, seria pressão demais: aquilo ia acabar mal. Mas contive esse impulso porque sabia que Funmi já tinha suspeitas... Se eu a mandasse embora, ela as teria gritado aos quatro ventos. Tinha que esperar o momento certo de tirá-la de nossa casa.

— Meu querido — disse Funmi, segurando meu rosto —, está bravo comigo por não ter pedido permissão antes de me mudar? — Ela caiu de joelhos. — Não fique com raiva de mim...

— Claro que não. Está tudo bem; por favor, levante-se. Não há necessidade de tudo isso.

Ela sorriu, apoiando a cabeça em meus joelhos. Naquele momento decidi ficar atento ao momento certo de colocá-la para fora. Não apenas de nossa casa, mas da minha vida. Casar-me com ela tinha sido um erro de cálculo terrível. Enquanto tirava os sapatos, compreendi que precisava corrigir aquela equação o mais rápido possível.

Eu tinha certeza de que o momento perfeito para me divorciar de Funmi se apresentaria, assim como o momento perfeito para me casar com Yejide se apresentara em 1981. Naquele ano, Bukola Arogundade, estudante da Universidade de Ifé, foi assassinado. Isso foi anos antes de algumas das marchas de protesto nas universidades se tornarem obrigatórias, por ordens dos assim chamados "jovens do sindicato", que expulsavam os estudantes de seus quartos. O protesto de 1981 para exigir justiça para Bukola Arogundade era um protesto puro, impulsionado por uma ira coletiva que fazia ferver o sangue, pela convicção tácita de que, se chegássemos ao palácio e gritássemos alto o suficiente, alguém nos ouviria.

Naquela época, eu estava cortejando Yejide, dirigindo até Ifé todos os dias depois do trabalho apenas para sentir seu perfume. Deixei que suas palavras arrebatadas me contagiassem com aquela febre de revolta. Nunca a vi agir como naquele dia, fiquei hipnotizado pelas veias que saltavam em seu pescoço enquanto ela falava. Concordava com tudo que saía de sua boca: era como se ela estivesse lendo meus pensamentos. Era nova, estranha e excitante a maneira como ela me espelhava naquele momento, refletindo minha paixão e meus sonhos de um país melhor. Eu estava ainda mais convencido do que antes de ter encontrado minha alma gêmea. Tirei um dia de folga no trabalho e juntei-me ao protesto para exigir uma investigação completa e transparente do assassinato.

Yejide e eu marchamos lado a lado, gritando palavras de ordem. As nuvens que se acumulavam acima de nós não diminuíram nosso ardor. Marchamos com a multidão até o portão da universidade, não ficamos cansados, nem mesmo sem fôlego. As palavras de ordem se tornaram ainda mais altas quando saímos pelos portões e nos dirigimos para a cidade. Quando a chuva começou, encarei-a como uma bênção divina, um sinal de aprovação. Eu acreditava, enquanto ficava ensopado, que os resultados do protesto impulsionariam o restante do país. Eu podia ver a revolta enquanto piscava em meio ao aguaceiro: primeiro nas universidades, estudantes e professores indo para as ruas para exigir mudanças, o fim da corrupção, um fornecimento de energia decente, estradas melhores. Eu via tudo tão claramente. E, embora o protesto se dirigisse na direção oposta, eu o imaginava varrendo Ibadan e carregando, como uma enxurrada, o povo daquela cidade, arrastando-os junto a nós para Lagos, até a sede do governo. Essa possibilidade era tão real para mim quanto as gotas de chuva em meus lábios e minha boca enquanto cantávamos:

SOOOO-lida-RIEDADE para SEEEM-PRE
SOOOO-lida-RIEDADE para SEEEM-PRE
SOOOO-lida-RIEDADE para SEEEM-PRE
SEMPRE LUTAREMOS POR NOSSOS DIREITOS
SOLI SOLI SOLI
SOOOO-lida-RIEDADE para SEEEM-PRE!

Os policiais nos esperavam em Mayfair. Tiros foram disparados. Ao meu redor, todos começaram a correr, gritando enquanto se precipitavam pelo mato, rumo a um destino desconhecido. No início, fiquei confuso e corri sem rumo como uma galinha em seus últimos espasmos depois de ser degolada. Então também corri para o mato. Foi como mergulhar no inferno. À minha volta, as pessoas gritavam, rezavam, praguejavam, escorregavam, caíam. Alguns se levantavam e continuavam correndo. Uma garota com jeans apertados e penteado afro caiu na minha frente e ficou imóvel. Eu saltei sobre ela e continuei correndo como se ela fosse uma vala em meu caminho. Continuei a correr pelo que me pareceu uma eternidade, o mato se estendendo infinito à minha frente, cheio de galhos que cutucavam meus olhos e minha boca.

Então eu estava na estrada outra vez. No momento em que meus pés tocaram o asfalto, quis subitamente voltar para o mato. Na estrada eu estava tão exposto, sem ter onde me esconder. Mas havia muitas pessoas saindo do mato e indo para a estrada. Se eu não me movesse, seria derrubado. Continuei correndo e levei um tempo para perceber que estava de volta ao campus. Corri para o estacionamento do Moremi, onde tinha deixado meu carro sob uma amendoeira.

Só depois que já estava dentro do carro me lembrei de Yejide. O pânico me estrangulou a garganta. Onde ela estava? No começo estava parada ao meu lado, segurando um cartaz de papelão molhado sobre a cabeça. Tentei me lembrar se ela estava vestindo jeans. Perguntei-me se seria a garota sobre a qual saltei no mato. Naquele instante, não conseguia me lembrar se ela tinha cabelo afro ou não. No estacionamento, reinava o caos, estudantes corriam por toda parte, entravam no Moremi, seguiam em frente. Eu não sabia por onde começar a procurá-la.

Então ela surgiu ao meu lado, batendo na janela do carro. Nunca fiquei tão feliz em ver outro ser humano, queria prendê-la ao assento do carona, viver com ela dentro daquele carro para sempre, nunca mais perdê-la de vista. Contentei-me em abraçá-la forte até sentir as batidas frenéticas de seu coração como se fosse o meu. Nenhum de nós dois disse nada. Eu não conseguia falar, sentia minha garganta obstruída pelas palavras, obstruída por emoções que paralisavam minhas cordas vocais. Ainda hoje acho que deveria ter dito algo. Deveria ter dito que não suportava a ideia de perdê--la, que momentos antes apenas essa possibilidade quase me fizera perder a cabeça, que queria me prender a ela para sempre para que ficasse segura, para poder ir com ela aonde fosse.

Eu não disse nada até o dia seguinte, quando ficamos sabendo que três estudantes tinham morrido no protesto.

— Case-se comigo agora — pedi. — A vida é curta, por que esperar até você ter seu diploma? Eu lhe darei meu carro, você pode vir dirigindo de Ilesa; pode até ficar morando no alojamento se preferir. Mas vamos dizer ao seu pai que estamos prontos.

Eu sabia que ela ia dizer que sim, porque era o momento certo. Em qualquer outro momento, ela teria insistido que não queria ser uma estudante casada. Mas, naquele dia de junho, Yejide segurou minha mão e aceitou.

Sonhei bastante com os estudantes mortos no primeiro ano de nosso casamento. Eu costumava vê-los deitados em uma fileira sem fim na estrada, todos vestindo jeans apertados. Yejide estava sempre de pé na outra extremidade da fileira de corpos. Eu tentava chegar até ela, mas havia muitos corpos no caminho.

12

Duas semanas antes de os assaltantes nos escreverem uma carta, um novo salão foi aberto ao lado do meu. A proprietária era Iya Bolu, uma mulher gorda e analfabeta que arrotava entre uma palavra e outra. Quando ela dava bom-dia, era possível ter uma ideia precisa do que tinha comido no café da manhã, acompanhada do borrifo de cuspe que se seguia a todas as palavras que pronunciava. Crianças jorravam de seu salão como água de uma fonte, emporcalhando a passagem que compartilhávamos. Estavam por toda parte: engatinhando, sentadas ou perambulando. Eram todas meninas e tinham os cabelos sujos. A mais velha tinha cerca de dez anos, a mais nova, quatro: seis filhas em seis anos. Uma semana depois de sua chegada, eu já detestava tanto aquela mulher que em um momento de loucura pensei em transferir meu salão para outro local.

Iya Bolu gritava o tempo todo com as filhas. Suas poucas clientes iam para casa com mais saliva do que fixador nos cabelos. Ela atendia um par de clientes por dia, às vezes nenhuma. Por mais que tentasse atrair minhas clientes, cumprimentando-as com palavras demais e sorrisos muito largos, a fonte de saliva que era sua boca devia afugentá-las. Não demorou para que ela começasse a passar muito tempo em meu salão. Chegava pouco antes do almoço para poder ouvir as notícias do meio-dia no meu rádio. O rádio não era apenas velho, mas tinha se tornado temperamental. Às vezes, para ter uma recepção melhor, Iya Bolu precisava ficar ao lado do aparelho segurando a antena. Depois que o noticiário acabava, ela se instalava em uma cadeira, que rangia sob seu peso, e dava conselhos não solicitados sobre penteados.

Foi Iya Bolu quem me levou a carta que a família dela havia recebido dos assaltantes. Sua família vivia no mesmo complexo que nós, e todos os moradores de lá tinham recebido uma carta dos ladrões. Ela me pediu para ler a sua depois que as clientes e cabeleireiras fossem embora.

A carta tinha o mesmo estilo que a endereçada a nós; apenas o endereço e a saudação eram diferentes.

Prezados Sr. e Sra. Adio,

Nós os saudamos em nome da Arma.

Escrevemos para informá-los de que antes do fim do ano faremos uma visita à sua família.

Preparem um pacote para nós. Aceitaremos uma quantidade mínima de mil nairas. Nós lhes daremos tempo para reunir esse dinheiro. Escreveremos novamente para informar a data exata de nossa visita.

— É só isso? — perguntou Iya Bolu.

— Sim.

Ela franziu a testa.

— Preciso pensar sobre o assunto. Onde eles acham que vamos arrumar essa quantidade de dinheiro? É o suficiente para comprar um carro.

— Tenho certeza de que é uma piada. É só uma brincadeira idiota, *jare* — falei.

Isso foi muito antes de esse tipo de coisa se tornar um acontecimento corriqueiro. Naquela época, eu não podia imaginar que um dia os assaltantes nigerianos seriam tão ousados a ponto de escrever cartas para que as vítimas tivessem tempo de se preparar para seus ataques, que um dia se sentariam em salas de estar depois de estuprar mulheres e crianças e pediriam às vítimas que preparassem purê de inhame e caldo de *egusi* enquanto assistiam a filmes em videocassetes que, em seguida, tirariam da tomada e levariam com eles.

Apenas algumas pessoas, como Iya Bolu, acreditavam que a carta era real. Eu atribuí isso à sua falta de instrução. Não dei importância à primeira carta. Nem mesmo a mostrei a Akin. Eu tinha outras coisas em mente. Depois que Funmi se mudou para nossa casa, comecei a me consultar com um psiquiatra, todas as quartas-feiras. Nunca tinha ouvido falar de pseudociese até então e, embora me parecesse uma palavra inventada, ia às consultas todas as semanas, e aos poucos meu corpo começou a voltar ao tamanho normal.

Passei a ir e voltar do trabalho a pé, porque meu psiquiatra recomendou que eu fizesse exercício. Na verdade, eu achava relaxante andar aquela curta distância, para longe de Funmi e de volta para ela. Eu tentava me concentrar em meu salão, mas era difícil não notar as mudanças que ela estava fazendo na sala de estar. Mudou as poltronas de lugar e colocou um vaso de flores de plástico na mesinha de centro. Eu fazia o possível para não cruzar com ela e passava a maior parte do tempo no andar de cima. Akin estava muito ocupado no trabalho e geralmente chegava em casa depois que eu já dormia um sono profundo, mas nos fins de semana queria conversar sobre como estava indo meu tratamento. Para fazê-lo feliz, eu assegurava que não havia mais nem um dia, nem mesmo um momento, em que eu acreditasse que estava grávida.

Iya Bolu se tornou uma presença fixa em meu salão. Ela dormia durante as horas de trabalho, roncando de boca aberta enquanto suas filhas perambulavam por perto, e levantava-se apenas para ficar ao lado do rádio na hora das notícias.

Quando recebemos as cartas seguintes dos assaltantes, os dias começaram a se acelerar como uma fita sendo avançada em um videocassete. Essas cartas eram diferentes das primeiras. Não eram bilhetes idênticos que um adolescente entediado poderia ter escrito. Aquelas eram personalizadas, dirigidas a cada família por pessoas que deviam estar nos observando, nos estudando e talvez até mesmo vivendo entre nós.

Os assaltantes felicitaram os Agunbiade pelo nascimento de suas filhas gêmeas, parabenizaram os Ojo pelo novo Peugeot 504 que tinham acabado de comprar, consolaram os Fatola pela perda do título de chefe do clã e aconselharam os Adio (a família de Iya Bolu) a pensar em um planejamento familiar. Prometeram aparecer dali a três semanas, aconselhando todos a não deixar o complexo e prometendo nos caçar se nos atrevêssemos a nos mudar. Sabiam tanto sobre nós que nos convencemos de que, se tentássemos fugir, eles nos encontrariam. Nossos corações começaram a bater em um ritmo violento e acelerado. Dávamos saltos quando cruzávamos com um rato e paramos de fazer passeios noturnos. Até as crianças ficaram menos barulhentas.

O comitê do complexo contratou um grupo de caçadores para proteger a propriedade. Antes das ameaças, não havia nenhum comitê no complexo. Todos éramos tão civilizados e modernos em nossas casas de dois andares, tocando a buzina quando passávamos de carro uns pelos outros na cidade. Nos visitávamos quando era necessário, em cerimônias de nome, aniversários e funerais ocasionais. Mas não nos mandávamos purê de inhame e caldo de *egusi* em travessas esmaltadas no Natal nem distribuíamos carneiro frito em Ileya. Em vez disso, trocávamos votos de "Feliz Natal" e "Ramadan

Kareem" sem deixar nossas varandas e acenávamos ao entrar no carro ou em nossas casas.

Porém, assim que o segundo conjunto de cartas dos assaltantes chegou, um comitê foi formado. Todos os moradores participaram. A primeira reunião oficial foi um tanto turbulenta, mas conseguimos concordar em arrumar cinco policiais e um grupo de caçadores para ajudar os seguranças. Também decidimos que cada casa pagaria três nairas como taxa de segurança. Akin e o Sr. Adio foram mandados de imediato à delegacia de polícia de Ayeso para pedir que mandassem os agentes.

No dia seguinte, o comitê recebeu uma carta dos assaltantes. Eles nos informavam que a polícia já estava em sua folha de pagamento. Nós rimos desse fato e assentimos em concordância durante a reunião do comitê quando o Sr. Fatola (ex-chefe Fatola) disse que éramos mais espertos que os assaltantes e que sua última carta era prova disso. Na semana seguinte, os policiais assumiram seus postos. Ver policiais com pistolas automáticas e caçadores com espingardas patrulhando o complexo nos tranquilizou e logo nos esquecemos das cartas.

Então, Iya Bolu convocou uma reunião de "mulheres do complexo".

Foi a primeira vez que entrei em sua casa. Fiquei surpresa ao descobrir que era muito limpa e arrumada. Pelo que via de Iya Bolu no salão, eu esperava que sua sala de estar cheirasse a urina seca e que houvesse fraldas sujas por toda parte. Em vez disso, tinha um perfume cítrico e fresco, como limão. Dava para perceber pelo jeito como as outras mulheres olhavam que esperavam algo parecido. Nenhuma de suas filhas surgiu durante a reunião. Eu passei o tempo todo me perguntando se ela as escondera em um quarto ou em um armário de sapatos.

Depois que todas as mulheres estavam sentadas, Iya Bolu deu início à reunião.

— Nós precisamos estar preparadas para os ladrões. Essas pessoas estupram, violentam crianças. Precisamos nos armar de absorventes.

A cada palavra, seus olhos se arregalavam mais, até parecer que iam saltar das órbitas e rolar para debaixo de uma cadeira.

— Absorventes? Eles colocam balas dentro deles agora? — perguntou a Sra. Fatola, balançando a cabeça.

Uma das mulheres riu, depois outra, e logo todas estávamos rindo, exceto Iya Bolu, que parecia prestes a começar a chorar.

— Calem a boca! — gritou ela. — Eu tenho seis filhas. Sabem o que isso significa? A mais velha já está começando a ter peito. Algumas de vocês também têm filhas, filhas que já estão começando a ter suas regras mensais. Podemos esperar qualquer coisa desses bandidos. E quanto a vocês mesmas? Quantos de seus maridos estarão dispostos a levar uma bala para impedir que sejam estupradas por um bando de assaltantes? Posso apostar que eles vão dar um jeito de se esconder no telhado.

— Não vai haver ladrão nenhum, temos os policiais — disse a Sra. Ojo.

Ela havia estudado na Inglaterra por um ano e sempre falava com um sotaque britânico falso, mesmo quando falava iorubá.

— Sim, não há motivo para nos preocuparmos — falei.

A sra. Fatola aplaudiu. Ninguém mais se juntou aos aplausos.

Iya Bolu respondeu sibilando:

— Deixem-me dizer qual é o meu plano. Mergulhem os absorventes em vinho tinto ou em infusão de *zobo*. Usem todas as noites, para o caso de essas pessoas aparecerem, de modo que, se aparecerem, pensem que vocês estão naqueles dias do mês.

— Essa mulher é louca? Mesmo que ela tenha razão, todas as mulheres do complexo menstruando ao mesmo tempo? Quem acreditaria nisso? — disse a Sra. Ojo em inglês com seu sotaque britânico estrangulado.

A Sra. Fatola balançou a cabeça e se levantou.

— É porque é analfabeta, uma mente sem recursos, sinto dizer — respondeu a Sra. Ojo.

— Não tenho tempo para isso. Preciso ir para o trabalho — disse a Sra. Fatola.

— O que elas estão dizendo? — perguntou-me Iya Bolu.

— Que não há nada com que se preocupar, fique tranquila — respondi a ela em iorubá. — Nós temos a polícia.

— Diga-me, a polícia ajudou Dele Giwa? — perguntou Iya Bolu.

A Sra. Fatola desabou em sua poltrona como se tivesse sido empurrada pelo peso das palavras de Iya Bolu. A sala ficou em silêncio e a Sra. Ojo olhou em volta, como se tivesse medo de que houvesse um agente do serviço secreto ouvindo nossa conversa.

Nos meses após o assassinato de Dele Giwa, as pessoas se calavam de pavor sempre que seu nome era mencionado. Não importava que nenhuma das mulheres na sala de estar de Iya Bolu fosse editora-chefe de uma revista de atualidades: o destino de Giwa ainda parecia algo que poderia acontecer com qualquer uma de nós, porque a bomba que o matou foi entregue em sua casa, em um pacote. Receber um pacote era um acontecimento cotidiano tão inócuo que todas podíamos nos imaginar sentadas à mesa em nossa casa abrindo um. E, embora eu não conseguisse imaginar um pacote endereçado a mim com um adesivo do brasão nigeriano e a inscrição *Do gabinete do C. em. C*, sabia que se, como o filho de Giwa, eu tivesse recebido pacotes semelhantes no passado, enviados a meu pai pelo chefe de Estado, não hesitaria em levá-lo ao seu escritório. Quando Giwa, que estava na companhia de um colega, recebeu o pacote, ele disse *Deve ser do presidente* e o abriu depois que o filho saiu. Giwa morreu em um hospital naquele mesmo dia, enquanto seu colega ferido sobreviveu.

— Para ser sincera — disse a Sra. Fatola —, agora peço à empregada para abrir nossa correspondência, inclusive as cartas desses supostos assaltantes.

Eu não tinha tomado nenhuma precaução em relação às cartas endereçadas à minha família. Quando Dele Giwa foi morto, eu estava preocupada em ficar em casa, em conservar minhas energias e ter força suficiente para empurrar quando o bebê nascesse. Não prestava atenção ao noticiário. Quando voltei ao trabalho, a morte de Giwa tinha ensinado a Nigéria a temer seus líderes. Mas, provavelmente porque fiquei sabendo dos acontecimentos em retrospectiva, não fiquei aterrorizada o suficiente para deixar de abrir minhas próprias cartas.

No salão, Iya Bolu não parava de me questionar sobre o texto da carta que minha família recebera. Interrogava todas as mulheres sobre os detalhes de suas cartas, em seguida ficava sentada tentando imaginar o que os ladrões poderiam querer de cada família. Parecia preocupada em nos proteger do que considerava uma ameaça iminente. Ela realmente se importava.

Contei a ela os detalhes da carta dirigida a Akin e a mim. Os assaltantes nos alertaram a não deixar a propriedade e ir para o apartamento de Funmi na tentativa de evitá-los.

— Como é que eles sabem sobre a casa da sua rival? Estou lhe dizendo, eles não estão de brincadeira, eles virão — afirmou Iya Bolu.

Ela estava tão assustada que às vezes eu ficava tocada por sua preocupação; outras vezes seus medos me irritavam. Será que não estava vendo os policiais que patrulhavam o complexo?

13

O irmão do meu marido era um daqueles tipos que ganha uma discussão porque consegue gritar mais alto e por mais tempo do que todos os outros, mesmo que seus argumentos sejam estúpidos. No calor de uma disputa, tinha um jeito de virar o pescoço quase por completo que dava a impressão de que ia estrangular a si mesmo se não lhe dessem razão. E a maioria das pessoas acabava por fazer exatamente isso. Eu sempre achei que todos deixavam que ele achasse que tinha razão e que tivesse a última palavra porque não queriam ser responsáveis por sua morte.

Eu não gostava de meu cunhado, mas era casada com Akin, e Dotun fazia parte do pacote. Sempre que Dotun nos visitava, eu ficava feliz por ele morar em Lagos e suas visitas serem espaçadas o suficiente para que eu tivesse tempo para respirar. Ele estava sempre contando piadas absurdas que não faziam ninguém rir, enquanto ele mesmo ria alto, muito alto, das próprias anedotas sem graça. Era cansativo ficar perto dele: eu sempre me via obrigada a rir de coisas que não eram divertidas ao mesmo tempo que tentava descobrir qual era o momento certo, já que suas piadas não faziam o menor sentido. Ele não era um homem a ser levado a sério: em meio a todas as suas risadas, fazia muitas promessas que nunca cumpria.

Certa vez, Dotun nos prometeu uma criança; ele disse que mandaria um de seus filhos para morar conosco até eu engravidar. Quando disse isso, eu fiquei de joelhos e agradeci-lhe. Meses antes, Moomi havia sugerido que eu procurasse uma criança, uma criança pequena que pudesse morar comigo até eu engravidar. Ela dizia que as crianças sabiam como chamar outras crianças para o mundo. Ter a voz de uma criança perto de mim constantemente chamaria meus próprios filhos; apressaria sua vinda ao mundo. O único problema era que eu tinha apenas meios-irmãos e meias-irmãs, com quem não falava havia anos. Não tinha nenhum parente que me confiasse um filho, de forma que não pensei mais nessa ideia até que, de alguma forma, Dotun ficou sabendo e prometeu mandar seu filho mais novo para morar conosco.

Ele se chamava Layi e na época tinha dois anos. Arrumei um quarto para ele no andar de cima. Comprei brinquedos, livros ilustrados, cadernos de desenho e lápis de cor. E esperei. Todos os objetos no quarto ficaram empoeirados. Eu esperava e tirava o pó de cada brinquedo e de cada livro com um pano macio. Pedi a Akin que ligasse para o irmão e pedisse notícias. Os objetos voltaram a ficar cobertos de pó, então Akin me disse que Dotun tinha mudado de ideia. Peguei todos os brinquedos e os doei.

Ainda assim, fiquei feliz quando Dotun apareceu à nossa porta em um sábado de manhã, justo quando o sol estava voltando a despontar depois de um temporal. Funmi tinha viajado para visitar parentes e Akin não parava de me seguir pela casa, pedindo detalhes sobre meu tratamento no hospital. Era como se ele soubesse que ainda havia uma parte de mim que no fundo ainda achava que os médicos tinham se enganado. Naquela manhã, ele tinha conseguido fazer um interrogatório tão irritante que acabei gritando que era possível que todos estivessem errados e eu estivesse certa.

— Você precisa dizer ao seu médico o que pensa de verdade — disse ele. — E não o que acha que ele quer ouvir.

Fiquei feliz em ver Dotun porque achei que ele ia distrair Akin. Eles gostavam da companhia um do outro e passavam horas ao telefone discutindo sobre esportes, política e coisas sem importância. Às vezes, quando Akin pensava que eu não estava ouvindo, eu os ouvia debatendo sobre o que seria melhor: uma mulher com seios fartos ou uma com um traseiro bem redondo. Imaginei que, com Dotun por perto, Akin aliviaria a pressão que estava colocando em mim.

— Estou aqui! — gritou Dotun quando abri a porta. Ele me empurrou para o lado para dar um abraço no irmão, em seguida recuou e se curvou. — Irmão *mi*.

Akin era tão alto que tinha sempre que se curvar ao passar por uma porta. Sua pele era de um bronze acastanhado que ao sol assumia um verniz reluzente. Dotun era da mesma altura que ele, mas tinha a pele mais clara e era mais magro, com bochechas escavadas. Eu me ajoelhei para cumprimentá-lo. Nós tínhamos a mesma idade, mas como ele era parente de meu marido, esperava-se que eu o tratasse como se fosse mais velho. Eu acreditava que ele era um típico *oniranu*, um homem totalmente irresponsável, mas o tratava com o devido respeito toda vez que ele ia à nossa casa.

— Seja bem-vindo, senhor. Espero que tenha feito uma boa viagem — falei.

Dotun se acomodou em uma poltrona, apoiando as pernas estendidas sobre a mesa de centro de mogno.

— Minha esposa mandou seus cumprimentos. Ela está no turno da noite este fim de semana e não consigo dar conta dos meninos sozinho; as brigas entres eles teriam me convencido a jogar o carro em uma árvore no caminho até aqui, então eles ficaram em Lagos. Como nossa mãe sobreviveu a nós dois? Estou pagando meus pecados. Os meninos estão com a tia, a irmã de minha esposa. Yejide, ouvi dizer que você se tornou dois em um; engoliu um ser humano! Venha cá, deixe-me vê-la melhor.

Fiquei de pé diante de meu cunhado e dei uma volta para que ele fizesse a inspeção. O sorriso que estava estampado no rosto de meu marido desde que Dotun chegara desapareceu.

— Ela não está grávida — disse Akin. — Ela está doente, está se tratando com um médico...

— Mas Moomi disse... — começou Dotun.

— Eu estou grávida — falei, agarrando minha barriga e desejando que o bebê chutasse naquele momento, que ele provasse a mim, a todos naquela sala, pondo fim à incredulidade de Akin de uma vez por todas.

— Irmão, é a mulher quem deve dizer se está grávida — disse Dotun.

— Pergunte-lhe há quanto tempo ela está grávida — falou Akin.

Dotun focou o olhar em minha barriga, cerrando os olhos como se eu tivesse de alguma forma encolhido e ele precisasse se esforçar muito para me ver.

— Akin, não cabe a você dizer o que estou sentindo em meu corpo.

Akin se levantou e segurou meus ombros.

— Você foi expulsa das aulas do curso pré-natal, Yejide. Fez cinco ultrassons, com cinco médicos diferentes, em Ilesa, Ifé e Ibadan. Você não está grávida, está delirando! — Saliva espumava nos cantos de sua boca. — Yejide, isso tem que parar. Por favor, eu imploro. Dotun, fale com ela. Eu já cansei de falar, minha boca está começando a ficar esfolada de tanto falar.

Suas mãos estavam machucando meus ombros.

Dotun ficou pardo, boquiaberto; ele fechou a boca e a abriu novamente. Nunca o vira sem palavras.

— Do que os médicos sabem, afinal? — disse Dotun quando sua voz voltou. — É a mulher que sabe se está grávida ou não.

Ele acreditava em mim. Não havia nenhuma ironia, nenhuma dúvida em seu olhar, que encontrou o meu com franqueza. Havia algo em seus olhos que eu não via nos olhos de Akin havia muito tempo, tempo demais. Confiança em mim, em minhas palavras, em minha sanidade. Eu queria abraçar Dotun com força até que sua fé em mim restaurasse minha esperança cada vez mais vacilante e afastasse o desespero que me consumia.

— Seu cérebro está derretendo, Yejide. Derretendo — disse Akin. — Dotun, estou cansado de tentar colocar juízo na cabeça dessa louca. Eu vou para o clube, você vem?

Ele nunca tinha falado assim comigo antes. Suas palavras iam se repetir em minha mente por semanas, fazendo-me estremecer todas as vezes. *Seu cérebro está derretendo, Yejide. Derretendo, derretendo.* Dotun começou a dizer algo em minha defesa, mas não esperei para ouvir. Pressionei as mãos contra a barriga e subi a escada aos tropeços, cega pelas lágrimas. Quando entrei em nosso quarto, ouvi o carro de Akin saindo do pátio da frente.

Às vezes, acho que as palavras de meu marido facilitaram para que eu deixasse Dotun me consolar. Acho que elas me deixaram frágil o suficiente para que eu me apoiasse nele quando me abraçou enquanto eu chorava, quando beijou os lóbulos das minhas orelhas e tirou minhas roupas. Tudo terminou em um piscar de olhos, deixando-me com sêmen e uma dor seca entre as coxas. Senti uma forte compaixão por minha pobre cunhada. Então era isso? Tudo o que ela tinha de Dotun semana após semana? Eu esperava sentir mais, um tremor pelo menos, apesar de mim mesma, ainda que aquilo fosse contra tudo em que eu pensava acreditar — até aquele fim de semana.

— Vai ser melhor da próxima vez; eu serei melhor. Você é muito bonita... você... Eu sempre achei... — disse Dotun enquanto vestia as calças apressado.

E, mesmo que tentasse negar, eu sabia que haveria uma próxima vez. Havia algo diferente, mais completo, em estar com ele. Eu queria tentar novamente. Meu primeiro impulso foi contar a Akin, mas como se conta ao marido: *Eu quero que você me coma como seu irmão?*

Fiquei no quarto o resto do fim de semana. Deixei a porta aberta para ouvir Akin e Dotun rindo ou suas vozes se elevando em uma discussão. Não ouvi nada; tudo estava quieto no andar de baixo. O silêncio foi uma presença que me golpeou com força no ventre até eu perder meu bebê milagroso em um rio de lágrimas culpadas.

Quando ele se dirigiu para o quarto na noite de domingo, Akin me encontrou toda encolhida. Eu gemia *meu bebê, meu bebê.*

Ele ficou junto à porta. Eu tinha certeza de que não ia se aproximar de mim, de que ele ia sair. Tinha certeza de que as mãos de seu irmão tinham deixado impressões na minha pele. Impressões que reluziam aos olhos de meu marido sob a luz fluorescente que iluminava nosso quarto, impressões que todos os banhos quentes que eu tinha tomado não conseguiram lavar.

Akin fechou a porta, tirou a camisa e a camiseta que usava por baixo, dobrou-as com cuidado no pé da cama e deitou-se ao meu lado. Esticou meus membros, passando as pontas dos dedos sobre minha pele.

— Desculpe — disse ele. — Eu sinto muito.

Ele sussurrou meu nome: *Yejide, Yejide.* Era tão doce em seus lábios, um som exótico que era por si só uma carícia. Eu queria que ele soubesse o que eu não conseguia dizer, que meu bebê, a gravidez que eu tinha acalentado, tinha chegado ao fim. Ao fim. Eu estava vazia de novo.

Ele beijou meu rosto até eu começar a gemer seu nome.

Tive vontade de correr até Dotun para lhe dizer: *Veja! Veja o que Akin pode me fazer sentir apenas beijando meu rosto. VEJA!*

Ele sussurrou meu nome, sua respiração quente contra minha pele. Eu estremeci e cobri os lábios dele com os meus. Ele começou a beijar meu pescoço, e eu fechei os olhos. Dessa vez, não consegui me entregar às sensações que a língua e os dedos dele me provocavam. O prazer estava suspenso pela minha fervorosa esperança de que tudo fosse perfeito, nas condições exatas para eu engravidar.

Dotun foi embora na segunda-feira de manhã. Ao se despedir, sua mão se demorou demais em meu ombro, e tive a impressão de ver Akin cerrar a mandíbula enquanto acenávamos para o carro de Dotun que se afastava.

14

Quando finalmente chegaram, os assaltantes pareciam apenas homens que tinham se perdido e entraram em nossa sala de estar para pedir informações. Falando um inglês impecável, sentaram-se nas poltronas como visitantes e pediram algo para beber (nada de álcool durante o serviço, obrigado). Então, apontaram uma arma para a cabeça de cada um de nós e pediram para embalar todos os nossos aparelhos eletrônicos.

De início, pareceu mais uma visita do que um ataque. Um dos homens chegou até mesmo a agradecer quando terminou de beber a garrafa de Limca. Então, alguns minutos depois que Akin, Funmi e eu voltamos para a casa após termos colocado nossos aparelhos eletrônicos na van, ouvimos um tiro, depois um grito que perfurou a noite silenciosa. Outros disparos se seguiram, deixando ecos que por meses despertariam, com o rosto coberto de suor e a boca seca, todos os moradores do complexo.

Akin me empurrou para o chão depois do primeiro disparo e jogou o corpo sobre o meu. Ficamos assim, nos esforçando ao máximo para não respirar alto. Eu sabia que Funmi também estava em algum lugar na sala de estar; ela não parava de gemer, até que Akin lhe disse para ficar calada. Ficamos no chão até o amanhecer; Akin não moveu um músculo, nem mesmo quando Funmi perguntou se ele não se preocupava em protegê-la também.

Quando nos levantamos de manhã, Funmi começou a soluçar.

— Você não me ama — disse ela a Akin. — Não se importa nem um pouco comigo.

Akin não respondeu. Ele me perguntou se eu estava bem e saiu para ver como estavam nossos vizinhos. Subi as escadas, deixando Funmi sozinha na sala de estar.

Descobrimos que todos os disparos tinham acertado móveis, paredes e janelas de carros. Ninguém tinha ficado ferido; embora o Sr. Fatola tivesse desmaiado no momento em que os assaltantes entraram em sua casa. Ele recobrou os sentidos depois que os ladrões foram embora e sua esposa jogou um copo de água gelada em seu rosto. Depois do assalto, o comitê do complexo escreveu uma petição à delegacia de polícia em Ayeso: os caçadores contratados nos informaram que nenhum dos policiais tinha aparecido para trabalhar no dia do crime. Depois dessa notícia, a Sra. Ojo anunciou com seu sotaque britânico que um dos policiais estava entre os ladrões. Ninguém lhe deu atenção. Era óbvio que a polícia estava envolvida de alguma forma, mas seriam eles capazes de empunharem armas contra nós? Não achávamos que as coisas tivessem chegado a esse ponto ainda.

*

Enquanto Iya Bolu se preocupava com os assaltantes, eu tinha coisas melhores em que pensar. Dentro da minha barriga, um bebê estava crescendo — dessa vez até mesmo as máquinas de ultrassom confirmaram. Prendi o reluzente resultado do ultrassom sob a moldura de madeira do meu espelho, no canto superior, onde podia vê-lo todas as manhãs enquanto penteava o cabelo. Eu comia muitas frutas e Akin preparava legumes ensopados para mim todas as noites. No meio, quase sempre havia pedrinhas, mas eu não reclamava. Eu me recusava a mudar meu guarda-roupa, de forma que a gravidez esticou ainda mais minhas roupas já apertadas. Mantive essa decisão até que um domingo, no meio da missa, quando me levantei para me juntar à congregação no hino de graças, meu vestido se rasgou da axila até o joelho.

Fiquei conhecida como "a mulher grávida com o vestido rasgado", mesmo depois do nascimento do bebê. Mas eu não me importava que as pessoas apontassem para mim na igreja e escondessem o riso com as mãos durante um hino ou o Credo Niceno. Eu tinha me tornado imortal, parte do ciclo infinito da vida. Um novo ser chutava dentro de mim e logo eu teria alguém a quem poderia chamar de meu. Não uma madrasta ou meio-irmão. Não um pai compartilhado com duas dúzias de outras crianças ou um marido compartilhado com Funmi, mas um bebê, meu filho.

Esses pensamentos me encheram de tanta felicidade que passei a ter medo. Parecia demais para mim que um ser humano pudesse ser tão feliz e afortunado. Nos primeiros meses de gravidez, mais de uma vez tirei as mãos do volante enquanto dirigia e as coloquei sobre meu ventre, esticando-as para cobrir a barriga ao máximo. Tentava manter o bebê lá dentro, com medo de que, em uma onda de desgraças que minha infinita alegria daqueles meses tivesse represado, o bebê irrompesse no chão do meu Fusca, rasgando meu ventre.

As buzinas e os xingamentos dos outros motoristas me lembraram de que um acidente seria uma maneira mais segura de perdê-lo. Para minha surpresa, nunca me envolvi em um acidente durante os momentos em que segurava a barriga. Isso reafirmava minha crença de que a má sorte logo bateria à minha porta, de que minha vida feliz era muito boa para ser verdade e logo tudo desabaria sobre a minha cabeça. Comecei a tentar bloquear todas as vias possíveis para a má sorte. Passei a ser gentil com Funmi, a compartilhar dicas sobre Akin: de sua cor preferida de batom — um vermelho brilhante que ficaria berrante demais nela — à maneira como ele gostava de feijão — aguado e com muita pimenta. Eu estava disposta a compartilhar. Um homem não é algo que você possa guardar apenas para si, ele pode ter muitas esposas, mas uma criança tem apenas uma mãe verdadeira. Uma.

Contrariando minhas piores fantasias, a gravidez foi tranquila. Os médicos ficavam satisfeitos toda vez que eu ia fazer exames. No terceiro trimestre minha ansiedade desapareceu e comecei a desfrutar daquele estado. Adorava as dores nas costas. Me vangloriava do tamanho de meus pés e me queixava incessantemente sobre quão difícil era encontrar uma posição para dormir. Foi a melhor época da minha vida.

15

Demos à bebê o nome de Olamide e mais vinte outros nomes. Ela era de um amarelo-claro que se tornava rosa quando chorava, o que acontecia quase todo o tempo, exceto quando um mamilo era colocado em sua boca. As orelhas eram de um tom marrom igual ao dorso das mãos de Akin. Moomi nos assegurou de que Akin tinha sido assim também e que logo nossa linda menina passaria do amarelo suave para o tom de marrom de suas orelhas.

A cerimônia de nome foi uma grande festa. Olamide nasceu em um sábado, o dia mais conveniente da semana. A cerimônia, sete dias depois, contou com a presença de centenas de pessoas, já que não interferiu em um dia de trabalho nem na missa de domingo. Minhas madrastas chegaram na sexta-feira ostentando sorrisos para mascarar a decepção que espreitava no canto de seus olhos. Espiaram dentro do berço de Olamide como se esperassem encontrar um travesseiro envolto em um xale em vez de um bebê. Manifestaram-se efusivamente sobre quão felizes estavam e mencionaram os nomes dos pastores e sacerdotes que tinham visitado fazendo rezas para que eu engravidasse. Recebi suas mentiras com um sorriso apreensivo, depois as coloquei para fora do meu quarto antes que pudessem tocar em minha filha.

Dotun veio de Lagos com a esposa e os filhos. Eles chegaram pouco antes da cerimônia, no momento em que o DJ estava sussurrando *Testando, testando, um, dois, um, dois* ao microfone. Eu estava no quarto, sentada em um balde cheio de uma mistura de água quente, alúmen e antisséptico, me perguntando por que todos os mestres da cerimônia diziam sempre aquelas palavras, e nunca outras. Moomi estava montando guarda para se certificar de que eu não me levantaria até que tivesse entrado vapor suficiente em minha vagina para enrijecer as paredes.

Moomi cacarejou:

— Vai ver que em pouco tempo os dedos de Akin voltarão a tocá-la por baixo da roupa no escuro.

Eu desejava que em pouco tempo mais do que apenas os dedos de seu filho me tocassem, mas não compartilhei isso com minha sogra; suas referências veladas ao sexo já me deixavam desconfortável o bastante.

Deveria ter sido um alívio quando a esposa de Dotun entrou, libertando-me das elucubrações de Moomi sobre as proezas sexuais de seu filho e dando-me uma razão para escapar do vapor que fazia minha vagina dolorida queimar como se alguém tivesse enfiado pimenta-malagueta dentro dela. Em vez disso, senti o calor aumentar ainda mais quando me levantei para abraçar minha cunhada chorosa. Ajoke soluçou em meu ombro nu e eu segurei sua mão, com medo de que ela se descontrolasse e jogasse a água de alúmen na minha cabeça. Certamente ela sabia, e eu estava condenada à desgraça no dia mais feliz da minha vida.

Ela se afastou e deu sua risada peculiar que sempre parecia vir de todas as partes do seu ser, diretamente dos dedos do pé até irromper pela boca.

— O Senhor é bom. Nosso Deus é muito bom.

Ela sorriu, seus olhos cheios de pura alegria e alívio, como fiz quando segurei minha filha nos braços pela primeira vez. Nas reuniões de família, Ajoke nunca dissera nada sobre o fato de eu não ter um bebê; ela era uma mulher que quase nunca dizia nada, nem para mim nem para ninguém. Fiquei surpresa e envergonhada com sua insólita demonstração de afeto. Abracei-a novamente para que ela não pudesse me olhar nos olhos. Moomi juntou-se àquele abraço breve. Fui cercada por suas risadas e pelas minhas. Ajoke emitia sons alegres que me perfuravam como um garfo.

Olamide berrou durante toda a cerimônia de nomeação e, se não houvesse um microfone, ninguém teria ouvido o vigário recitar seus nomes. Voltei para o quarto com ela e a amamentei até que adormecesse. No andar de baixo, a festa continuou até as primeiras horas da manhã. Muito tempo depois que a banda tinha parado de tocar, a comida e a cerveja continuaram a circular, até que a maioria dos convidados pegou no sono nas cadeiras de metal azul. Eu não me juntei à celebração, nem mesmo quando Akin, bêbado, começou a me cantar canções de amor e tentou me arrastar lá para baixo com ele. Eu não estava pronta para deixar minha filha com outra pessoa, nem mesmo com minha sogra. Pensei em minha mãe. Se ela estivesse viva, eu poderia ter entregado Olamide a ela e descido para dançar.

*

Na manhã seguinte, Olamide foi a primeira a acordar. Seus gritos me despertaram. Dei um banho nela e a amamentei. Ela logo adormeceu, ainda sugando meu peito. Esperei que sua boca soltasse meu mamilo antes de amarrá-la às minhas costas com um lenço. Então desci para procurar algo para comer.

Quando meus pés pisaram no primeiro degrau, soltei um grito. Cambaleei escada abaixo ainda gritando, agarrada ao corrimão para não cair. No fim do lance de escadas, Funmi jazia sem vida. Ela vestia uma camisola cor-de-rosa que não se parecia com nada que eu já tivesse visto. Tinha apenas uma alça sobre o ombro esquerdo, enquanto o lado direito estava abaixado até o umbigo, deixando seu seio amarelo à mostra. Então era isso que bastava para arrancar um homem da cama de sua esposa, pensei, enquanto gritava por ajuda e erguia sua cabeça de uma pequena poça de sangue: um peito amarelo nu e uma camisola cor-de-rosa.

O corpo de Funmi já estava frio. Balancei a cabeça e gritei seu nome. Minha sogra desceu as escadas correndo, com um lenço amarrado às pressas sobre o peito; Akin e Ajoke estavam alguns passos atrás dela.

— O que aconteceu? — gritou Moomi, mesmo que já estivesse ao meu lado.

— Funmi? — disse Akin, olhando para sua esposa como se não a reconhecesse.

Seu hálito fedia a uma mistura de alho e álcool.

Moomi se ajoelhou ao meu lado, ergueu a mão de Funmi e a observou cair pesadamente no chão. Ela tentou forçar um dedo por entre seus dentes cerrados, enquanto chamava o nome dela repetidas vezes.

— Ahhh, que desgraça! Agora estou em um mato sem cachorro! — disse Moomi enquanto se levantava.

Então ela jogou as mãos para o céu e começou a dançar, batendo em si mesma e arrastando os pés para a esquerda e para a direita, dobrando os joelhos e gritando de tempos em tempos.

— Contraí uma dívida que não posso pagar. Estou em apuros. Funmi, o que vou dizer à sua mãe? Ahhh, e agora?

Foi Ajoke quem pensou em aferir o pulso e os batimentos cardíacos.

Enquanto Ajoke se curvava sobre Funmi, eu me agarrei a Akin, cravando minhas unhas em seu braço. Moomi continuava a dar tapas na própria cara, mas parou quando Ajoke olhou para nós.

— Ela se foi — disse Ajoke baixinho.

— Ahhh! Que provação! Funmi! Ahhh! Tenho uma dívida. Uma dívida eterna — gritou Moomi, e começou a dançar novamente.

— O que está acontecendo?

Todos nos voltamos para a escada. Lá no alto estava Dotun, vestindo apenas uma cueca samba-canção.

Fechei os olhos e desejei que Funmi tivesse escolhido um dia melhor para morrer. Um dia que não tivesse nenhuma relação com o nascimento da minha Olamide e com seu batismo. Eu não deveria pensar assim, deveria estar triste. Mas, em vez disso, estava aborrecida, sentindo-me até mesmo em segundo plano, mas não triste. Nem um pouco.

*

Trocamos o piso da sala de estar porque o sangue de Funmi não saía de jeito nenhum. Às vezes eu ficava no pé da escada, onde a encontrara, e olhava para o andar de cima, quase esperando vê-la descer desfilando mais uma vez com aqueles saltos que usava até dentro de casa e que faziam seus passos soarem como pregos martelados no concreto. Eu continuava esperando que ela aparecesse à nossa porta, com a mão estendida para que eu visse suas unhas feitas. Às vezes, enquanto eu ralava quiabo em uma tigela de água, sentia seus olhos em minha nuca, mas, quando me virava, ela nunca estava lá, era apenas a porta da cozinha batendo nas dobradiças. Ela não estava mais no quarto que compartilhara com meu marido. Até suas roupas tinham desaparecido do armário; havia filas de cabides vazios que sua irmã deixou quando foi até nossa casa buscar as coisas de Funmi.

A irmã era uma cópia impressionante de Funmi, apenas alguns centímetros mais alta. Precisei olhar várias vezes para suas sapatilhas para me convencer de que não se tratava de Funmi com seus saltos. Ela não falou com ninguém enquanto recolhia de nossa casa os pertences da irmã morta. Fiquei aliviada quando ela foi embora. Eu estava esperando um drama, uma bofetada ou duas em meu rosto por ter vivido mais do que minha rival. Eu me perguntava se isso me tornava suspeita de ter provocado a morte súbita de Funmi. Tive medo de que alguém sugerisse que eu tinha empurrado a pobre garota escada abaixo, mas ninguém disse nada. Todos concluíram que Funmi, tonta e, provavelmente bêbada após a festa, havia escorregado quando subiu as escadas em algum momento da noite.

Não fui ao funeral; Moomi achou que a família dela ficaria com raiva ao me ver. Akin compareceu e, com exceção do mau humor naquela noite, em que passou bebendo uma garrafa de cerveja atrás da outra, ele não pareceu lamentar nem um pouco a morte de Funmi. Nada de olhar perdido no vazio, explosões de raiva contra os apresentadores do noticiário ou contra um banquinho fora do lugar, nem longas noites passadas fora de casa que terminavam com ele cambaleando e vomitando no corredor.

Ele passava as noites cantando canções inventadas para Olamide e lendo artigos de jornal em voz alta para ela. Com menos de três meses de idade, minha filha já sabia tudo sobre os trabalhos do comitê de revisão da Constituição e da assembleia constituinte. Era a coisa mais linda observar meu marido dizendo à minha filha coisas que ela ainda não era capaz de compreender. Era tão perfeito, tão surreal, que naqueles momentos eu queria pressionar um botão que botasse a vida em pausa.

Pouco a pouco, Funmi se desvaneceu da minha mente, como um sonho ruim.

Logo, as mãos de Akin começaram a me apalpar nas primeiras horas da manhã. Passando o braço por cima do corpinho adormecido de Olamide, ele apertava meu seio e sussurrava que devíamos fazer outro filho. E, embora àquela altura Moomi já tivesse enfiado três dedos em minha vagina, assegurando-me que estava suficientemente apertada e terminando o tratamento com água quente e alúmen, eu ainda não estava pronta para o sexo. Disse isso a Akin, mas ele ignorou minhas palavras, seduzindo-me com as suas próprias palavras sobre como nossa vida seria bonita se tivéssemos outro filho.

Eu cedi, como sempre fazia sob o peso de sua voz rouca.

*

Olamide escureceria além do tom castanho da pele de Akin até o tom da minha pele, o tom da pele da minha mãe, negra como a meia-noite e reluzindo etérea sob o sol inclemente. Na escola, ela ganharia todos os prêmios e eu ficaria de pé durante as cerimônias de entrega, batendo palmas com força para que todos soubessem que era minha filha. Ela iria para a universidade, naturalmente, e seria médica ou engenheira, talvez inventora, vencedora do prêmio Nobel de medicina, química ou física.

Eu podia ver tudo isso em seus olhos enquanto ela sugava meu peito, e já estava orgulhosa.

16

Cerca de um mês depois que Olamide nasceu, fui à igreja pela primeira vez desde que tinha me casado com Yejide. Tinha deixado de comparecer à missa de domingo quando fui para a universidade, mas antes de me casar ainda ia às celebrações de Páscoa e Natal. Desde então não tinha voltado à igreja em uma manhã de domingo, porque não me parecia que eu tivesse uma hora sobrando em minha semana para passar sentado em um banco. Duas semanas depois do nascimento de minha filha, no entanto, comecei a ter pesadelos novamente: sonhava com as mesmas imagens do protesto do qual participei em Ifé em 1981. Eu continuava a ver a garota vestindo jeans caída na chuva — a única diferença era que dessa vez eu sabia que cada garota caída no chão era Funmi. Por isso voltei a frequentar a igreja.

Não me sentei no banco dos fundos, onde muitos homens, arrastados para a missa de domingo por esposas chatas, cochilavam de boca aberta ou liam o jornal. Fiquei o mais perto possível da primeira fila, sentando-me em um banco de onde podia ver com clareza os vitrais no fundo do altar. A imagem mostrava Cristo e os doze apóstolos na Última Ceia: onze discípulos à mesa; o décimo-segundo, imagino que Judas de partida, de costas para Cristo.

Quando o vigário subiu ao púlpito, a velha senhora à minha direita baixou a cabeça como se fosse rezar. Mas logo começou a roncar suavemente. O vigário iniciou o sermão lendo o Pai-Nosso da enorme Bíblia que ficava permanentemente no púlpito de mármore. Ele parou em *livrai-nos do mal* e respirou pesadamente ao microfone. Sussurrou aquelas palavras, repetindo os versos diversas vezes, fazendo uma pausa após cada um, sua voz se elevando a cada repetição até que ele estava gritando ao microfone: MAS. LIVRAI-NOS. DO. MAL.

Ao meu lado, a velha despertou sobressaltada. Olhou ao redor e voltou a apoiar o queixo no peito.

— Muitas vezes, pedimos ao Senhor que nos livre do mal — disse o vigário. — E é o que devemos fazer. No entanto, também precisamos levar em conta os males indizíveis que buscamos por conta própria. O que estamos fazendo em relação aos terríveis males dos quais podemos nos livrar por conta própria? Por que devemos sempre esperar pelo Senhor quando perpetramos tanta maldade com nossas próprias mãos? Já paramos para pensar sobre o mal que fazemos ao mundo? A lista é infinita, mas deixem-me lembrá-los: adultério, preguiça, inveja, ciúme, rancor, cólera, embriaguez...

Os olhos do vigário percorriam as fileiras enquanto ele falava. Nossos olhos se encontraram quando ele mencionou a embriaguez, como se ele soubesse algo sobre mim, algo escondido, secreto. Seu olhar se demorou em mim; talvez ele esperasse fazer meu coração vacilar. Balancei a cabeça de um lado para o outro, lentamente, como imaginava que os santos faziam ao ouvir sobre os pecados mundanos.

A verdade é que não sou um bêbado. Não bebo muito. Há meses em que não boto uma gota de álcool na boca, nem mesmo uma taça de vinho. Se eu tivesse que contar o número de vezes que fiquei bêbado na vida, bastariam os dedos de uma mão. A primeira vez que fiquei bêbado, eu era adolescente. Naquela época, todas as noites meu pai me mandava comprar uma cabaça de vinho de palma fresca. Dotun muitas vezes me acompanhava. No caminho de volta, bebíamos um pouco do vinho e antes de entrarmos em casa mascávamos folhas de *ewedu* cruas para disfarçar o bafo. Uma vez, decidimos beber tudo que havia na cabaça. O plano era dizer a Baba que tínhamos sido atacados por bandidos. Foi a última vez que ele nos mandou comprar vinho de palma.

De acordo com Moomi, Dotun e eu chegamos em nossa rua completamente bêbados, batendo na cabaça e cantando os hinos da igreja. Passamos por nossa casa e marchamos para o complexo vizinho, exortando as almas perdidas a pedirem perdão. Moomi culpou Baba por mandar seus filhos comprarem bebida alcoólica. Ele a culpou por criar meninos que não sabiam beber. A briga durou o ano inteiro, por vezes se abrandando apenas para ressurgir nos momentos mais inesperados na voz estridente de Moomi e no silêncio calculado de Baba.

Moomi golpeou nossas nádegas com um açoite todos os dias durante uma semana, a cada golpe fazendo-nos prometer que não tocaríamos em uma gota de álcool até morrermos. Ela me deu o dobro do número de açoites que Dotun levou, lembrando que esperava mais de mim porque eu era o primogênito, *o início de sua força*. Na semana seguinte descobri a cerveja. A melhor coisa a respeito da cerveja era que Moomi não conseguia reconhecer o cheiro em nosso hálito porque naquela época Baba não a bebia. Dotun e eu colocávamos cerveja em copos de plástico e a bebíamos bem debaixo do nariz de Moomi, dizendo a ela que estávamos compartilhando uma garrafa de malte.

Quando o vigário continuou seu sermão naquele domingo, anotei em meu caderninho que precisava comprar uma caixa de cerveja para a próxima visita de Dotun; ele planejava passar uns dias em Ilesa a caminho de Abuja em algum momento nas semanas seguintes. Quando levantei a cabeça, não olhei para o vigário, mas para os vitrais. Reparando pela primeira vez nos lábios curvados para baixo de Judas, e me perguntei se àquela altura ele já sentia arrependimento do que estava prestes a fazer. Naquela manhã de domingo, eu estava arrependido de ter me embebedado durante a cerimônia do nome de Olamide. Tomei minha primeira cerveja depois que Dotun chegou de Lagos com sua família, por volta das dez da manhã, pouco antes do começo da cerimônia. Eu estava na despensa ao lado da cozinha, um lugar onde ninguém teria procurado por mim. Tomei um gole após o outro de cerveja quente até esvaziar três garrafas marrons seguidas. Foi mais fácil sorrir quando me juntei à multidão reunida em nossa casa para comemorar com Yejide e eu. Mesmo assim, não enrolei a língua ao ler os vinte e um nomes que Olamide carregaria.

Cada nome era contribuição de um membro importante da família. Até as madrastas de Yejide contribuíram com nomes. Olamide foi uma escolha de Yejide, mas todos acharam que tinha sido minha, já que foi o primeiro nome que pronunciei. Mas não dei nenhum nome àquela criança, nenhum. A cerveja fez com que eu pronunciasse os nomes como se eu, o pai, tivesse refletido profundamente sobre suas camadas de significado antes de concordar em incluí-los na lista manuscrita que estava lendo. Era muito mais fácil ser pai depois de três garrafas de cerveja.

Todos me parabenizavam. Me chamavam de Baba Aburo, Baba Ikoko, Baba Bebê, então, depois que os nomes foram pronunciados, Baba Olamide. Colegas me davam tapinhas nas costas, diziam que o próximo tinha que ser menino. Os amigos disseram que eu tinha permitido que Yejide começasse com o mais fácil por ter tido uma menina; agora era hora de um menino, ou melhor: meninos. Dois, três, quatro meninos, tantos quantos eu pudesse fazer nela de uma só vez. Então alguém se lembrou de Funmi, de que eu agora tinha que fazer jornada dupla.

Meus colegas e amigos decidiram que eu precisava de reforço. O tipo de reforço de que qualquer homem precisa ao se ver diante da tarefa de engravidar duas belas mulheres de meninos. Era tempo de começar a se preparar, disse um dos meus amigos. Estávamos todos sentados em torno de uma mesa de metal embaixo da grande tenda de lona que tinha sido montada para a cerimônia do nome. Conversávamos, bebíamos cerveja e comíamos carne frita. Eu não estava menos bêbado do que a maioria dos homens à mesa quando Dotun sugeriu que eu bebesse várias garrafas de *odeku* em preparação para a tarefa que tinha diante de mim.

E foi Dotun quem levou a caixa de cerveja para nossa mesa. Ele me entregou a primeira garrafa marrom, enquanto os outros homens da mesa cantavam: *odeku odeku odeku*. Os homens se levantavam para me entregar as outras garrafas, como se cada uma fosse um presente: sua própria contribuição para consolidar minha virilidade e povoar minha família de crianças suficientes para compensar os anos durante os quais vários deles me pediram para fazer algo em relação à mulher estéril que eu tinha em minha casa. Eles me entregaram uma garrafa após a outra, comemorando cada vez que eu batia uma garrafa marrom vazia na mesa, como um guerreiro que retornava da batalha segurando a cabeça de um inimigo.

Não me lembro de como Funmi se juntou a nós na mesa, nem como ela também se envolveu na preparação ébria para a tarefa de preencher nossa casa com uma dúzia de crianças. Mas logo nós dois estávamos trocando garrafas de cerveja, rindo como idiotas. Era a primeira vez que eu a via beber cerveja. Não, o álcool nunca fora um problema, nem para mim nem para as mulheres em minha vida. E naquele domingo, quando o vigário começou a encerrar seu sermão, cerca de um mês depois da morte de Funmi, decidi que não era do álcool que eu precisava me libertar.

— Talvez, quando pedimos ao Senhor que nos livre do mal, estejamos na verdade pedindo que nos livre de nós mesmos. — O vigário enxugou a testa com um lenço branco. — Eu os aconselho hoje a se livrarem de todo mal que introduziram em sua vida com as próprias mãos. Vamos agora inclinar nossas cabeças em oração.

Tentei fechar os olhos e rezar, mas não conseguia parar de pensar em Funmi. Eu a via claramente enquanto estudava o vitral. Ouvia seu derradeiro grito, via suas mãos tentando se agarrar ao corrimão depois que eu a empurrei escada abaixo.

17

Quando eu era pequena, para colocar os filhos para dormir, minhas madrastas contavam histórias. Mas sempre por trás de portas fechadas e trancadas. Como eu nunca era convidada a escutar, ficava à espreita no corredor, passando por portas e janelas, na tentativa de determinar, noite após noite, qual voz estava mais alta.

Eu me consolava dizendo a mim mesma que não ter mãe significava que eu podia escolher minhas próprias histórias. Se eu não gostasse da história que uma esposa estava contando aos seus filhos, podia simplesmente passar para a porta ao lado. Eu não estava aprisionada por trás de portas trancadas como meus meios-irmãos. Eu era livre, dizia a mim mesma. Às vezes, não verificava muito bem o chão antes de me acomodar e sentava em fezes de galinha ou cabra. Algumas das mulheres eram porcas; não se preocupavam em limpar sua parte do corredor antes de se recolherem para dormir.

As minhas preferidas eram as adivinhações, porque eu conhecia quase todas. A fina haste que toca o céu e a terra? Chuva. Quem come com o rei, mas não toca o prato? A mosca. Eu balbuciava as respostas do meu lugar no corredor, geralmente antes de um meio-irmão grita-la dentro do quarto. E quando os outros filhos eram encorajados a aplaudir aquele que tinha dado a resposta certa, eu sorria e corava, como se na verdade estivessem batendo palmas para mim.

Eu cantava junto os refrões que surgiam no meio das histórias, mas sempre em voz baixa. Se a minha voz fosse ouvida do outro lado, se uma de minhas madrastas saísse para verificar, eu estaria encrencada. Ela teria torcido e puxado minha orelha até ficar quente o suficiente para ferver água. Em nosso lar polígamo, ouvir atrás da porta não era apenas falta de educação, era um crime. Todos tinham segredos, segredos que estavam dispostos a proteger com a própria vida. Aprendi a pisar leve, a detectar os passos de alguém se aproximando da porta durante as histórias. Aprendi a escutar e correr para o meu quarto sem fazer barulho.

Minha história favorita era a de Oluronbi e da árvore Iroko. No início, tive dificuldade para acreditar na versão que minhas madrastas contavam. Sua Oluronbi era uma mulher do mercado que prometia dar sua filha à árvore Iroko se ela a ajudasse a vender mais mercadorias do que todos os outros. No fim da história, ela perdia a filha para Iroko. Eu odiava essa versão, porque não acreditava que alguém fosse capaz de trocar um filho pelo o que quer que fosse. A narrativa de minhas madrastas não fazia sentido para mim, então decidi criar minha própria versão. Cada vez que uma de minhas madrastas a repetia, eu acrescentava novos elementos e detalhes. Depois de um tempo, sempre que elas contavam a história de Oluronbi, eu deixava de prestar atenção e me concentrava em elaborar a minha própria.

Era essa versão que eu contava para minha Olamide. Comecei a contar histórias para ela depois que Moomi foi embora. Ela teria achado estranho me ver falando com um bebê que não conseguia compreender o que eu estava dizendo. Mas eu tinha esperado a vida inteira por um filho, um filho meu, uma criança para quem eu pudesse contar histórias. Não estava disposta a esperar nem mais um minuto. À tarde, quando Olamide e eu ficávamos sozinhas em casa, eu contava a ela as histórias que lembrava da minha infância e também inventava novas. Mas minha versão da fábula de Oluronbi era a que eu contava com mais frequência. E acho que Olamide gostava dela tanto quanto eu.

Na minha versão, Oluronbi tinha nascido muito tempo atrás, em uma época em que os seres humanos ainda falavam a língua das árvores e dos animais. A família de Oluronbi a amava; ela era a favorita de todos. Era como água: não tinha inimigos em sua família. A mãe de Oluronbi a amava tanto que a levava para o mercado todos os dias. Foi assim que ela aprendeu a negociar muito bem, de modo que, ainda jovem, já sabia como cuidar de uma tenda. Oluronbi era uma menina obediente e muito bonita. Nunca contava mentiras, nunca roubava; nunca saía escondida à noite para conversar com meninos atrás de um muro.

Oluronbi vivia feliz até um dia fatídico. Naquela ocasião, o pai dela tinha que colher uma quantidade muito grande de inhame em sua plantação, à margem da floresta. Ele então pediu à mãe de Oluronbi e a todos os filhos que fossem até a plantação com ele para ajudar. Oluronbi, no entanto, deveria ficar, para cuidar da barraca. À noite, quando voltou do mercado, ela preparou uma grande refeição para todos que tinham ido para a plantação. Então esperou e esperou que voltassem. O sol desapareceu do céu, mas eles não voltaram. Quando o sol surgiu na manhã seguinte, Oluronbi foi para o mercado. Pensou que sua família tinha decidido dormir na plantação na noite anterior. Mas, quando voltou do mercado, mais uma vez não tinha ninguém na casa. Ainda havia luz no céu, então ela correu para a floresta e foi até a plantação do pai. Não havia ninguém lá. Percorreu a plantação de cima a baixo, chamando os nomes de cada membro da família. Não houve resposta.

Quando Oluronbi voltou para a aldeia, estava escuro. Ela foi para casa e, como não havia ninguém lá, começou a ir de casa em casa, perguntando se alguém tinha visto sua família. Naquela noite, enquanto o sol dormia, Oluronbi foi a todas as casas da aldeia para perguntar se alguém tinha visto seus parentes. Ninguém sabia onde eles estavam.

Assim que o sol despertou para começar seu trabalho nos céus, Oluronbi foi ao palácio do rei para relatar a estranha ocorrência. O rei enviou um grupo de busca para a floresta. Oluronbi não saiu do palácio real até o grupo de busca retornar, dois dias depois. A busca tinha sido infrutífera.

— Talvez sua família tenha decidido deixar nossa aldeia — disse o rei a Oluronbi.

Oluronbi suplicou ao rei que enviasse os caçadores mais valentes da aldeia para que se embrenhassem nas profundezas da floresta. O rei concordou, mas, depois de cinco dias, os caçadores voltaram de mãos vazias. Nem mesmo eles conseguiram encontrar a família de Oluronbi. O rei aconselhou Oluronbi a continuar com sua vida, porque não havia mais nada a fazer.

— Talvez sua família tenha decidido deixar a aldeia — repetiu ele.

Oluronbi não acreditava no rei; ela sabia que sua família nunca a abandonaria. Então decidiu procurá-los mais uma vez. Durante uma semana, foi até a floresta todos os dias, adentrando suas profundezas e perguntando a todas as árvores se tinham visto seus parentes. Mas as árvores se recusavam a lhe dar qualquer informação.

Então, um dia, ela perguntou ao rei das árvores, a árvore Iroko.

— Eu sei onde sua família está — disse Iroko.

— Eles estão vivos? Diga-me: eles ainda estão vivos? — perguntou Oluronbi.

— Sim, eles ainda estão vivos — respondeu Iroko. — Mas não sei por quanto tempo vão resistir.

— Iroko, me diga onde eles estão para que eu possa salvá-los logo! — gritou Oluronbi.

— Não — respondeu Iroko.

— Por favor, Iroko, diga-me onde eles estão. Farei qualquer coisa, qualquer coisa que me pedir para fazer, eu farei.

— De jeito nenhum — disse Iroko.

— Eu suplico, Iroko, lhe dou o que quiser, qualquer coisa que deseje, apenas me diga onde eles estão.

— Qualquer coisa que eu deseje? — perguntou Iroko.

— Qualquer coisa.

Oluronbi estava de joelhos diante da árvore.

— Eu quero seu primeiro filho — exigiu Iroko.

— Mas, Iroko, eu não tenho filhos — disse Oluronbi. — Peça-me qualquer outra coisa, e eu lhe darei. Quer uma vaca?

— Não — respondeu Iroko. — Eu quero seu primeiro filho.

— Quer uma cabra? Eu posso arrumar uma cabra bem grande.

— Não — disse Iroko. — Eu quero seu primeiro filho.

— Mas eu não tenho filhos para lhe dar — disse Oluronbi. — Nem ao menos sou casada.

— Você pode cumprir sua promessa quando tiver um filho — falou Iroko.

Oluronbi não disse nada por um longo tempo. Ficou de joelhos diante de Iroko, pensando em sua família, seu pai, sua mãe, seus irmãos, suas irmãs... todos desaparecidos.

— Tudo bem — concordou Oluronbi. — Eu lhe darei meu primeiro filho.

— Você deve jurar — retrucou Iroko.

— Eu juro que vou lhe dar meu primeiro filho.

— Você deve jurar perante o rei da sua aldeia — ordenou Iroko. — Quando voltar, eu lhe direi onde eles estão.

Oluronbi correu para a aldeia e jurou perante o rei que daria a Iroko seu primeiro filho, se a árvore revelasse onde estava sua família desaparecida.

Quando Oluronbi voltou para a floresta, os membros de sua família estavam todos de pé ao lado de Iroko.

Ela ficou tão feliz que abraçou todos eles.

— Onde estavam? — perguntou Oluronbi. — O que aconteceu?

— Não conseguimos lembrar — disseram eles.

— Como você os encontrou? — perguntou Oluronbi a Iroko.

— Esse é um segredo da floresta — disse Iroko. — Não posso lhe revelar.

— Obrigada — falou Oluronbi.

— Não se esqueça de sua promessa.

— Nunca vou esquecer — prometeu Oluronbi.

Oluronbi voltou para a aldeia com sua família. Sempre que se lembrava de sua promessa a Iroko, ficava com muito medo. Parou de entrar na floresta para buscar lenha; parou de ir à floresta para colher ervas para vender.

Muitos anos se passaram, e Oluronbi não viu mais Iroko.

No entanto, sempre que alguém da aldeia de Oluronbi entrava na floresta, Iroko perguntava sobre ela.

— Como está Oluronbi?

— Ela vai para casa do marido amanhã. Na verdade, estes galhos que estou recolhendo vão ser usados para cozinhar no casamento.

— Como está Oluronbi? — perguntava Iroko. — Está gostando da casa do marido?

— Oluronbi tem muita sorte, casou-se com o melhor homem do mundo. Já está inclusive grávida. Está muito feliz. Eu queria ter a mesma sorte que ela. Por que tinha que me casar com um homem tolo como meu marido?

— Como está Oluronbi? — perguntava Iroko.

— Não soube? Ela acabou de dar à luz uma menina. Chamaram a criança de Aponbiepo.

— Como é Aponbiepo? — perguntava Iroko.

— É a criança mais bonita da aldeia. Sua pele é muito clara, imaculada. Nunca vi nada parecido. Ninguém precisa perguntar se é filha de Oluronbi, é exatamente igual à mãe, da cabeça aos pés. Se minha filha fosse bonita como ela, que sorte eu teria!

Quando cresceu, Aponbiepo foi orientada a nunca entrar na floresta. Todas as manhãs, Oluronbi alertava a filha para nunca se aproximar de lá.

Mas, um dia, enquanto Aponbiepo estava brincando com os amigos, eles decidiram entrar na floresta.

— Venha conosco — disseram a Aponbiepo.

— Minha mãe disse para eu nunca entrar na floresta — falou Aponbiepo.

— Mas há lindas árvores lá, com frutas doces.

— Minha mãe disse que não devo ir lá.

— Por quê? — perguntaram.

— Eu não sei.

As outras crianças começaram a rir.

— Então você nunca entrou na floresta?

— Não.

— Nunca na vida?

— Não — respondeu Aponbiepo.

As outras crianças não paravam de rir.

— Então você nunca viu a floresta?

— Não.

— Nunca viu o cervo?

— Não.

— Nunca viu o grande Iroko que é o rei de todas as árvores?

— Não.

— Então não viu nada; não sabe nada. Nunca viu nada na vida — disseram. — Adeus — falaram as outras crianças —, estamos indo para a floresta. Vamos procurar galhos e comer frutas doces. Vamos dizer olá a Iroko, o rei das árvores.

— Eu vou, eu vou — concordou Aponbiepo. — Deixem-me ir com vocês. Quero ver o rei das árvores.

As crianças foram para a floresta e aquela foi a última vez que alguém viu Aponbiepo. As outras crianças voltaram para a aldeia com os galhos. Nem sequer perceberam que Aponbiepo não estava com elas até que Oluronbi saiu de casa e perguntou:

— Onde está minha filha?

Eles esquadrinharam cada centímetro da aldeia em busca de Aponbiepo, mas ninguém conseguiu encontrá-la. O único lugar onde faltava procurar era a floresta.

Quando Oluronbi entrou na floresta, Iroko se recusou a dirigir-lhe a palavra. Oluronbi suplicou e implorou, mas Iroko ficou calado. Oluronbi nunca mais viu sua filha e, desde então, as árvores pararam de falar com os seres humanos.

As razões pelas quais fazemos as coisas que fazemos nem sempre serão lembradas. Às vezes, acho que temos filhos porque queremos deixar alguém que possa explicar ao mundo quem éramos depois que morremos. Se realmente houve um dia uma Oluronbi, não acho que ela tenha tido outros filhos depois de perder Aponbiepo. Acho que a versão da história que sobreviveu teria sido mais generosa com Oluronbi se ela tivesse deixado para trás alguém que pudesse moldar a forma como ela seria lembrada. Contei muitas histórias a Olamide, na esperança de que, um dia, ela também contasse ao mundo a minha.

18

Uma mãe deve estar vigilante. Deve estar pronta e disposta a acordar dez vezes durante a noite para alimentar seu bebê. Depois da vigília intermitente, ela precisa ser capaz de enxergar tudo com clareza na manhã seguinte, para que possa notar qualquer alteração em seu recém-nascido. Uma mãe não pode ter a visão embaçada. Deve notar se o lamento de seu bebê é muito alto ou muito baixo. Deve saber se a temperatura da criança aumentou ou caiu. Uma mãe não deve deixar passar nenhum sinal.

Ainda tenho certeza de que deixei passar sinais importantes.

Assim que ela nasceu, eu tinha decidido que ia amamentar Olamide por pelo menos um ano. Ainda havia um longo caminho pela frente na manhã em que deixei passar os sinais importantes: ela tinha apenas cinco meses. Eu estava sonolenta naquela manhã porque tivera que acordar várias vezes durante a noite para amamentá-la. Quando amanheceu, tomei banho, dei um banho em Olamide, embalei-a até que adormecesse e a coloquei no berço. Então deitei na cama para dormir, certa de que ela me acordaria com seus lamentos dentro de algumas horas.

Acordei por volta de meio-dia e meia e fiquei aliviada ao ver que Olamide ainda dormia no berço. Desci para comer alguma coisa e devo ter passado cerca de meia hora na cozinha. Depois que terminei de comer, voltei para o andar de cima, imaginando que a encontraria acordada. Ela nem sempre chorava ao acordar; às vezes, ficava no berço, gorgolejando, entretida.

Quando me inclinei sobre o berço, Olamide parecia anormalmente imóvel. Levei cerca de um minuto para perceber que ela não estava respirando. Peguei-a e gritei seu nome. Sacudi-a e tentei achar o pulso. Saí correndo para o andar de baixo com meu bebê nos braços, ainda gritando. Andei freneticamente pela sala tentando encontrar as chaves do carro. Provavelmente, passei apenas alguns minutos fazendo isso, mas me pareceu um ano. Depois que já tinha checado todas as superfícies e chutado as almofadas da cadeira, parei no meio da sala por um instante, segurando junto aos seios meu bebê inerte.

Lembro-me de pegar o telefone e ligar para o escritório de Akin. Sei que falei com ele, mas não me lembro do que disse. Lembro-me de largar o telefone e sair de casa, de deixar o complexo e ir para a rua, onde fiz sinal para o táxi que me levou ao hospital.

19

Quando cheguei, Yejide estava sentada no corredor. Não em um dos bancos, mas no chão de cimento. Eu a vi assim que saí do estacionamento do hospital. A princípio, não tive certeza de que fosse ela porque estava sem sapatos. Deveria ter percebido logo, ao ver seus pés descalços, que algo de muito grave havia acontecido.

Eu me agachei ao lado dela, coloquei meu braço ao redor de seu ombro, e até acenei para uma enfermeira que reconheci.

— Levante-se — falei. — Tenho certeza de que ela ficará bem. O que o médico disse?

Imaginei que Olamide tinha dado entrada no hospital, achei que talvez já tivessem descoberto a causa do que quer que houvesse de errado com ela e tivessem informado a Yejide antes da minha chegada.

— Preciso pagar por alguma coisa? Yejide, por favor, levante-se. Não precisa se sentar no chão. Relaxe, ela vai ficar bem. Você sabe que as crianças se recuperam rápido. *Oya*, levante-se.

Ela olhou para mim, os olhos arregalados e a boca aberta.

— Yejide?

Piscou e engoliu em seco.

Eu a sacudi um pouco porque percebi que ela não estava presente de todo. Seus cabelos estavam desgrenhados, então coloquei a mão em sua cabeça, empurrando suas tranças para trás.

— O que eles disseram que aconteceu? Você falou com algum dos médicos?

— Eles levaram Olamide para o necrotério.

Minha mão caiu de seu ombro e eu caí de joelhos ao lado dela.

— O que você quer dizer com "necrotério"?

— Me desculpe — disse Yejide, segurando a cabeça entre as mãos como se ela tivesse de repente se tornado muito pesada para seu pescoço magro.

— Akin, eu sinto muito. Eu não me demorei. Estava com fome. Só queria preparar algo para comer. Eu não sabia. Eu sinto muito.

— Não — falei, certo de que não estava processando o que ela dissera muito bem. Não fazia sentido que ela mencionasse Olamide e o necrotério na mesma frase. — Espere, espere. Fique calma, por favor. Olamide, onde está Olamide?

Ela passou as mãos pelos cabelos, deu um tapa na testa depois abriu os braços.

— Eles a levaram para o necrotério, Akin. Disseram que ela está morta. Disseram que minha filha está morta. Disseram que Olamide está morta. Disseram...

Eu me levantei e esfreguei os olhos com o dorso da mão, porque tinha a sensação de ver tudo inclinado. Saí andando pelo corredor para me afastar dela, parando apenas quando não conseguia mais ouvir sua voz, depois voltei a olhar para ela. Continuava a dar tapas na testa, mas não havia lágrimas. Ela não gritava, continuava apenas a bater em si mesma, nos seios, na coxa, no rosto.

Não sei por quanto tempo fiquei no fim do corredor, observando-a, tentando de alguma forma absorver o fato de que, depois de tudo que Yejide e eu fizemos para ter um filho, tínhamos, sem aviso, perdido Olamide. Eu não achava que fosse possível o mundo mudar assim tão de repente. Estava consciente de outras pessoas andando de um lado para o outro do corredor: ouvia os ruídos dos sapatos e das vozes, percebia alguns corpos esbarrando no meu. Mas me sentia completamente sozinho, como se no espaço de tempo que Yejide tinha levado para dizer "eles a levaram para o necrotério" eu tivesse sido transportado para um planeta sem vida humana.

Por fim, voltei para perto de Yejide, segurei suas mãos enquanto ela se levantava, levei-a até o carro e a ajudei a se sentar no banco do carona.

Ainda hoje não sei de onde tirei forças para entrar no pronto-socorro. Só sei que me vi diante da enfermeira-chefe de plantão.

— Eu sou o Sr. Ajayi — falei. — Minha filha foi trazida há algumas horas: Olamide.

Ela me levou para uma pequena sala e me ofereceu uma cadeira enquanto abria algumas gavetas. Colocou alguns documentos diante de mim e me perguntou se eu queria ver o corpo antes de assinar. Levei alguns minutos para compreender que com "o corpo" ela queria dizer Olamide. Como não conseguia falar, balancei a cabeça e comecei a assinar os documentos. Não li uma palavra do texto, simplesmente procurei o local indicado em cada página e assinei.

A enfermeira-chefe ofereceu suas condolências quando me levantei para sair, assegurando-me de que os médicos tinham feito todo o possível, mas o bebê já chegara morto. Apertei a mão dela, agradeci e disse que apreciava seus esforços.

Quando voltei para o carro, encontrei Yejide imóvel como uma pedra; só tive certeza de que estava viva quando ela piscou. Eu deveria oferecer a ela palavras de conforto, dizer-lhe algo que amenizasse sua dor. Tinha feito isso antes em visitas de condolências a colegas que perderam cônjuges ou parentes, e encontrara as palavras para dizer-lhes que, de alguma forma, tudo ia ficar bem.

Coloquei a chave na ignição, agarrei o volante e observei através do para-brisas as pessoas que caminhavam pelo estacionamento ensolarado como se fosse um dia qualquer. Esforcei-me ao máximo para pensar em algo para dizer à minha esposa, encontrei até palavras suficientes para formar uma frase ou duas. E como queria que minhas palavras tivessem o máximo impacto, para dar conforto ao que eu ainda não compreendia completamente, virei-me para olhá-la nos olhos.

E foi então que notei a mancha de leite materno na frente de sua blusa verde. Dava para ver que ela não estava usando sutiã, e a mancha ficava bem na frente do seio direito. Era uma mancha fresca, pequena, mais ou menos do tamanho da mão de um bebê, da mão de Olamide. Esqueci o que quer que fosse que pretendia dizer. Enquanto observava a mancha de leite se espalhar, me dei conta de que o chão sob nossos pés tinha desaparecido, estávamos suspensos no ar, e minhas palavras não iam impedir que caíssemos no abismo que se abrira debaixo de nós.

20

Moomi disse que Olamide era uma criança má, uma garota malvada que tinha escolhido morrer. Quase a esbofeteei quando ela disse isso.

Era sua maneira de me consolar: convencer-me de que minha Olamide queria morrer, de que não havia nada que uma mãe pudesse ter feito. Mas não estava funcionando, e ela sabia disso. Eu não conseguia parar de pensar na minha menina, na perversidade que a aprisionara para sempre naquele amarelo-claro, em sua pele que nunca teria o mesmo tom de suas orelhas.

Os rostos abatidos das pessoas que ocupavam minha sala de estar me deixavam indiferente. Era o silêncio que me comovia, apertava meu coração, o silêncio quase absoluto dos enlutados quebrado apenas por palavras sussurradas destinadas a confortar e encorajar. Se minha Olamide tivesse crescido, se tivesse se casado e tido filhos antes de morrer, se fosse eu ou Akin que tivesse morrido, as pessoas estariam chorando abertamente, em vez de morder os lábios, balançar a cabeça e me pedir para esquecer porque em breve teria outro filho.

O fato de ninguém se lamentar nem chorar me magoava. Todos estavam tão organizados. Não havia caos, não havia ninguém quebrando cadeiras ou utensílios, ninguém rolando no chão ou arrancando os cabelos. Até mesmo Moomi se absteve. Ninguém estava sem palavras. Todos sabiam o que dizer. *Não se preocupe, logo terá outro filho.*

Não havia fotografia emoldurada sobre uma mesa ao lado de um livro de condolências.

Era como se ninguém fosse sentir falta dela. Ninguém lamentava que Olamide estivesse morta. Lamentavam por eu ter perdido um filho, mas não por ela estar morta. Era como se, por ter passado tão pouco tempo no mundo, sua morte não tivesse importância — ela não tivesse importância. Parecia que tínhamos perdido um cachorro ao qual éramos muito afeiçoados. Magoava-me profundamente ver as pessoas tão calmas, como se nada importante tivesse sido perdido. E, quando as vozes do fluxo tranquilo de pessoas que queriam me consolar me diziam para imaginar como teria sido terrível se aquilo tivesse acontecido mais adiante, na véspera de sua formatura ou de seu casamento, eu tinha vontade de chorar, gritar, rolar no chão e dar a Olamide o luto que ela merecia. Mas não conseguia. A parte de mim que poderia fazer isso tinha ido para a câmara fria do necrotério com Olamide, para lhe fazer companhia e implorar seu perdão por todos os sinais que eu tinha deixado de ver.

O funeral aconteceu cinco dias depois. Akin e eu não tínhamos permissão para participar e não deveríamos saber onde era o local da sepultura. Minha sogra não parava de me lembrar de que eu não deveria incomodar ninguém para saber o local. Sussurrou em meu ouvido que eu jamais deveria ver o túmulo porque, se fizesse isso, meus olhos teriam visto o mal, e eu teria vivenciado a pior experiência para um pai e uma mãe: conhecer o local onde seu filho está enterrado. Não respondi às palavras de minha sogra e passei a manhã deitada no sofá da sala, completamente imóvel, esperando o momento em que colocariam seu pequeno caixão na cova. Eu tinha certeza de que, se permanecesse quieta o suficiente, eu saberia. Fiquei parada e olhei para o relógio até ele ficar embaçado. O tempo passou como uma névoa. Recordo vagamente de Akin pegando as chaves do carro e me dizendo algo em certo momento. Fiquei no sofá até me dar conta de que já eram duas da tarde. O enterro devia terminar antes do meio-dia. Durante todo o dia, não senti nada. Por mais imóvel que tivesse ficado, eu não estava vigilante o suficiente. Então gritei, um som breve e penetrante que me fez tossir. Um som que eu não consegui fazer durar tanto quanto gostaria. Mas mesmo naquele momento não houve lágrimas, nem uma única gota.

Moomi veio imediatamente ficar ao meu lado, passando o dedo por meu couro cabeludo.

— Antes que se dê conta estará grávida novamente. Vai se recuperar, você vai ver — disse ela como se eu estivesse apenas resfriada e devesse descansar um pouco para me sentir melhor.

Eu queria que ela estivesse morta em vez da minha filha. Dei as costas para Moomi e não lhe disse que já estava grávida. Muros de dor se fecharam sobre mim de todos os lados; tentei empurrar, mas os muros eram de concreto e aço. E eu era feita apenas de carne e ossos miseráveis.

*

Akin insinuou, aconselhou, apelou e por fim insistiu para que eu voltasse a trabalhar normalmente no salão. Eu ainda não tinha contado a ele que estava grávida.

Na verdade, nunca cheguei a contar. Quando minha barriga ficou grande demais para ser ignorada, ele se apoiou no batente da porta da cozinha e me perguntou:

— Você está grávida?

Peguei uma faca do escorredor de pratos.

— De novo? — acrescentou ele, como se tivesse acabado de se lembrar que aquilo já tinha acontecido.

Cortava as folhas de cariru segurando a faca com força, contraindo cada músculo do meu braço como se estivesse cortando um inhame.

— Yejide?

Finquei a faca na tábua de cortar e me virei para encarar aquele homem que era meu marido. Coloquei as mãos sobre a barriga proeminente.

— O que você acha, Akin? Me diga o que acha que tenho na barriga.

— Por que não me responde de uma vez?

— Acha que amarrei uma cabaça na barriga? Então, me diga: é isso que está pensando?

Ele coçou as sobrancelhas e desviou o olhar, fixando-se em algum ponto acima da minha cabeça. Eu lhe dei as costas.

Akin limpou a garganta.

— Então você está grávida?

Ainda era uma pergunta. Aquele homem achava que eu tinha perdido a cabeça, que estava louca a ponto de amarrar uma cabaça na barriga. Era por isso que ele continuava a perguntar: não conseguia acreditar. Estava quente e a única coisa que eu vestia era uma camiseta grande que ia até o meio da coxa. Ele queria examinar minha barriga? Talvez fazer um pequeno corte, apenas para ter certeza? Peguei a faca na tábua de cortar e deixei que minhas mãos pendessem ao meu lado. Assenti.

— Sim.

Ele emitiu um som que não consegui identificar. Parecia parabéns, parecia que ele estava sufocando ou reprimindo um soluço. Continuei a olhar para fora pela janela da cozinha, o aço da faca frio contra minha coxa nua.

— Sinto muito — disse ele depois de um tempo — pela morte da bebê.

— O nome dela é Olamide — gritei.

Eu me virei para encará-lo, os outros vinte nomes que tínhamos dado à minha filha prontos para sair de minha boca. Não havia ninguém à porta; ele já tinha ido embora.

*

Em meu primeiro dia de volta ao trabalho, pedi a uma das meninas que cortasse meu cabelo. Ela se recusou, olhando para mim como se eu tivesse pedido que cortasse meu pescoço. Todas as outras garotas se recusaram a tocar as tesouras, até mesmo Iya Bolu.

— Mas você está grávida de novo — disse ela.

Cortei as tranças eu mesma e deixei o resto do cabelo em tufos irregulares. As clientes ficaram horrorizadas. Se fosse Akin quem tivesse morrido, elas não ficariam tão chocadas ao ver meu cabelo cortado. Por que então me olhavam agora como se eu tivesse enlouquecido?

Meu carro estava no mecânico naquele dia, então, depois de fechar o salão, eu me arrastei até em casa. Meus pés pareciam de chumbo. Eu não queria voltar para lá, onde o berço vazio ainda estava ao lado da cama que eu compartilhava com Akin.

Quando cheguei, Akin já tinha voltado do trabalho. Trabalhava à mesa de jantar. Havia dezenas de folhas brancas espalhadas à sua frente, e ele digitava números em uma calculadora.

— O que aconteceu com seu cabelo? — perguntou, afastando a calculadora.

— Um pássaro o comeu no caminho para casa. O que mais poderia ter acontecido?

Ele voltou a digitar seus números.

Eu me sentei em uma poltrona, de costas para a mesa de jantar.

— Quão curto você quer? — perguntou Akin.

— Rente à pele — falei, tentando tirar com o dedão do pé a cera de vela que havia caído no tapete.

O tapete estava cheio de manchas. Não era varrido havia semanas.

De repente, senti a mão de Akin em minha cabeça. Senti suas mãos em meus cabelos desgrenhados, em seguida ouvi os cortes secos de uma tesoura. Tufos de cabelo caíam sobre meu rosto, grudando-se à minha pele quando encostavam nas lágrimas que rolavam em silêncio pelo meu rosto. Os tufos pinicavam, mas não os tirei do rosto. Eu queria deixá-los ali a noite inteira, deixar que minha pele coçasse sem parar, até parecer que eu tinha esfregado no rosto um pedaço de inhame cru.

— Vá tomar banho — disse ele quando terminou.

Não consegui me levantar. Os soluços comprimiam meu peito, dificultando a respiração.

Akin se ajoelhou ao meu lado e deitou a cabeça em minha barriga, uma das mãos agarrando meu vestido e a outra inerte sobre a borda da poltrona, ainda segurando a tesoura. Ele nunca admitiria isso, mas naquele dia senti suas lágrimas; elas molharam meu vestido, deixando-o colado à minha barriga, e validaram meu sofrimento. Joguei a cabeça para trás e comecei a chorar alto. Amaldiçoei. Gritei. Berrei. Pedi desculpas à minha filha, implorei que perdoasse meu descuido, supliquei que me ouvisse onde quer que estivesse. Passei a noite toda chorando o mais forte que consegui. Segurava minha cabeça e tentava exorcizar a dor. Na noite seguinte, dormi um sono ininterrupto. Não sonhei com bebês mortos em decomposição debaixo da terra — não sonhei com nada. Por cerca de seis horas depois de acordar, achei que as lágrimas tinham lavado minha dor e minha culpa. Naquela época, eu não sabia que isso era impossível.

21

Sesan nasceu em uma quarta-feira. Eu estava no trabalho quando a bolsa estourou, e foi Iya Bolu quem me levou para o hospital. Seu marido tinha acabado de comprar um carro usado, de forma que ela finalmente herdara o antigo Mazda e estava aprendendo a dirigir. Sua experiência ao volante até aquele momento se limitava ao trajeto de casa até o salão e de volta, mas ela se recusava a colocar o adesivo vermelho de principiante junto aos números da placa ou em qualquer outro lugar do veículo. Eu me sentei no banco da frente e, entre uma contração e outra, tentava lhe dar dicas. Poderia ter tomado um táxi, mas deixei que ela me levasse de carro até o hospital. Talvez porque, bem lá no fundo, eu acreditasse que merecia ser castigada pelo que tinha acontecido com minha filha.

Havia pouquíssimas pessoas na cerimônia do nome de Sesan. Foi uma reunião íntima, realizada em nossa sala de estar. Os convidados se sentaram em cadeiras que pegamos emprestadas com nossos vizinhos, comeram arroz *jollof* e, uma hora depois da cerimônia, foram para casa. Moomi nem sequer compareceu. Sua filha Arinola, que na época morava em Enugu, também dera à luz, e Moomi partira para ficar com ela cerca de uma semana antes de Sesan nascer. Ninguém veio de Lagos ou de Ifé. Não havia banda tocando ao vivo, nem tenda de lona do lado de fora, nem microfone, nem DJ. Não houve dança.

O segundo nome de Sesan era Ige, porque a primeira parte dele que veio ao mundo foram os pés. Eram ótimos pés; depois de algumas semanas, ninguém poderia duvidar de que os pés do meu filho eram os melhores pés possíveis. Como todas as pessoas com bons pés, sua chegada à nossa família foi seguida de todo tipo de coisas favoráveis para nós. Por exemplo, Akin comprou quatro lotes de terra pela metade do valor de mercado porque o proprietário estava afogado em dívidas e foi obrigado a vender todos os seus bens. Não foi algo tão bom assim para o pobre homem, mas, como acontece com frequência na vida, às vezes, a boa fortuna de uma pessoa é consequência direta da ruína de outra.

Eu era vigilante com Sesan. Akin achava que eu estava ficando paranoica. Ele me alertava que meu filho ia crescer e nunca se casaria, porque ficaria apegado demais a mim. E eu me perguntava como Sesan poderia ficar apegado demais a mim se sua vida dependia de grudar a boca ao meu seio. Na minha opinião, o perigo era uma criança ficar apegada de menos ou não ter apego nenhum. Eu estava preparada para amarrar o pulso dele às tiras do meu avental e arrastá-lo para onde fosse pelo resto da vida.

Sesan era uma criança tranquila. Chorava apenas quando precisava comer e, mesmo assim, seus gritos eram pontuados por pausas educadas. Às vezes, eu ia dar uma olhada nele no meio da noite e o encontrava acordado no berço, dando gargalhadas com as mãos e as pernas no ar, desfrutando de sua própria companhia, sem exigir atenção de ninguém.

Compramos uma casa na Imo Street, não muito longe do complexo onde morávamos. Não era cercada quando a compramos, mas antes de nos mudarmos mandamos construir um muro. O muro era mais alto do que o telhado, com rolos de arame farpado no topo. Os assaltos à mão armada tinham se tornado comuns em todo o país e muros surgiam por toda a cidade, alguns mais altos do que os que mantinham os condenados na prisão. A maioria dos bairros agora empregava pelo menos um segurança armado para patrulhar as ruas à noite, disparando um tiro de vez em quando para tranquilizar os moradores. Durante o dia, ladrões entravam nas casas e levavam tudo o que podiam antes de suas vítimas retornarem. Começamos a deixar o rádio ligado sempre que saíamos de casa, para dar a qualquer ladrão em potencial a impressão de que havia gente em casa. Reparei que a maioria das pessoas fazia o mesmo, e que em muitas casas o ruído do rádio prosseguia ininterrupto até as estações encerrarem as transmissões do dia.

Nossa nova casa ainda cheirava a tinta fresca quando meu salão passou de cinco para dez secadores de pé. Algum tempo depois, Akin e eu reunimos economias suficientes para comprar o prédio de dois andares onde ele funcionava. Embora Sesan tivesse nos trazido tanta boa sorte, era em Olamide que eu pensava todas as noites antes de dormir. E quando acordava de manhã, antes de abrir os olhos, eu a via — viva e olhando nos meus olhos enquanto mamava, como se me conhecesse desde antes do início dos tempos.

22

Pouco depois de nos mudarmos para a casa nova, Dotun perdeu o emprego em Lagos e foi passar um tempo conosco. Na verdade, ele nunca se mudou de fato para nossa casa, já que um homem casado e com quatro filhos não vai morar com outra família a não ser que esteja deixando sua esposa: ele simplesmente apareceu um dia e não voltou para Lagos. Disse que precisava de um tempo para clarear as ideias e conseguir outro emprego.

A verdade era que ele havia passado um ano desempregado antes de ir morar conosco e gastara todas as economias para abrir uma padaria, que faliu em poucos meses. Tentou conseguir outro emprego depois disso, mas as únicas vagas que surgiram eram de segurança ou mensageiro — trabalhos que não aceitou porque, com seu diploma, sentia-se qualificado demais. Depois de gastar as solas de seu último par de sapatos em Lagos, ele vendeu o carro, que era de sua mulher, pegou algum dinheiro emprestado e tentou ressuscitar o negócio da padaria. Dessa vez, foi enganado por fraudadores em circunstâncias que afirmou serem muito embaraçosas para compartilhar. Tudo isso ele contou primeiro a mim, antes de contar a Akin.

Dotun foi para Ilesa para fugir dos credores. E mesmo depois que Akin deu a ele parte de nossas economias para saldar suas dívidas, ele não foi embora. Durante as primeiras semanas de sua estadia conosco, Dotun deve ter tomado pelo menos três engradados de uma cerveja de produção local, Trophy. Ele não fazia quase nada além de comer a carne da minha panela de ensopado enquanto eu cozinhava e proclamar do nada como eu era sexy enquanto eu tentava preparar o jantar antes que meu marido chegasse do trabalho.

Ele me elogiava todos os dias, vencendo minha paciência, minando pouco a pouco minhas defesas, até eu me dar conta de que o que eu pensava ser aço na verdade não passava de madeira compensada. Se ele me dissesse que eu era linda, eu teria resistido. Akin me dizia isso o tempo todo, com um tom reverencial que nunca deixou sua voz com o passar dos anos. Dotun, por outro lado, elogiava a forma perfeita dos meus seios, minhas nádegas redondas e os meus olhos sedutores.

— Adoro quando você queima o jantar — disse ele um dia, olhando para mim por sobre uma garrafa de cerveja.

Eu estava saindo da cozinha. Tinha acabado de carbonizar uma panela de ensopado de legumes que estava preparando para Akin comer com arroz naquela noite.

Dotun colocou a garrafa aos seus pés.

— Ainda mais quando você está lá em cima. Você corre para o andar de baixo e, quando corre, seus peitos balançam. Eu ainda penso em você, naquele fim de semana que passei aqui quando estava indo para Abuja.

Eu não gostava de pensar naquele fim de semana. Tinha sido cerca de dois meses desde o nascimento de Olamide, quando Akin precisou ir para Lagos em uma viagem emergencial de trabalho pouco depois da chegada do irmão. Dotun e eu ficamos sozinhos em casa com Olamide durante todo o fim de semana. A casa não era grande o suficiente para impedir que nos esbarrássemos. Estávamos tomando café da manhã no sábado quando ele estendeu o braço para afastar o cabelo do meu rosto, em seguida tocou minha orelha e não parou. Não foi rápido e furtivo como da primeira vez; ele não terminou cedo demais. Eu me senti tão culpada que o evitei pelo resto do fim de semana e prometi a mim mesma que aquilo nunca mais ia acontecer.

— Eu sempre penso naquele fim de semana — disse Dotun.

Enquanto ele falava, meu coração batia mais rápido e senti meus mamilos endurecerem. Agradeci pelas coisas boas da vida, como o sutiã acolchoado que estava usando naquele dia.

— Não vai acontecer de novo.

— Não precisa resistir — disse ele. — É normal você querer.

Eu me afastei, embora soubesse que Dotun jamais tentaria nada. Eu é que teria que ir até ele; ele nunca viria atrás de mim.

— Do que você está falando?

— Me avise quando estiver pronta. Eu estou sempre pronto — disse ele, pegando novamente a cerveja.

Disse a mim mesma que era o álcool que o deixava tão ousado. Ele estava um pouco embriagado, arrastando as palavras.

Era bom que colocasse as coisas dessa forma, como se ir para a cama com ele fosse apenas uma transação de negócios. Isso me ajudava a pôr as coisas em perspectiva, apagava as brasas que ardiam em meu ventre e contia a umidade que sentia entre minhas pernas.

Eu deveria ter dito a ele que parasse de falar comigo daquela maneira. Que parasse de dizer que meus seios ainda eram notavelmente firmes depois de amamentar dois filhos. Ele teria parado; ou pelo menos teria parado se eu tivesse ameaçado contar a Akin. Mas eu não queria que ele parasse. Eu adorava como suas palavras fluíam pelos meus ouvidos, espalhando calor por todo o meu corpo. Em vez de contar a Akin sobre seus comentários lascivos e exigir que ele colocasse Dotun para fora de nossa casa, eu fingia ignorá-los. À noite, repetia aquelas palavras em minha mente, com sua voz rouca quando as pronunciava, enquanto Akin dormia ao meu lado de barriga para baixo, roncando com a boca aberta. Comecei a ter motivos para voltar para casa depois de deixar Sesan na escola.

Minha cabeça pesava. O peso dobrava a cada passo que eu dava em direção ao quarto de Dotun, o quarto que um dia pertencera à criança que nunca dei à luz, antes de que fosse passado para Funmi. Quando entrei, Dotun estava sentado no chão, de costas para a porta, escrevendo uma carta de apresentação para uma vaga de emprego. Espalhados pelo chão, uma dúzia de envelopes, a maioria selada e endereçada. Eu não sabia até então que ele estava se esforçando para conseguir trabalho. Achava que simplesmente passava o dia bebendo cerveja e comendo carne da panela. Akin tinha me dito que Dotun ia ficar conosco apenas tempo suficiente para clarear as ideias.

Eu me perguntei por que ele falava com Akin sobre seus projetos grandiosos em vez de sobre as cartas que parecia escrever todos os dias. Quis dar meia-volta e sair. Tinha a sensação de tê-lo surpreendido fazendo algo privado e, se assistisse, seria levada a ter alguma forma de intimidade com ele. Ele ergueu o olhar. Não dava mais para voltar atrás. Dotun recolheu os envelopes em uma pilha, mas seu olhar permaneceu fixo no meu.

— O que foi? *Se ko si*? — perguntou.

— Eu... nada... bem... nada.

Ele se levantou.

— Não aconteceu nada? Você está no meu quarto.

— Eu vim para... vim aqui para... Como estão indo as cartas? Alguém já respondeu?

Ele se sentou na cama e apoiou a cabeça entre as mãos, olhando para a pilha de envelopes. Ficou em silêncio. Era minha deixa para tirar a blusa ou fazer o que precisasse ser feito para dizer *estou pronta para fazer sexo com você outra vez.* Eu me sentia uma idiota. Por que tinha ido até lá? O que eu sabia sobre seduzir um homem, mesmo um que queria ser seduzido? Eu era virgem quando me casei com Akin.

— Fui envolvido em uma fraude no trabalho, por isso acabei sendo demitido. Essas coisas se espalham... e agora ninguém quer me contratar. Ninguém.

Ele falava rápido, como se as palavras queimassem sua língua.

Desejei que Dotun tivesse ficado sozinho em seu mundo atormentado, sem me dizer nada. Eu não queria saber de sua agonia secreta, de seu sofrimento. Não me importava e não queria. Só havia uma coisa que queria dele.

— Eu não contei isso ao irmão *mi*. Não diga nada a ele, por favor. Não diga — pediu ele.

Eu concordei.

— Eu não estava envolvido na fraude. Fui apenas idiota o bastante para autorizar alguns dos documentos. Quem fez tudo na verdade foi uma mulher; eu estava dormindo com ela.

Ele ergueu o olhar, seus olhos desolados e suplicantes.

Eu assenti. É claro que ele estava dormindo com uma mulher de seu escritório; de acordo com sua esposa, ele estava dormindo com todas as mulheres da rua.

Dotun suspirou.

— Minha mulher não acredita em mim. Acha que eu tenho dinheiro escondido em algum lugar. E uma linda garota esperando para gastá-lo comigo. — Dotun riu. — Quem me dera. Não conte nada a Akin. Por favor... não faça isso... não diga nada. Talvez eu devesse contar tudo a ele... — Ele se deitou na cama e cobriu o rosto com as mãos. — Estou arruinado. Não sei administrar uma empresa. Ninguém quer me dar emprego. Estou acabado.

— Vai ficar tudo bem — falei, esperando que ele se calasse, desejando sair do quarto antes que ele desnudasse mais uma parte de sua alma.

Sentei-me ao lado dele na cama.

— Você se formou entre os melhores da sua classe. Vai dar um jeito.

O riso parou. Sua respiração pesada interrompeu o silêncio.

— Obrigado — disse.

Minhas pernas tremiam quando saí do quarto.

*

Sesan e eu estávamos prestes a sair de casa para fazer a comunhão quando fiquei sabendo sobre o golpe de Orkar. Embora tivesse acabado de começar a andar, Sesan já se firmava sobre os próprios pés e insistia em descer as escadas sem minha ajuda. Foi enquanto eu o guiava escada abaixo que ouvi a notícia do golpe no rádio que agora deixávamos ligado o tempo todo. Quando me dei conta de que a voz na rádio anunciava a derrubada do regime de Babangida, peguei meu filho no colo, fiz sinal para que ficasse em silêncio quando ele protestou e corri para a sala de estar.

Ainda não eram oito da manhã. Akin estava dormindo no andar de cima, e Dotun estava em seu quarto, provavelmente de ressaca. Então fiquei sozinha com Sesan enquanto ouvia a retransmissão do discurso da tomada de poder. Eu assentia com a cabeça enquanto o locutor desfiava acusações contra o governo de Babangida, mas, quando ele anunciou a expulsão do país de cinco estados do norte, fiquei tão chocada que decidi esperar a repetição da transmissão, apenas para ter certeza de ter ouvido direito.

Afrouxei o lenço que cobria minha cabeça enquanto a estação tocava a música marcial; não fazia mais sentido ir para a igreja. Antes que eu terminasse de dobrar o lenço, houve um corte de energia. Eu suspirei — poderia levar horas ou dias para que a eletricidade voltasse; não havia como prever.

Levei Sesan para o andar de cima e tentei tirar sua gravata-borboleta. Ele estava chorando em protesto quando Akin acordou.

— O que houve?

Soltei Sesan, que correu para junto da cama, do lado de Akin.

— Você não vai à igreja? — perguntou ele, olhando para o relógio na parede. — Já são quase nove horas.

— Depuseram Babangida — falei. — Houve um golpe.

Akin sentou-se na cama de um salto.

— É sério?

— Ouvi a transmissão antes de as luzes se apagarem.

— Eu disse a Dotun que alguém ia acabar derrubando esse homem. O caso de Dele Giwa foi muito suspeito. — Ele colocou os pés no chão. — Ninguém pode provar que foi ele, mas ainda assim... E ele não prometeu que este ano haveria eleições e que voltaríamos a viver em uma democracia? Onde está a democracia agora?

— Isso é parte do que os novos estão dizendo que, se não tomassem o poder, ele se tornaria presidente vitalício.

— Impossível nesta Nigéria. — Akin se levantou e Sesan abraçou uma de suas pernas. — Isto aqui não é uma república de bananas.

— Mas eles disseram uma coisa estranha. — Aproximei-me de Akin e peguei a mão de Sesan; ele choramingou enquanto eu desabotoava sua camisa. — Disseram que pretendem expulsar da federação alguns estados do norte: Sokoto, Borno, Kano... Havia outros, mas não consigo lembrar quais.

— Eles querem fazer o quê?

— Eu não entendi muito bem essa parte. Não é possível, é?

O telefone tocou e nós dois nos sobressaltamos. Já conhecíamos o padrão: depois de um golpe de Estado, as linhas costumavam ficar mudas durante todo o dia. Akin atendeu. Ouvi o lado dele da conversa e decifrei que sua irmã estava do outro lado da linha. Eles se falaram por um tempo, e Akin assegurou a Arinola que não achava que houvesse problemas na cidade e que íamos ficar todos bem. Assim que terminou a ligação, o telefone voltou a tocar. Dessa vez era Ajoke, a esposa de Dotun.

— Ela pediu para rezarmos — disse Akin depois que encerrou a conversa. — Está havendo um confronto em Lagos; estão ouvindo tiros da casa deles.

— Ah, meu Deus, as crianças. Elas estão bem?

— Sim, mas Ajoke está com medo. Os disparos são altos. — Akin pressionou a palma contra a testa. — Mas acho que eles vão ficar bem. Não vamos ter vítimas civis.

Eu me sentei na cama, imaginando Ajoke e seus filhos encolhidos no canto de um quarto.

— Deus os ajude.

— Se ainda há confronto, não acho que Babangida vá a lugar nenhum.

— Você precisa dizer a Dotun que Ajoke ligou.

— Sim, sim.

Ele ergueu Sesan e saiu do quarto com ele montado nas costas.

— Tem café da manhã pronto na cozinha — falei enquanto ele saía. — Eu fiz *moin moin*.

Fiquei no quarto, preocupada de como seriam os próximos dias. Quanto mais pensava nisso, mais eu desejava que Babangida conseguisse manter o poder, não porque gostasse de como ele governava o país, mas porque o *status quo* era o diabo que já conhecíamos. Se os novos oficiais assumissem o poder e realmente expulsassem os estados do norte, dentro de algumas semanas a situação provavelmente precipitaria outra guerra civil.

Akin gritou alguma coisa, e fui até o patamar da escada.

— O que você disse?

— Dotun acha que trouxe o rádio de pilha — disse ele. — Está procurando por ele no quarto.

Akin estava parado no meio da sala, com Sesan sentado em seus ombros, esticando-se para tocar o teto.

Fui para o andar de baixo. Como se tratava de Dotun, ele levou horas para encontrar o rádio e as pilhas do tamanho certo. Quando finalmente o ligou, todas as estações estavam transmitindo peças instrumentais, o que indicava que as coisas ainda estavam confusas e ninguém estava confiante o bastante para retomar a programação normal. Dotun se decidiu por uma estação que tocava algo que parecia ser música clássica. Ficamos sentados em silêncio, cercados pela música, à espera de notícias. De repente, o rádio ficou mudo: por um instante, pensei que as pilhas tinham acabado, mas ele logo estalou com estática e uma voz anunciou:

Eu, tenente-coronel Gandi Tola Zidon, asseguro-lhes que os dissidentes foram derrotados. Todos devem manter a calma e aguardar o próximo pronunciamento. Obrigado.

Dotun ligou para Ajoke e as crianças. Em seguida continuamos a ouvir a rádio até as baterias acabarem. Houve outros pronunciamentos, discursos e transmissões que nos informaram que sim, houvera derramamento de sangue, mas no fim das contas nada tinha mudado.

*

Iya Bolu agora era minha inquilina. Ela tinha decidido continuar com seu salão depois que comprei o prédio e, no primeiro dia de cada mês, seu marido pagava o aluguel. Ela quase nunca tinha clientes, então não tinha como arcar com esse custo sem a ajuda do marido. Ainda assim, recusava-se a fechar o salão.

— Não posso simplesmente ficar sentada em casa, sem fazer nada — dizia ela sempre que eu sugeria que fechasse o negócio. — Vou continuar acordando e vindo para cá até descobrir outro trabalho.

Ela continuava passando quase todo o tempo em meu salão, e eu comecei a evitar que as clientes se sentassem na cadeira que tinha passado a considerar de Iya Bolu. À tarde, quando chegavam da escola, suas filhas almoçavam e faziam a lição de casa no salão da mãe. Se as meninas iam até minha loja, ela as mandava embora sempre com as mesmas palavras: *Vão ler seus livros.*

— Bolu vai se formar na faculdade, com a graça de Deus — dizia Iya Bolu depois que as crianças saíam pelo corredor.

Em geral, minhas clientes diziam "amém" quando Bolu e suas irmãs saíam. Mas um dia, quando Iya Bolu fez sua declaração, estava no salão uma das minhas clientes fixas, Tia Sadia. Em vez de dizer "amém", Tia Sadia começou a rir.

— Por que está rindo? — perguntou Iya Bolu, levantando-se. — Qual é a graça?

Eu estava removendo as extensões de Tia Sadia, usando uma lâmina para cortar o fio que prendia as mechas aos seus cabelos. Ela olhou para o espelho ao responder.

— Aquela sua filha de pele clara? Você não vê? Ela já está ficando muito bonita. Acha que os rapazes vão deixá-la em paz?

Ela pronunciou a palavra "bonita" como se a beleza fosse um mau hábito que Bolu cultivasse, algo que beirava o comportamento criminoso e pelo qual ela um dia seria justamente punida.

Iya Bolu ficou de pé ao meu lado, as mãos na cintura.

— *Ehen*, então, só porque Bolu é bonita, ela não poder ler? Não pode ir para a universidade?

Tia Sadia sorriu para o espelho.

— Espere só até os seios dela ficarem como laranjas maduras e todos os homens que a virem começarem a ficar rígidos como soldados. Em pouco tempo, ela estará grávida. Aí então você vai entender o que estou dizendo.

— Não a minha filha. Deus queira que não. — Iya Bolu se aproximou de Tia Sadia e elevou a voz. — Minha filha vai para a faculdade.

Olhei para Tia Sadia, esperando que ela se desculpasse ou falasse algo para tranquilizar Iya Bolu. Ela não disse nada.

— Não há nada que impeça uma menina bonita de se debruçar sobre os livros — falei, por fim, dando tapinhas nas costas de Iya Bolu.

Terminei de remover as extensões de Tia Sadia, então fiz um gesto para que uma das cabeleireiras desfizesse suas tranças.

Fui até o canto do salão onde Sesan estava dormindo em seu berço e segurei seu pulso por alguns instantes, sentindo o ritmo tranquilizador de seus batimentos.

— Só estou dizendo que a coisa dura também é doce. *Abi*? Até mesmo você, que é a mãe dela sabe: se não fosse doce, teria parido sua filha?

Tia Sadia tinha se virado em sua cadeira e sorria para Iya Bolu. Era o mais próximo de um pedido de desculpas a que ela ia chegar.

Iya Bolu balançou a cabeça.

— Minha filha vai ter um diploma. Depois disso, ela poderá desfrutar de todas as coisas duras que quiser.

— Muito bem, então ela vai se formar antes de os soldados em posição de sentido botarem as mãos nela. Não que seja o fim do mundo se puserem as mãos nela primeiro e depois ela se formar. — Tia Sadia riu e deu um tapinha na mão de Iya Bolu. — Vamos dar graças a Deus que pelo menos a coisa dura não mata.

Iya Bolu também começou a rir.

— Se matasse, algumas de nós já estariam mortas. Graças a Deus o pilão não mata o almofariz. Se fosse assim, como poderíamos desfrutar de um maravilhoso purê de inhame?

— Mas Deus é grande. Iya Bolu, você sabe que quando a coisa está adormecida, daquele jeito mole, podemos até não respeitar. Mas quando está de pé assim? — Tia Sadia se levantou e ficou em posição de sentido. — Ereto assim? Eu dou graças ao deus que o fez dessa forma.

Iya Bolu bateu palmas.

— É essa dureza que lhe dá valor e honra, *o jare*.

— *Abi*? — Tia Sadia se sentou. — O que faríamos com um pilão mole? Como amassaríamos o inhame?

Enquanto elas conversavam, comecei a me sentir desconfortável. Pensei na última vez que Akin e eu tínhamos feito amor e quis fazer perguntas a Tia Sadia — ela parecia ser o tipo de pessoa que me daria um tapinha na mão e respostas diretas. Mas, em vez disso, mordi a língua, porque não era o tipo de mulher que discutia sua vida sexual com outras mulheres em um salão de beleza.

A cabeleireira tinha terminado com Tia Sadia. Fui até ela e enfiei um pente em seus cabelos.

— Então, que estilo você quer? — perguntei.

— Por que está com uma expressão tão severa? *Abi*, não come purê de inhame à meia-noite?

— Não se preocupe, ela vive com a cara fechada desse jeito, como se fosse virgem. — Iya Bolu apontou para o berço de Sesan. — Mas temos provas de que ela sabe se sair muito bem.

— Senhora, que estilo quer?

Tia Sadia me encarou por um tempo, um sorriso ainda curvando o canto de seus lábios. Seu olhar me deixou nervosa, com receio de que ela continuasse falando de sexo.

— Tudo bem — disse ela. — Apenas tranças, para trás. Penteadas para atrás.

Comecei a passar pomada nos fios, feliz por ela ter abandonado aquele assunto. Afastei de minha mente as perguntas que queria fazer e deixei que seus cabelos macios deslizassem por meus dedos.

Ela sorriu para o espelho enquanto eu separava as mechas.

— Eu conheço seu tipo. Você faz essa cara de Virgem Maria, mas dentro do quarto, a portas fechadas, pega fogo.

Mordi o lábio inferior e não disse nada.

23

Cerca de um mês depois que Sesan começou a frequentar o jardim de infância, Akin levou-o ao hospital para exames de rotina. Era o tipo de coisa que ele costumava fazer, como comprar centenas de ações para Sesan a cada aniversário, ou ter uma poupança para as despesas escolares na qual ele depositava dinheiro todos os meses desde o dia em que nos casamos, ou fazer um check-up médico e dental anual ele mesmo. Então não fiquei surpresa quando meu filho chegou em casa e me mostrou, orgulhoso, o ponto invisível onde tinha sido picado no dedo para recolher amostras de sangue. Ele me disse que não chorou, mesmo que a agulhada do médico tivesse doído. Beijei seu dedinho e falei que ele era o menino mais valente do mundo. Sesan correu para o quarto de Dotun para continuar a se exibir.

Quando os resultados ficaram prontos, Akin estava em Lagos para uma série de reuniões que duraria duas semanas. Então fui ao hospital. Eu ainda detestava hospitais. O cheiro de antisséptico que impregnava as narinas por um longo tempo depois que íamos embora. As horrendas batas e os jalecos que a maioria dos funcionários usava, brancos como mortalhas de funeral. O sangue que assaltava os olhos mesmo em lugares onde menos se esperava. Os gritos de dor e perda que atravessavam os corredores. Eu não queria estar ali.

— Senhora, onde está seu marido? — perguntou o Dr. Bello antes mesmo de eu me sentar.

— Viajando. No momento, está em Lagos — respondi.

O consultório era um cubículo que cheirava a iodo.

— Na verdade, prefiro discutir o assunto com ele.

— Que assunto?

— Eu disse que preferia...

— Eu ouvi. Ele é meu filho e o senhor não quer me dar os resultados dos exames? Como assim?

— Muito bem, senhora, sente-se, por favor — disse ele, inclinando-se para trás no assento. — Mas precisa dizer ao seu marido para vir falar comigo.

— Tudo bem — falei.

Naquele momento, soube que ele não ia me contar tudo.

— Então, senhora, sobre seu filho... O que sabe sobre os glóbulos vermelhos?

Vasculhei os recessos da memória em busca de lembranças das aulas de biologia. Lembrei-me do Sr. Olaiya, o professor de biologia cujas calças grandes demais caíam até os joelhos por vezes, proporcionando um momento de diversão em sua aula enfadonha. Mas eu não me lembrava de nada sobre glóbulos, fossem eles vermelhos, verdes ou azuis. Balancei a cabeça.

— Os glóbulos vermelhos transportam oxigênio para o...

— *Oga*, doutor, tem alguma coisa errada? Com meu filho?

Eu não precisava de uma aula de biologia. Além disso, meu coração estava batendo tão forte que eu tinha certeza de que ia morrer antes que o médico chegasse ao cerne da questão se ele não fosse logo ao ponto.

— Já ouviu falar de anemia falciforme?

Meu coração parou. Meu cérebro parou. Todos os órgãos do meu corpo pararam. O ar parecia ter sido sugado do consultório.

— Sim.

— Seu filho tem anemia falciforme.

— Não — falei. — Meu Deus, não.

Nas vinte e quatro horas seguintes eu continuaria a murmurar e sussurrar essa mesma frase.

— Sinto muito. Mas não é uma condição sem esperança. Há coisas que a senhora deve saber. Primeiro, precisa trazê-lo aqui para um exame completo...

A boca do médico continuava a se mover, articulando palavras que passavam ao largo de meus ouvidos em vez de entrar neles. Quando ele parou de falar, eu me levantei e fui embora. Deixei a chave cair várias vezes antes de conseguir destrancar a porta do carro. Eram duas da tarde. Fui dirigindo até o Franciscan Nursery and Primary School para pegar meu filho.

Quando saímos da escola, ele quis caminhar até o carro. Eu o carreguei, apertando-o junto a mim até ele gritar. Eu o apertei com mais força. No trajeto até em casa, continuei a observá-lo, desviando o olhar do caminho por períodos perigosamente longos. Ele me contava algo sobre a escola, em sua língua ainda gorgolejante. Estava entusiasmado. Sorria, gesticulava e desenhava formas no ar. Pulava no assento enquanto tagarelava. Eu tentava ouvir o que ele estava dizendo, tentava saber por que estava tão agitado. Mas não ouvia nada. Só conseguia vê-lo. As unhas sujas, as covinhas nas bochechas morenas, a camisa e o short amarelo mais uma vez manchados de grama. Ele era o menino mais lindo do mundo. Eu queria colocá-lo de volta na minha barriga para protegê-lo da vida, dos hospitais, das toucas e dos jalecos brancos engomados.

— Mamãe, o que foi? — perguntou Sesan, me entregando meu molho de chaves.

Ele parecia irritado.

— Nada — respondi depois de entrarmos.

Eu lhe dei o almoço e o ajudei com a lição de casa. Observei enquanto ele assistia à televisão, dei-lhe o jantar e um banho. Sentei-me sobre o tapete no chão e fiquei olhando enquanto ele assistia a mais um pouco de televisão até adormecer no sofá. Naquela noite, não houve hora de dormir para ele.

— Por que você está chorando? — perguntou Dotun.

Ele tinha acabado de entrar em casa.

Toquei meu rosto. Estava molhado. Quando eu tinha começado a chorar?

— Ele também vai morrer. Sesan está morrendo.

Um riso nervoso borbulhou dentro de mim. Pressionei os lábios um contra o outro para reprimi-lo. Se eu começasse a rir, sabia que continuaria rindo por toda a eternidade.

Dotun correu para o meu lado, colocou a orelha no peito de Sesan e sentou-se ao meu lado, franzindo a testa.

— Ele está bem.

Seu hálito cheirava a álcool e cigarros.

— Ele tem anemia. Anemia falciforme.

O borbulhar dentro de mim se rompeu. Mas o que fluiu foram lágrimas, e não risadas. Embaçaram minha visão e entupiram meu nariz. Os únicos sons que eu conseguia ouvir eram meus soluços, que abafavam o ressonar suave de Sesan. E eu precisava ouvir aquele ressonar. Aquele som era minha vida. Aproximei-me do sofá para escutá-lo. Mas meus soluços ficaram mais altos e meus olhos ainda mais embaçados. Mal conseguia ver meu filho. Meu choro engolia o ressonar de Sesan, engoliam a mim mesma.

— Está tudo bem. Tudo bem, ele está bem.

Senti a mão de Dotun em minha nuca. Me acariciando. Me acalmando.

Senti seus braços em volta da minha cintura. Eu estava afundando, afogada em meus soluços.

Ele estava lá, me segurando em seus braços, sua boca sussurrando que tudo ficaria bem.

Beijei-o para engolir aquela palavra: "bem". Para tomá-la de seus lábios e guardá-la bem dentro de mim, no lugar de onde Olamide tinha sido arrancada do meu ventre. Eu queria aquela palavra. E a consegui. Então queria mais, precisava de mais, desejava mais, febrilmente. Mais. Mais. Mais.

Sua língua, suas mãos, seu membro duro dentro de mim outra vez.

Quando, mais tarde, seu membro duro amoleceu dentro de mim, ainda não era suficiente. Eu o desejava ainda mais.

Ele rolou, saindo de cima mim. Eu me arrastei para o sofá, colocando meu rosto junto ao do meu filho. Seus olhos estavam fechados.

Será que ele tinha nos visto? Como eu podia tê-lo exposto dessa forma? Será que ele tinha percebido algo? Ah, Deus, *eu imploro*, deixe-o pensar que foi um sonho. Ah, Deus, *por favor. Por favor. Por favor.*

Permaneci ali até o amanhecer, nua, ouvindo meu filho ressonar, odiando a mulher que eu tinha me tornado.

24

Eu tinha aprendido, e ainda acredito, que a melhor educação que o dinheiro pudesse comprar seria a coisa mais importante que eu poderia dar ao meu filho. Eu estava disposta a me tornar uma escrava, se necessário fosse, para dar a Sesan uma boa educação. Eu reverenciava diplomas e as pessoas que os ostentavam. Quanto mais melhor. Quando achei que ele tinha idade suficiente, matriculei meu filho na melhor escola primária da cidade, uma escola católica que também o ensinaria a temer a Deus.

No dia seguinte ao diagnóstico, eu queria que Sesan ficasse em casa, na cama, onde eu pudesse alimentá-lo, abaná-lo ou simplesmente ficar olhando para ele. Não me importava que, pelo resto da vida, ele não soubesse que dois mais dois são quatro. Não me importava que ele nunca falasse inglês sem o forte sotaque do povo ijexá que se recusava a deixar a língua de alguns de seus tios e tias. Não me importava que ele nunca se tornasse engenheiro, advogado ou contador como o pai. Se, durante o resto da vida, ele não fizesse nada a não ser permanecer vivo, isso teria sido suficiente para mim.

Em algum momento da noite, Dotun tinha colocado um lençol sobre mim. Então saiu de casa sem me dizer para onde ia. Eu tampouco perguntei. Quando a luz do sol penetrou por uma abertura nas cortinas, amarrei o lençol em torno dos seios e toquei meu filho para que acordasse: estava na hora de arrumá-lo para a escola. Deixei que ele fosse naquele dia, mesmo que não quisesse que ele saísse do meu campo de visão, porque uma mãe não faz o que quer, ela faz o que é melhor para seu filho.

Minhas mãos tremiam ao volante enquanto eu levava Sesan para a escola. Fiquei no estacionamento e o vi correr para a sala de aula. Ele nem sequer olhou na minha direção.

Dirigi até a rotatória, estacionei em frente ao tribunal junto ao Palácio de Owa e entrei na biblioteca pública. Não consegui encontrar um único volume sobre anemia falciforme. Acabei lendo livros didáticos de biologia. Li sobre sangue, glóbulos vermelhos e hemoglobina. Li e reli os livros até serem quase duas da tarde, quando era hora de ir buscar Sesan. Naquela noite eu o transferi de seu quarto e o instalei novamente no quarto que compartilhava com Akin. Ele ia dormir ao meu lado, onde eu poderia vê-lo e vigiá-lo.

Dotun veio até mim em uma noite de sábado, uma noite em que deveria ter saído como de costume para beber no Ijexá Sports Club com o cartão de sócio de Akin. Ele não bateu à porta; simplesmente entrou, como se do outro lado pudesse ver que eu estava sentada na cama, com as costas apoiadas na parede. Eu não o via desde a noite em que levara meu corpo a um orgasmo após o outro enquanto meu filho dormia no sofá. Seu irmão ainda estava viajando, devendo voltar em alguns dias.

Os olhos de Dotun estavam injetados de sangue, as íris se destacando contra a vermelhidão.

— Precisamos conversar — disse ele, parando à porta entreaberta.

— Por favor, vá embora.

Eu não queria falar com ele.

Ele se sentou aos meus pés. Parecia arrependido, culpado e um pouco assustado. Não conseguia nem ao menos me olhar nos olhos. Em vez disso, olhava para minha testa como se fosse uma tela de televisão. Eu nunca poderia imaginar que alguém tão falastrão quanto Dotun conhecesse o significado da palavra culpa. Eu esperava algum remorso; afinal de contas, eu era a mulher de seu irmão. Mas a maneira como os cantos de sua boca se curvavam em direção ao queixo sugeria vergonha. Vergonha era um sentimento que eu jamais teria associado a ele, que parecia sempre acima dessas coisas, com seu sorriso descontraído, suas observações impróprias e a forma como enfiava o dedo no nariz e coçava o saco em público.

— O que nós fizemos...

— Não vai acontecer de novo — falei.

— É só que eu... Eu não sei o que me tomou... o diabo... Akin...

Era a primeira vez que eu ouvia Dotun dizer o nome do irmão assim, apenas o nome, despojado da honra devida ao irmão mais velho, sem ser precedido de "irmão". Nada de irmão *mi*, *egbon mi* ou irmão Akin — apenas Akin, como se meu marido tivesse de alguma maneira se igualado a ele em idade em algum momento durante aquela semana, talvez enquanto Dotun estava comigo no tapete da sala de estar.

Inclinei-me para a frente e tomei seu queixo.

— Seu irmão nunca vai ficar sabendo disso.

Os lábios curvados para baixo agora tremiam e parecia que ele ia começar a chorar. Agarrei seu queixo com força até minhas unhas se cravarem em sua pele e sibilei:

— Pare de tremer como um cinto de miçangas, *o jare*.

Talvez tivesse sido a culpa que afrouxara sua língua, uma necessidade de justificar o desejo que surgiu em seus olhos no momento em que minha mão tocou seu queixo, uma maneira de desculpar a vontade nua que ele lutava para sufocar. Talvez achasse que eu já sabia o que ele estava prestes a dizer, os segredos que Akin tinha escondido de mim enquanto se dedicava a alimentar minhas inseguranças.

Eu não queria acreditar em Dotun, mas não podia resistir à verdade, não podia negar suas palavras em voz alta e parecer uma tola. Dotun continuou pedindo desculpas. Eu sorri e disse-lhe que estava tudo bem. Ele finalmente fechou a boca e saiu do quarto de cabeça baixa, como um criminoso condenado.

Suas palavras foram como um golpe em minha cabeça: me deixaram tonta e desnorteada. Eu as murmurei para mim mesma, tentando juntar aquelas frases novamente. Tentei encaixá-las na imagem que eu tinha do meu casamento, do meu relacionamento com Akin desde o momento em que mirei os olhos nele. O passado se abriu como um álbum de família assombrado, revelando uma imagem familiar após a outra, destacando coisas que estavam bem diante do meu nariz, mas que eu nunca tinha enxergado. Coisas que eu me recusara a ver.

25

Conheci Akin quando estava no meu penúltimo ano na Universidade de Ifé. Naquela noite, eu tinha ido ao Oduduwa Hall para assistir a um filme com um rapaz que me pagou a entrada e comprou *suya* para que eu comesse durante a exibição. Naquela época, eu e esse rapaz nos víamos quase todos os dias.

Na fila da bilheteria, vi Akin à nossa frente. Ele estava sorrindo por causa de algo que a garota que estava com ele tinha dito; seu lábio inferior era de um rosa intenso, que se destacava contra a pele escura. Tive vontade de tocar seu lábio para descobrir se ele estava usando batom. Senti uma estranha sensação no fundo do estômago, um lugar que antes daquela noite eu não sabia que existia.

Na sala de cinema, eu me sentei a um assento de distância dele. A garota que o acompanhava estava sentada na cadeira entre nós, mas, naquela noite, ela não existia, era como ar — nem mesmo a cadeira em que ela estava sentada existia. Eu podia sentir a presença de Akin perto de mim como se ele estivesse sentado bem ao meu lado. Como o *suya*, mastigando pedaço após pedaço de carne apimentada sem parar para beber da garrafa de refrigerante que meu atencioso acompanhante tinha comprado.

— Uau, você é corajosa, comendo toda essa pimenta. Minha boca já estaria em chamas — disse o rapaz.

Olhei para ele momentos antes de as luzes se apagarem para sinalizar o início do filme, tentando lembrar quem ele era e por que raios estava falando comigo. Tentei manter meus olhos na tela. Era impossível. Meus olhos eram atraídos para Akin como metal para um ímã; era simplesmente impossível resistir à força da atração. Ele também olhava para mim na penumbra produzida pela luz da tela. Eu desviava os olhos todas as vezes, com medo de me afogar em seu olhar penetrante. O filme terminou cedo demais. Eu me levantei e me forcei a ir atrás do meu acompanhante, de quem não me recordava mais nem mesmo do nome, mantendo a cabeça baixa para poder olhar de relance para Akin sem virar a cabeça.

Meu acompanhante estava indo para a sala de estudos, onde pretendia passar toda a noite. Eu lhe assegurei de que não seria necessário me acompanhar até o alojamento. Ele foi para a Faculdade de Artes, e eu na direção do Moremi Hall.

Akin me seguiu. Assim que pisei na calçada, senti sua mão em meu braço.

— Quer uma carona? — perguntou ele.

— Você pretende me carregar nas costas?

Ele riu.

— Seria ótimo. Mas meu carro está estacionado na frente do prédio. Posso trazê-lo até aqui ou podemos ir buscá-lo juntos. Mas se preferir que eu a carregue nas costas, você é quem sabe.

— Não, obrigada.

Eu tinha passado a noite babando por ele, mas meu cérebro ainda não tinha saído pela boca. Passava da meia-noite, e ele poderia ser um sequestrador.

— Meu nome é Akinyele, mas todo mundo me chama de Akin — disse ele.

Por algum motivo, meus pés ficaram enraizados no chão.

— Yejide.

Ele coçou a sobrancelha.

— Ye-ji-de. Um lindo nome.

De repente, me descobri incapaz de produzir mais de uma palavra por vez.

— Obrigada.

— Então, deve ter notado que eu não consegui assistir ao filme por sua causa.

— Você quer que eu o reembolse?

Ah! Tinha recuperado minha língua.

Ele sorriu.

— Eu gostaria, mas não com dinheiro, *sha*, eu gostaria do número do seu quarto. Quero vê-la de novo. Encontrá-la.

— Vai vir com sua namorada?

— Namorada? Ah, Bisade. Ela era minha namorada, mas está tudo acabado agora.

Inclinei a cabeça para esconder um sorriso.

— Desde quando?

— Desde que pus os olhos em você. Esta noite.

— E Bisade sabe disso?

Ele coçou a ponta do nariz.

— Vai saber em breve.

— F101, Moremi. O número do meu quarto.

As palavras saíram da minha boca por iniciativa própria.

Ele esfregou as mãos e sorriu.

— Venha comigo até o carro — convidou.

Eu o segui até o carro, o fusca que passaria a ser meu depois de nos casarmos. Ele segurou a porta enquanto eu entrava.

— Sabe o que dizem sobre um homem iorubá que abre a porta para a esposa? — perguntou ele quando entrou.

— O quê?

— Bem, quando um homem iorubá abre a porta para a esposa, ou a esposa é nova ou o carro é novo.

— Ah — falei, como uma idiota.

— F101 — disse ele, desligando o motor do carro.

Estávamos no estacionamento do Moremi Hall.

Assenti, tentando afastar os olhos de seus lábios. Não consegui. Em vez disso, senti meus próprios lábios se abrirem. O carro estava em silêncio. Podia ouvir minha própria respiração, pela boca. Eu poderia ter afastado sua mão quando ele tocou meu queixo, inclinando meu rosto até nossos olhos se encontrarem, seus olhos questionadores que, em silêncio, me pediam permissão. Mas não afastei sua mão. Seu campo magnético me puxou para mais perto. Seus lábios tocaram os meus.

Foi meu primeiro beijo.

Claro, eu já havia engolido saliva da boca de alguns rapazes antes disso, tivera meus lábios amassados de maneira incômoda, e me perguntava por que havia tantas pessoas debaixo das árvores, em diferentes pontos do campus, pressionando os lábios uns contra os outros todas as noites. Compreendi o motivo quando senti os lábios de Akin sobre os meus. Sua boca parou o tempo. Sua língua provocou a minha até iniciarem uma dança. Quando ele recuou, não me lembrava do meu nome nem de mais nada.

— Venho vê-la amanhã — disse ele.

Eu cambaleei para fora do carro e subi os degraus que levavam ao Moremi Hall.

Ele apareceu no dia seguinte, sentou-se na minha cama e recostou-se até sua cabeça ficar apoiada no painel de madeira que corria ao longo da parede. Ele parecia completamente à vontade, como se fosse até lá todos os dias e se recostasse na minha cama daquela maneira. Eu me sentia estranha. Ele não disse nada, apenas olhou para mim com um sorriso nos lábios. Fui tomada por uma urgência de preencher todos os silêncios com palavras. O silêncio para mim era um vazio no universo que poderia nos sugar a todos. Cabia a mim bloquear esse vazio mortal com palavras e salvar o mundo. Comecei a falar sobre mim sem esperar que ele perguntasse. Ele se sentou, inclinou-se para a frente e ouviu cada palavra. Comecei a me sentir como se estivesse elucidando verdades eternas.

Akin tinha uma grande capacidade de ouvir, de concentrar os olhos e ouvidos de uma maneira que dava a impressão de que tudo que você dizia era realmente importante, até mesmo crucial. Eram dez da noite — muito cedo, mas, assim como todos os outros visitantes do sexo masculino, ele teve que deixar o alojamento. Enquanto o acompanhava até o carro, percebi que ele havia passado quatro horas no meu quarto e que eu ainda não sabia nada sobre ele além do nome. No entanto, de alguma forma, era como se o conhecesse.

Mais tarde aprendi que Akin se mantinha cuidadosamente fechado enquanto fazia as outras pessoas se abrirem. Era o tipo de indivíduo que muitos consideravam um amigo íntimo. Diversas dessas pessoas sequer o conheciam de fato, mas não sabiam. Isso fazia com que eu me sentisse especial, saber que Akin não permitia que ninguém o conhecesse de verdade.

À medida que nos aproximamos e ele passou a ser a pessoa que falava sem parar durante quatro horas, passei a me sentir como alguém que tinha acesso a um ambiente extremamente exclusivo — um clube no qual apenas Dotun e eu éramos aceitos. Levaria muito tempo para me dar conta de que Akin era capaz de falar por horas sem dizer nada, e que com essa habilidade tinha conseguido fazer com que eu me sentisse parte de seu círculo mais íntimo.

Contei a Akin sobre o meu projeto. Eu o havia formulado no dia em que comecei a escola secundária. Iya Abike, a esposa mais jovem e preferida de meu pai na época, tinha me olhado de cima a baixo em meu novo uniforme escolar e me dissera que não havia necessidade de eu ir para a escola porque terminaria sendo uma vagabunda como minha mãe, grávida de um homem que nunca se casaria com ela. Nenhuma das outras esposas disse nada, mas eu sabia que Iya Abike, do alto de seu status de esposa favorita, tinha falado por todas elas, certa de que não teria problemas com meu pai, mesmo que eu contasse a ele o que ela dissera. Até aquele momento, quando terminasse a escola secundária, eu pensava em treinar para me tornar cabeleireira no salão do bairro. Naquele instante, porém, decidi que ia para a universidade, que me casaria virgem e depois da minha noite de núpcias enviaria o lenço manchado de sangue como prova para meu pai. Já naquela época, era uma tradição que poucos seguiam, mas eu estava decidida a respeitar esse costume e esfregar o lençol na cara de minhas madrastas quando chegasse a hora. Em minha mente, esse plano seria uma declaração, uma condição que eu imporia a qualquer homem que quisesse ficar comigo, uma espécie de pegar-ou-largar. Mas, com Akin, implorei. Embora tivéssemos nos beijado apenas algumas vezes antes de ele me pedir em namoro, eu já sabia que estava à mercê de seus lábios rosados.

Ele concordou em esperar.

A espera foi inútil. Meu pai morreu pouco antes do nosso casamento. Minhas madrastas encontraram uma desculpa para não comparecerem à cerimônia na igreja, embora não pudessem se livrar da cerimônia tradicional, que era realizada no terreno da família. Quando voltei para casa depois da recepção, para esperar que uma delegação da família de Akin fosse me buscar, a casa estava vazia. Não tinha nenhuma mulher para me acompanhar até Ilesa, nenhuma irmã mais nova para me fazer companhia em minha primeira noite depois de casada. Era como se eu não fosse apenas órfã; era como se eu não tivesse nenhum parente.

Na noite em que Dotun entrou em meu quarto sem bater, me disse coisas que estavam bem diante do meu nariz, mas que eu me recusava a ver, e antes de sair com a cabeça baixa como a de um réu confesso, senti mais uma vez a solidão do dia do meu casamento.

Acordei Sesan.

— Conte-me sobre a escola — pedi.

— Está na hora de ir para a escola, mamãe?

Ele ainda estava sonolento.

— Não, eu só quero conversar com você.

Eu precisava ouvir sua voz, daquela pessoa que era toda minha, meu filho. Eu pertencia a ele de uma maneira imutável e insubstituível. Era sua mãe. Eu o conhecia, ele não seria capaz de me trair como Akin tinha feito. Ainda não era capaz de me enganar e, mesmo que me enganasse, eu sempre seria sua.

— Quero dormir.

— Sente-se aqui.

Peguei-o no colo e o abracei com força.

— Me conte: quem é seu amigo na escola?

— Me larga — protestou ele, lutando para se desvencilhar de mim com uma força surpreendente.

Ele rolou para o outro lado da cama e adormeceu.

A solidão me envolveu como uma mortalha.

26

No dia em que Yejide me disse que Sesan tinha anemia falciforme, eu estava em um quarto de hotel em Lagos, em algum lugar de Ikeja. Teria voltado para Ilesa imediatamente se pudesse, mas ainda tinha reuniões de negócios marcadas para os próximos dias. Quando Yejide me disse que o Dr. Bello queria falar comigo assim que eu voltasse para Ilesa, imaginei que ele quisesse discutir opções de tratamento. Eu não sabia o suficiente sobre a doença para ficar tão preocupado quanto ela pareceu ao telefone. Confiava na medicina e acreditava que, se tivesse dinheiro para pagar, Sesan poderia ser curado. E eu estava disposto a gastar tudo o que tinha.

Fui falar com o Dr. Bello no dia em que cheguei a Ilesa. Nem mesmo passei em casa primeiro, fui direto ao hospital assim que entrei na cidade. Quando cheguei ao consultório, ele estava voltando da enfermaria.

— Não se lembra de mim? — perguntou ele ao abrir a porta.

Tentei me lembrar de onde nos conhecíamos, mas não consegui.

— Não — respondi, entrando no consultório e me sentando na cadeira que ele indicou.

Ele tirou o jaleco e o pendurou na parte de trás de uma cadeira.

— No ano passado, fui ao seu banco para fazer um empréstimo; o senhor me ajudou muito — disse ele. — Tem certeza de que não se lembra?

— Não, sinto muito — falei.

Ele dobrou as mangas da camisa.

— Sem problema, sem problema. Sua esposa me disse que o senhor estava em Lagos. Como foi a viagem?

— Foi muito boa, ótima. Obrigado por perguntar.

Ele respirou fundo.

— Imagino que sua esposa tenha lhe contado que Sesan tem anemia falciforme.

Assenti com a cabeça, esperando que ele me dissesse o que poderia ser feito, me munisse de conhecimento, me desse uma lista de regras que precisaríamos seguir.

— Vou direto ao assunto. Acho que precisa conversar com sua esposa. — Ele tirou os óculos e começou a limpar as lentes com um lenço. — Havia algumas... bem... discrepâncias nos resultados do exame de genótipo que realizamos em seu filho.

Cheguei para a frente na cadeira, impaciente para que ele prosseguisse, imaginando por um momento breve e magnífico que tinha encontrado um erro nos resultados do exame desde que Yejide tinha saído de seu consultório, que estava prestes a me dizer que, no fim das contas, nosso filho era saudável.

— Então, deixe-me começar explicando como a anemia falciforme funciona. É uma doença hereditária, e é necessário que ambos os pais tenham pelo menos um gene falciforme para que uma criança tenha a doença. Então, por exemplo, sua esposa é AS, o que significa que ela tem um gene da anemia falciforme, mas como tem apenas um dos genes, não tem a doença, é somente portadora. Isso quer dizer que ela pode transmitir o gene para os filhos, mas eles só vão ter a doença se o pai também for portador. Então, são necessárias duas pessoas com o genótipo AS ou uma com o genótipo AS e a outra com o genótipo SS para que uma criança seja SS. Está compreendendo?

Eu fiz um aceno afirmativo com a cabeça.

— Agora vamos à discrepância a que estava me referindo. Depois que os resultados de Sesan chegaram do laboratório, examinei seu histórico médico e eis o que descobri: sua esposa é a única com o genótipo AS. O senhor é AA, o que significa que seu filho nunca poderia ter anemia falciforme. Estou lhe dizendo isso de homem para homem, porque o senhor me ajudou muito quando precisei pegar o empréstimo. Entende o que quero dizer? Posso lhe dizer com toda a certeza que não há nenhuma chance de Sesan ser seu filho.

Minhas pernas fraquejaram. Cobri o rosto com as mãos e preparei uma expressão para encarar o olhar solidário do médico.

— Tem certeza? — falei. — Tem certeza do que está dizendo? Quer dizer que aquela mulher me traiu? Está falando sério? Tem certeza disso? Meu Deus! Eu vou matá-la. Juro por Deus.

Permiti que minha voz se elevasse ao seu tom mais alto e bati meu punho sobre a mesa.

— Calma, o senhor precisa lidar com isso como um homem. Por favor, acalme-se. Seja homem, senhor. Seja homem.

Certifiquei-me de aparentar estar furioso diante do Dr. Bello. Comportei-me como imaginava que um homem se comportaria ao descobrir que o filho não era dele. Dei um soco na parede, gritei e bati a porta quando saí do consultório.

Mas eu sabia que Sesan era meu filho. Eu o amava. Fazia planos para seu futuro, tinha comprado ações em seu nome. Pensava com frequência no dia em que compraria para ele sua primeira garrafa de cerveja. Mal podia esperar para ensiná-lo a jogar pingue-pongue no clube. Sabia que era eu quem faria todas essas coisas. Ninguém mais. Há coisas que os testes científicos não podem mostrar, coisas como o fato de que a paternidade é mais do que uma simples doação de esperma. Eu sabia que Sesan era meu filho. Nenhum resultado de exame poderia mudar isso.

Além disso, eu já sabia que Dotun era o doador de esperma. Era assim que eu pensava no que ele tinha feito por mim: doação de esperma. Eu sabia que Dotun nunca ia alegar ser o pai de Sesan, motivo pelo qual recorri a ele quando por fim aceitei o fato de que precisava que outra pessoa engravidasse minha esposa.

— Irmão *mi*? O que está dizendo? — disse Dotun depois que expliquei meu plano.

— Você só precisa passar um fim de semana conosco. Ela estará ovulando no próximo fim de semana.

— E Yejide? Ela concordou com isso que está dizendo?

Ele parecia prestes a vomitar no tapete verde da sala de estar.

— Sim.

A verdade era que eu não tinha discutido nada daquilo com Yejide, queria apenas que ele concordasse com o plano para eu poder ir para a cama e esquecer aquela conversa.

Ele se levantou, foi ficar de pé junto a uma janela, olhando para a noite escura, sem estrelas nem luzes na rua. Eu não conseguia ver seu rosto claramente; a vela que estava na mesa de centro se consumia rapidamente.

— Irmão Akin... com todo o respeito, mas o que você está dizendo é uma loucura. E se? Não. Não, não posso fazer isso. Não vou. É errado.

Ele se virou para me encarar quando disse aquilo, cortando o ar com as mãos, como que fazia quando ficava agitado.

Tive vontade de rir. Dotun? É errado? Que diabo. Ele já tinha namorado mãe e filha ao mesmo tempo. Tinha um monte de namoradas fora do casamento; uma delas era inclusive colega de trabalho de sua pobre esposa. E vinha me dizer que algo era errado?

— Veja bem, não estou pedindo para você estuprá-la. Só uma vez, deixe--a grávida e pronto. Já lhe contei sobre o meu problema. Você quer que eu implore?

— É uma abominação. Ela é sua mulher. Merda. Sua mulher, você quer que eu durma com a mulher do meu irmão? A mulher do meu irmão mais velho? Não, não posso, tem que ter outro jeito.

— Dotun, você é a única pessoa a quem posso recorrer. É o único irmão que eu tenho. Quer que eu peça a um estranho?

Ele socou várias superfícies: a coxa, a parede, a tela da televisão. Seu rompante de consciência me surpreendeu. Não que eu esperasse que ele fosse aceitar a ideia com entusiasmo, mas de alguma forma nunca tinha pensado que ele ficaria tão transtornado, com tanto receio. Mas de quê? Ele não era Dotun?

— Digamos que ela fique grávida. Você não vai querer outro filho?

— Se planejarmos tudo muito bem, bastará um fim de semana para cada criança. Se tudo correr como deve, três crianças serão suficientes.

Ele me olhou nos olhos, examinando meu rosto, e se deixou cair em uma poltrona.

— Você pensou mesmo nisso. Vem pensando nisso há muito tempo.

Sua voz me acusava de muitas coisas.

— Estou fazendo isso por ela.

— Mesmo assim, não posso. Talvez um estranho seja melhor.

Por que contei a ele toda a história? Talvez uma parte de mim soubesse que o sofrimento de Yejide podia comovê-lo; eu tinha intuído nos abraços e olhares que demoravam demais que se meu irmão a tivesse conhecido primeiro, a história poderia ter sido diferente. Talvez porque eu soubesse, já naquela época, que o que Dotun temia, o que não admitiria nem para si mesmo, era que com Yejide nunca seria apenas sexo para ele, porque uma parte dele sempre a desejara.

Contei a ele sobre o bebê milagroso, a ligação do hospital, a enfermeira do curso pré-natal implorando para que eu fosse buscar minha esposa; contei--lhe sobre o dia em que fui até o local das aulas, descrevi a mágoa nos olhos de Yejide enquanto eu a tirava de lá, como ela se agarrara a um poste de metal no corredor do hospital, sem soltá-lo nem mesmo para vestir novamente a saia, que se desamarrou quando tentei tirá-la de lá. Falei sobre isso até que ele a visse, vestindo apenas a blusa de Ankara e a calcinha de renda, o tecido a seus pés como a pele descartada de uma serpente. Contei a ele como ela permaneceu assim até a aula de pré-natal acabar e as mulheres grávidas irem para suas casas, algumas passando por ela com passos apressados, outras mudando de direção subitamente para tomar outro caminho ao se aproximar dela.

— Ela está ficando louca? — perguntou ele.

— Ela começou a se consultar com um psiquiatra. Está bem agora, mas pode acordar amanhã de manhã e dizer que está enjoada.

— Eu não posso!

Ele se levantou e voltou para a janela.

— Dotun, estou falando sobre você ter relações sexuais com Yejide, minha linda esposa.

Engoli em seco. Era como forçar um punho de ferro garganta abaixo.

Meu irmão mudou o peso de um pé para o outro. Reparei, na forma como seus quadris se aproximaram da janela em um movimento instintivo, que ele já estava em Ilesa, em nosso quarto, comendo minha mulher.

— É uma abominação.

— Então me dê um conselho: o que eu faço?

— Irmão *mi*, Yejide sabe que você está aqui agora?

— Ela sabe que estou em Lagos. Dotun, por que está prolongando essa discussão? Por que ela seria diferente de todas as garotas com quem você transa? Vai ser apenas sexo, cinco vezes no máximo, e pronto.

— Apenas sexo — disse ele lentamente, como se estivesse testando, enquanto as pronunciava, a veracidade daquelas palavras.

27

Com ou sem diagnóstico, Akin ficou irritado com a presença de Sesan em nossa cama.

— Eu só quero poder tocá-la a qualquer momento, como eu quiser. E esse menino tem idade suficiente para se lembrar do que fizermos — disse ele.

Tive vontade de rir na cara dele. O que íamos fazer?

— Agora a nossa prioridade é a saúde de Sesan, não nos tocar.

Ele ficou aborrecido, mas não me importei. Não queria suas mãos em meu corpo novamente, nunca mais. Suas mentiras me dilaceravam, mas eu não tinha tempo de lidar com isso nem de confrontá-lo. Sesan precisava de mim, precisava de tudo em mim que pudesse estimulá-lo a viver. Brigar com Akin por causa das revelações de Dotun teria sido um inútil desperdício de energia.

Depois que Sesan foi diagnosticado, eu pulsava de adrenalina. Passava os dias lendo fotocópias de publicações médicas que tinha pegado emprestado com o médico dele. Minha cabeça estava cheia de imagens de hemoglobina e de células falciformes. Passei a verificar regularmente a temperatura de Sesan e, por um breve período, considerei fazer um curso para me tornar enfermeira. A única coisa que me impediu foi que o horário das aulas me deixaria com pouco tempo para cuidar de fato do meu filho. Eu acordava muitas vezes no meio da noite, suando, incapaz de lembrar que pesadelos tinham feito com que eu despertasse sobressaltada. Depois de alguns meses, comecei a respirar novamente. Sesan estava mais saudável do que nunca, se pendurando de cabeça para baixo no corrimão e correndo pela casa sem nenhum motivo em particular. Até na escola estava indo bem: era o segundo em sua turma.

A primeira crise me tirou o fôlego. Quando voltou da escola, Sesan me disse que estava com dor de cabeça. Eu lhe dei paracetamol em xarope e o coloquei para dormir no sofá da sala. Quando tentei acordá-lo para jantar, ele não respondeu.

Implorei a Deus com todo o meu coração enquanto Akin nos levava de carro para o hospital. *Por favor, por favor, por favor*, implorei. Não conseguia pensar em nada mais coerente. O carro acelerava cada vez mais. No fundo da minha mente, um demônio me assegurava que estávamos nos afastando do hospital, indo na direção oposta.

— Mais rápido, mais rápido. Acelere! Você sabe para onde estamos indo? — gritava para Akin. Em seguida, ameaçava Sesan. — E você, rapazinho, vou matá-lo se você morrer.

Saí aos tropeços do carro antes mesmo que Akin o parasse e corri para o prédio mais próximo.

Uma enfermeira tentou tirar Sesan dos meus braços. Eu continuava a segurá-lo, ainda gritando.

— Solte-o — disse Akin.

Deixei que a enfermeira o levasse. Um funcionário bloqueou nosso caminho quando tentamos segui-la. Gritei ameaças para a mulher sobre a dor que eu lhe causaria se alguma coisa acontecesse com meu filho. Andei de um lado para o outro pelo corredor. Eu estava sozinha. Akin estava em algum lugar preenchendo formulários para interná-lo. Eu implorei a Deus novamente. Mas dessa vez ameacei: *se você... se meu... eu vou... eu prometo que vou.* Naquele momento, odiei Deus. Desejei poder vê-Lo e arrancar Seu coração. O que eu tinha feito a Ele afinal? Não merecia nem um pouco de felicidade? Minha mãe, Olamide e agora Sesan.

Os dias passaram lentamente, cada minuto cheio de esperança, cada segundo trêmulo de tragédia. Moomi foi até o hospital e ficou a noite toda ao meu lado. Na manhã seguinte, antes de ir embora, ela me lembrou de que eu tinha que ser forte porque era mãe. Fiquei sentada junto à cama olhando para ele, esperando, procurando pelo menor sinal de que tivesse decidido voltar para mim. Nenhum sinal. Eu tinha medo de tocá-lo, tinha medo de que meu toque o agitasse e o lançasse no desconhecido, longe de mim, para sempre. No terceiro dia, eu estava de joelhos rezando por ele com palavras murmuradas que só eu podia ouvir. *Saanu mi, malo, Omo mi, joo nitori Olorun. Saanu mi. Duro timi.* Tenha piedade de mim, não vá, por favor. Fique comigo. Ia ao banheiro correndo. Não comia nem tomava banho.

Ele despertou no sexto dia. Gritei para chamar a médica, embora ela estivesse no leito ao lado quando Sesan acordou.

— Mamãe fedorenta — foram as primeiras palavras que meu filho disse quando recobrou a consciência. Lembro-me delas até hoje.

*

Minha sogra foi nos visitar uma semana depois que Sesan teve alta. Ela dispensou com um gesto os cumprimentos de Akin e balançou a cabeça quando lhe ofereci uma bebida.

— Isso é *abiku* — disse Moomi assim que se acomodou em uma poltrona. — Desde que fui vê-lo no hospital, tenho pensado sobre a doença desse menino.

— É apenas uma doença, Moomi, eles têm um nome para ela e um tratamento. Não é *abiku* — disse Akin.

Moomi bufou.

— Eles têm uma cura? Podem curá-lo?

— Podem tratá-lo — explicou Akin.

— Eles têm uma cura? Não! Está vendo? Você pode balançar a cabeça, mas isso significa que é *abiku*. Eu já vi muitos quando era jovem. É assim que as coisas são. Veja bem, essas crianças, quando ainda estavam no mundo espiritual, fizeram uma promessa de morrerem jovens. Escutem o que estou dizendo: seus laços com o mundo espiritual são mais fortes do que o aço. Vocês acham que seus hospitais podem ajudá-lo? Temos que fazer alguma coisa.

Akin pôs a mão na testa como se estivesse começando uma enxaqueca.

— É só uma doença, Moomi. E existe tratamento, não há nada de espiritual nisso.

— Tudo bem, você frequentou uma escola de brancos e eu não. Mas nós já vimos o suficiente desse seu tipo de escola para saber que educação não é sabedoria, em muitos casos é apenas estupidez, como se contentar com um tratamento quando há uma cura.

— Moomi, está dizendo que eu sou um idiota?

Dava para ver que a irritação de Akin estava se transformando em cólera.

Moomi dirigiu-lhe um olhar que dizia que sua resposta era um sonoro sim e se virou para mim.

— Diga-me, *jare*, minha filha. O que acha? Devemos simplesmente cruzar os braços e esperar enquanto os médicos tratam o que não podem curar quando há outro caminho que podemos tomar? Outro caminho, minha filha! Todo mundo sabe que há muitos caminhos que levam ao mercado. Mas alguns de vocês se deixaram enganar pelos brancos e passaram a acreditar que o caminho deles é o único caminho. — Ela fez uma pausa e olhou de cara feia para Akin, que estava olhando fixamente para o teto. — Alguns foram estúpidos o suficiente para acreditar nisso sem nem ao menos investigar por conta própria. Deus tenha piedade de todos eles.

— Pode dizer o que quiser, Moomi — disse Akin —, não vamos levar meu filho para nenhum dos seus charlatães.

— Olhe só para Akin, que não sabe o que é uma gravidez, veja como ele fala. Minha filha, não ouça o que ele diz. É você quem deve decidir, porque sabe como é ficar de joelhos em trabalho de parto. Acha que nossa gente diz apenas que nenhum deus é como uma mãe? Claro que sim. Ninguém se dá ao trabalho de completar o ditado hoje em dia. Iya Sesan, fique de ouvidos atentos e escute o provérbio por inteiro: nenhum deus é como uma mãe, porque ninguém é capaz de apoiar o próprio filho como uma mãe quando esse filho está sofrendo. É você quem vai decidir por seu filho, não Akin, que quer curar *abiku* com uma seringa.

Nesse momento, Dotun entrou, cheirando a álcool.

— Moomi! Você por aqui!

Sesan tinha se libertado, descendo dos joelhos da avó. Ele puxou a bainha do meu vestido.

— O que é *abiku*?

— É um jogo — respondi.

— Podemos jogar *abiku*?

— Não, é um jogo ruim — expliquei.

Dotun estava andando em torno de Moomi, cantando rimas infantis.

— *Baa baa black sheep, Baa baa black sheep.*

— Por que meu filho está balindo como uma cabra? — perguntou Moomi.

— Ele está cantando uma música. Uma música em inglês — respondeu Akin.

Moomi suspirou e balançou a cabeça.

— Eu sei pular como um sapo. Eu sei pular como um sapo!

Dessa vez, Dotun cantou em iorubá, e Moomi não precisou de intérprete.

— Akin, não fique me olhando assim. Faça algo sobre seu irmão.

Embora meu marido não tivesse nada de novo a dizer, ele começou a falar e direcionou a conversa para longe da saúde de Sesan, concentrando-se no desemprego de Dotun e no que ele estava fazendo ou planejava fazer a respeito.

Dotun saltitava por nossa sala de estar como uma criança, cantando várias rimas infantis. Sesan o seguia, cantando junto.

— Quem está no jardim? Uma menina muito bonita. Posso vê-la? Não, não e não!

Dotun parou na minha frente e, em meio ao torpor da embriaguez, me puxou para junto de si com uma das mãos e agarrou meu peito com a outra. Tentei me desvencilhar, mas ele continuava me segurando.

Akin o empurrou e Dotun desabou em uma poltrona, rindo.

— Ah, abominação! — gritou Moomi, colocando a mão sobre o lado esquerdo do peito como se para evitar que seu coração rompesse a pele e saltasse para fora.

— É o álcool — disse Akin.

— Minha esposa, por favor, não fique com raiva — disse Moomi.

— Ela não está com raiva. É o álcool, não é mesmo? — me perguntou Akin.

Um músculo se contraía em sua mandíbula, como se ele estivesse cerrando os dentes. Suas mãos estavam fechadas em punhos, as veias saltadas. Seus olhos continuaram fixos em mim, mesmo que sua mãe estivesse lhe dizendo algo. Ele estava esperando que eu respondesse, que lhe assegurasse que realmente tinha sido apenas o álcool. Eu me sentei em uma poltrona, pensando que ele não tinha o direito de ficar com raiva, não se as coisas que Dotun tinha me dito fossem verdade. Mas eu não tinha energia suficiente para me preocupar muito com o que Akin estava sentindo. A única coisa que importava era Sesan. Não me restava nada além do meu filho.

28

Eu fui buscá-lo na enfermaria da escola franciscana. Uma das enfermeiras de plantão era freira. Ela me acompanhou até o hospital, segurando meu filho nos braços e sussurrando orações que eu não conhecia. Os únicos versos que reconheci foram os do Pai-Nosso:

Pai nosso, que estais nos céus, santificado seja o vosso nome...

Suas palavras logo foram abafadas pelos gemidos do meu filho. Ele se contorcia como se estivesse procurando uma maneira de escapar do próprio corpo. Os gemidos eram cheios de uma dor grande demais para um ser tão pequeno. Quando entramos na rua do Wesley Guild ele já estava rouco. A freira o levou no colo e me seguiu enquanto eu corria diante dela pelo hospital. A enfermeira de plantão me reconheceu e nos levou imediatamente para um leito. A freira ficou conosco, rezando ao pé da cama:

Venha a nós o Vosso reino, seja feita a Vossa vontade, assim na terra como no céu. O pão nosso de cada dia nos dai hoje...

Eu fiquei o mais perto da cama que pude. Queria absorver o som de sua voz, a dor indescritível que ela carregava. Já tinha ouvido aquele som muitas vezes. Tinha se entranhado na minha mente e penetrava nos meus sonhos. Seus olhos estavam fechados e ele estava curvado sobre si mesmo em uma bola que o médico e as enfermeiras tentavam abrir. Ele gemia meu nome:

— Ma-mãe. Ma-mãe. Ma-mãe.

Cada som partido era como um prego cravado em meu coração. Eu queria desesperadamente parar sua dor, de qualquer maneira, mas não podia.

E perdoai as nossas ofensas...

— Sra. Ajayi... Sra. Ajayi, por favor, segure a mão dele.

Cheguei mais perto do leito. Sua mão agarrou a minha com uma força motivada pela dor que esmagou os nós dos meus dedos. Recebi com satisfação a dor em minha mão, consciente de que era apenas um ínfimo do que ele estava sentindo. Eu esperava que, ao me segurar, ele conseguisse transferir sua agonia para o meu corpo e se libertar dela.

Eu me lembro desse episódio porque a freira foi conosco para o hospital. Sesan vinha sendo internado com tanta frequência que era difícil distinguir uma internação da outra. A freira com seu hábito bege faz essa memória se destacar dentre as outras. Pouco depois, os médicos pediram que esperássemos do lado de fora, e nos juntamos ao grupo de parentes que aguardavam, sentados ou perambulando, companheiros no vale da sombra da morte, à espera de alguém de branco que viesse nos revelar nosso destino.

Segurando minha mão, a freira me levou até um banco de madeira e se sentou ao meu lado. Então esperamos: a freira rezando e eu pensando no quanto de tudo aquilo era minha culpa. Havia pouco espaço para escapar da culpa que sentia pela doença de Sesan, e eu nem sequer tentava. Para mim, cinquenta por cento de seu sofrimento era minha culpa. Fora eu que o deixara doente. Eu tinha transmitido meu gene da anemia falciforme para ele; meu corpo produzira o defeito no dele. Eu não me esquivava do desespero, não me escondia da dor: o mínimo que eu podia fazer era compartilhar com ele o que eu tinha causado.

Eu me recusava a encarar a possibilidade de ele morrer. Não queria renunciar a Sesan, e me agarrei a ele com todo o meu coração. Convenci-me de que ele ia sobreviver a tudo: à dor que o fazia gritar até perder a voz, às injeções e aos analgésicos sendo injetados em seu corpo. Em nenhum momento desejei que a morte o liberasse de seu sofrimento. Eu rezava apenas para que ele sobrevivesse a tudo aquilo e vivesse. Os médicos nos disseram que havia pessoas que tinham vidas longas e plenas apesar da anemia falciforme e, no que dependesse de mim, não havia motivo para que meu filho não fosse uma delas.

Eu me convenci de que ele viveria porque merecia, porque queria, porque era tão corajoso, tão ávido pela vida, apesar de tudo. Mas também porque eu já sabia que não ia suportar perder outro filho — não conseguia nem pensar nisso. Eu sabia que não sobreviveria à perda.

A freira visitou Sesan todos os dias durante as duas semanas que ele passou no hospital. No dia em que ele finalmente recebeu alta, Akin tentou levá-lo no colo enquanto saíamos do hospital, mas ele se desvencilhou e saiu correndo na nossa frente em direção ao carro. Ria e estendia os bracinhos enquanto tentava pegar uma borboleta vermelha que voava à sua frente.

29

— Sr. Ajayi. É o Sr. Ajayi, certo? Muito bem — disse o médico. — Ele está respondendo ao tratamento agora, deve poder vê-lo daqui a mais ou menos uma hora. Eu venho avisá-lo. Com licença.

Voltei para o corredor onde estava sentado em um banco com Yejide, que andava de um lado para o outro com as mãos cruzadas em torno de sua grande barriga.

— *Oya*, venha se sentar. Não tem problema. — Coloquei um braço ao redor de seu ombro e levei-a até o banco. — Falei com um dos médicos no caminho de volta do banheiro. Ele disse que Sesan está respondendo ao tratamento. Poderemos vê-lo em breve. Então, relaxe, está bem?

— Graças a Deus — suspirou ela, apoiando-se em mim. — O bebê chutou de novo quando você saiu.

Coloquei as mãos na barriga dela.

Ela riu.

— Desculpe, já parou.

— Não é justo. — Eu me aproximei dela para que um senhor pudesse se sentar ao meu lado no banco. — Quer ir para casa tomar o café da manhã? Eu espero aqui.

— *Lai lai*. Nunca, não vou a lugar nenhum sem o meu filho.

— Ele vai ficar bem, não se preocupe. Você precisa comer, Yejide. — Levantei. — Vou comprar algo para você nas barracas lá fora. O que você quer?

— Pode ser pão.

— Volto em um minuto.

Yejide e eu acordamos no meio da noite com Sesan se contorcendo de dor. Chegamos ao hospital pouco antes das três da manhã. O sol estava nascendo quando saí pelo portão de pedestres do hospital. A maioria das barracas de madeira que se aglomeravam perto da entrada estava vazia e eu tive que caminhar em direção à Ijofi Street até encontrar uma mulher que me vendesse dois pães frescos. Yejide ainda estava comendo quando o médico com quem eu tinha falado veio em nossa direção; nós nos levantamos quando ele se aproximou.

— Por favor, me acompanhe. Gostaria de falar com você um momento — disse ele.

Yejide deixou o pão cair no banco e saímos andando pelo corredor atrás do médico.

O médico parou, olhando para a barriga de Yejide.

— Não, não. Eu quis dizer apenas seu marido, senhora. Por favor, volte a se sentar. Eu preciso falar com ele. Sozinho.

— Apenas ele, *ke*? Não precisa de mim? — perguntou Yejide.

— Não, senhora. Eu só preciso fazer algumas perguntas ao seu marido. Logo ele estará de volta.

Yejide voltou para o banco enquanto o médico e eu continuamos caminhando. Eu ainda podia ouvir o som de seus passos quando o médico e eu paramos no fim do corredor.

— Sr. Ajayi, como posso dizer isso? — Ele olhou para o chão pelo que deve ter sido um minuto inteiro. Quando olhou para cima, seus olhos estavam vermelhos. — Este é o meu primeiro turno na pediatria. Acabei de me formar médico no ano passado. Não me especializei em pediatria. Minha supervisora, a médica de plantão, também estava lá enquanto lutávamos pela vida de Sesan. Mas ela foi ao banheiro novamente. Dra. Bulus, esse é o nome dela, acho que ela está com diarreia. Talvez devêssemos esperá-la. Sinto muito.

— O que está dizendo?

Ele esfregou os olhos com o dorso da mão e suspirou.

— Nós o perdemos. Sinto muito, nós o perdemos.

Até hoje penso em como ele disse que o perderam, como se ainda houvesse uma chance de trazê-lo de volta, de encontrá-lo escondido em um armário.

Voltei para onde Yejide estava.

— Ele está melhorando — falei.

— Quando poderemos vê-lo?

— Por enquanto ainda não. Eles estão... eles querem observá-lo por mais duas horas antes de podermos vê-lo.

Ela franziu a testa.

— Duas horas? E por que ele quis falar com você sozinho?

— Tem *ewedu* em casa?

— *Ewedu*? — Ela coçou a testa. — Sim. Por quê?

— Ele pediu para trazermos sopa de *ewedu* para ele para... porque, quando... é nutritivo e ele acha que vai ajudá-lo. *Oya*, vamos para casa.

— Para quê?

— Yejide, por causa do *ewedu*. Só poderemos vê-lo daqui a duas horas de qualquer maneira. Vamos nos apressar para que a sopa esteja pronta quando nos deixarem entrar.

Ela franziu os lábios. Enquanto caminhávamos até o estacionamento, ela não parava de olhar para a ala na qual Sesan estava internado.

Enquanto voltávamos para casa, pensei na melhor maneira de dizer a Yejide que nosso filho estava morto. Antes mesmo de sairmos do hospital eu já sabia que seria a coisa mais difícil que eu teria que fazer na vida.

Quando estacionei em frente à nossa casa, Yejide colocou a mão em meu joelho.

— Você não disse nada desde que saímos do hospital. O que houve? O que o médico disse?

Deve ter sido algo em meus olhos, na maneira como olhei para ela enquanto tentava inventar uma história plausível.

— É Sesan, *abi*? Aquela coisa toda de *ewedu* era mentira... você só queria me tirar do hospital. O que aconteceu? — Ela agarrou meu joelho. — *Abi*, meu filho está morto?

Eu não podia mentir nem dizer a verdade, não tive forças para dizer nem uma palavra. Apenas olhei para ela.

— Akin? Sesan está morto. *Abi*?

Eu não consegui nem ao menos fazer um gesto afirmativo com a cabeça. Estava fraco, exausto. Nem ao menos tentei abraçá-la quando ela apoiou a testa no painel e começou a chorar.

*

No dia seguinte, Moomi veio pedir permissão. Ela ofereceu rapidamente suas condolências e sentou-se em nossa cama, ao lado de Yejide.

— Apenas algumas marcas no corpo — disse ela baixando a voz — e algumas chicotadas.

— Moomi, eu disse que não, não há necessidade.

Eu não podia acreditar no que estava dizendo, estava a ponto de colocá-la para fora da minha casa.

— Da próxima vez, teremos certeza, saberemos quando Yejide tiver outro bebê.

— Eu disse não. Não está me ouvindo?

Eu conhecia a tradição. Não precisava que ela me explicasse nada. Marca-se o corpo do *abiku* para que, da próxima vez que ele renascer, as marcas no recém-nascido digam que o filho morto voltou para atormentar a mãe. Eu não queria que meu filho tivesse cicatrizes rituais, porque não acreditava que ele fosse um espírito-criança do mal. Nunca acreditei em *abikus*.

— *Abiku. Abiku.* Eu repeti até minha boca sangrar. Mas como você disse: o que uma velha como eu sabe? Você é homem, Akin. Apenas um homem. E o que você sabe? Me diga. Já ficou grávido? Já segurou uma criança contra o seio para depois vê-la morrer? Tudo que você sabe é seu inglês estúpido. O que você sabe? Yejide, fale comigo, *o jare*. É da sua permissão que preciso. Podemos fazer? Apenas algumas marcas para termos certeza.

— Sim — respondeu Yejide, cobrindo-se com um lençol.

— Yejide? Que sandice, você não pode permitir que façam isso.

— Por favor, quero dormir — disse ela. — Vão embora, todos vocês. Por favor, vão embora.

30

Não havia incisões no corpo da minha filha, nenhuma laceração ou cicatriz, nem uma única marca de chicote de uma vida anterior. Ainda assim, eles lhe deram o nome de Rotimi, um nome que sugeria que ela era uma criança *abiku* que tinha vindo ao mundo com a intenção de morrer o mais cedo possível. Rotimi: fique comigo. Foi o nome escolhido por minha sogra, um nome que até então eu achava que era dado apenas a meninos. Eu me perguntei se Moomi havia escolhido Rotimi porque podia ser mudado. Se o prefixo certo fosse adicionado mais tarde, o nome soaria normal, livre do histórico torturado que os nomes *abiku* prenunciavam. Rotimi poderia facilmente se tornar Olarotimi: riqueza fique comigo. Não era possível fazer o mesmo com outras opções como Maku (não morra) ou Kukoyi (morte, rejeite-a). Verifiquei cada centímetro de seu corpo, até as palmas das mãos e as solas dos pés. Nada. Olhei para suas bochechas lisas e sem cicatrizes e pensei em Sesan, seu corpo martirizado, marcado para sempre. Eu queria poder apagar aquelas marcas com a ponta dos dedos, da mesma maneira que secava suas lágrimas da pele até desaparecerem. Mas primeiro teria que descobrir onde ele tinha sido enterrado — se é que havia sido sepultado, se é que seu corpo não tinha sido simplesmente deixado em um matagal bem longe da cidade, longe de qualquer lugar habitado por seres humanos.

Eu nunca saberia. Moomi não respondia minhas perguntas. Ela se recusava a dizer uma palavra que fosse sobre Sesan. Era como se, para ela, ele tivesse sido um sonho ruim que precisava ser rapidamente esquecido e sobre o qual definitivamente não deveríamos falar. Como eu, Akin foi impedido de ver o cadáver e de ir ao funeral de Sesan, e como não tinha concordado com as marcas, tampouco foi a Ayeso no dia em que foram feitas no corpo de Sesan.

No dia em que Rotimi foi nomeada, em uma cerimônia discreta da qual participaram apenas dez pessoas, tirei meu colar de ouro pouco antes de a cerimônia começar e o enrolei em torno de seu pescoço três vezes para formar um colar de várias voltas. O pingente, um crucifixo, ficou escondido sob seu vestido branco. Essa foi a única coisa que fiz por minha filha naquele dia. Minha sogra se encarregou de dar banho e vestir Rotimi, e até segurou sua cabeça enquanto eu a amamentava. Moomi se esforçava para ser gentil, mas estava impaciente e irritada comigo, podia sentir, mesmo que estivesse longe, amamentando meu Sesan, ainda tentando mantê-lo vivo, lutando contra as figuras desfocadas que me impediam de vê-lo. Moomi também era uma figura desfocada, uma imagem estranha que segurava meu rosto e passava as mãos pela minha face para secar as lágrimas — mas eu não estava chorando. Estava apenas sonolenta, ansiosa para me encolher na cama e sonhar com Olamide e Sesan.

— Você precisa ser forte por essa criança — disse ela várias vezes até eu cobrir meus ouvidos com as mãos. Ela deixou nossa casa naquele mesmo dia, embora não houvesse outro neto de quem precisasse cuidar. — Ela é sua filha. Você tem que cuidar dela, você não está morta — disse ela antes de sair para ir ao encontro de Akin, que a esperava no carro.

Havia mais coisas que ela gostaria de dizer; estavam lá na raiva e no desprezo em seu olhar. Nos olhos que me condenavam por ficar tanto tempo de luto, por estar fraca demais para ser a mãe de minha filha recém-nascida, por me agarrar aos mortos. Eu não me importava com o que ela pensava ou com o que seus olhos lacrimosos gritavam para mim; no fundo, ela era apenas outra foto borrada bloqueando minha visão. Fiquei feliz quando ela foi embora, até Rotimi começar a chorar e eu ter que me levantar da cama para tirá-la do berço. Moomi teria feito isso se tivesse esperado. Teria embalado minha filha até ela parar de chorar, enquanto eu sonhava.

Eu não sabia o que fazer com aquela menina que não parava de chorar e a quem já implorávamos, todos os dias, toda vez que dizíamos seu nome: Rotimi, fique comigo. Enquanto ela mamava em meu peito, eu fechava os olhos, tendo o cuidado de não fazer contato visual com ela. Dia sim, dia não, chamava a lavadeira para cuidar de suas coisas. Eu não tinha força suficiente para amar o que podia perder novamente, então eu a segurava sem estreitá-la, com pouca esperança, certa de que de alguma forma ela também conseguiria escapar de mim. Deixei que ficasse com o colar de ouro que eu havia colocado nela para a cerimônia do nome, e sempre que saíamos de casa, eu o enrolava em seu pescoço, colocando o crucifixo sob suas roupas, colado a sua pele como um talismã.

*

Aconteceu em uma manhã de segunda-feira, enquanto Rotimi estava dormindo. Ela dormia muito, e quase nunca se movia durante o sono.

Naquela manhã, ela não estava nem muito quente nem muito fria. Sua respiração era suave, mas constante e, às vezes, ela ria durante o sono. Terá sido por causa dela que as coisas aconteceram como aconteceram? Porque eu queria ficar no quarto com ela e não podia descer para o quarto de Dotun? Às vezes, acho que se estivesse no quarto de Dotun, no andar de baixo, eu teria ouvido o carro parar diante de nossa casa. Talvez eu tivesse me vestido às pressas e saído do quarto dele. Mas eu sempre quis que as coisas acontecessem do jeito que aconteceram. Em algum lugar dentro de mim, eu queria que Akin nos surpreendesse. Queria olhar nos olhos dele quando isso acontecesse; queria vê-lo explodir com algum tipo de paixão e, naquela segunda-feira, consegui exatamente o que queria.

Quando Akin nos flagrou, Dotun e eu, fiquei ao mesmo tempo satisfeita e desapontada. Fiquei desapontada porque, apesar de tudo, ainda me doía ver o sofrimento em seu olhar. Fechei os olhos para reunir forças e ergui os joelhos para ajudar Dotun, e a única coisa em foco era meu marido e o que ele estava vendo: as costas curvadas de Dotun, o movimento febril de seus quadris, o estremecimento e o colapso.

Akin ficou parado na porta, silencioso e imóvel, até que Dotun saiu de cima de mim e deu um grito ao ver o irmão no quarto. Então, Akin se virou, trancou a porta e colocou a chave no bolso.

Tirou o paletó, dobrou-o e colocou-o sobre a cama.

Então, as chamas do inferno transbordaram das margens e se espalharam por nosso quarto.

parte 3

31

ILESA, DEZEMBRO DE 2008

Chego a Ilesa pouco antes da meia-noite. Eu e meu motorista vamos de hotel em hotel, porque, ao que parece, todo o país está na cidade nesta sexta-feira. Não encontramos nenhuma vaga até chegarmos a Ayeso, a última parte da cidade que eu teria escolhido, porque fica muito perto da casa de seu pai. Mas tenho que dormir em algum lugar e pego o único quarto vago no Beautiful Gate Guest House. Imploro ao recepcionista que permita que Musa durma no sofá do que parece ter sido um dia uma sala de estar, mas agora serve de recepção.

Estou cansada, mas não consigo dormir. Saio do quarto e vou até a varanda adjacente, de onde consigo ver a casa de seu pai, que fica quase em frente, logo após o ponto em que a rua asfaltada mergulha no vale. É fácil identificá-la porque, além do lugar onde estou hospedada, é a única casa na qual as luzes estão acesas, graças a um gerador. Há vários carros do lado de fora, estacionados em fila dupla na rua principal. Há pessoas comendo na varanda; há pessoas por toda a parte. De onde estou, não consigo ver o quintal, mas vejo fumaça saindo de lá. Eu deveria estar lá agora, vigiando o cozido em ebulição e dizendo aos cozinheiros contratados para virar a carne antes que queime, certificando-me de que eles comecem a cozinhar o arroz *jollof* por volta das cinco da manhã e o inhame e o ensopado por volta das seis, para que todos possam comer antes de dirigirem à igreja para o funeral. É o que as esposas fazem; fiz isso muitas vezes, você se lembra? Você ao menos percebia como eu me esforçava?

Por que me convidou para esse funeral? Como descobriu onde eu estava? Pensei que você tinha me apagado de sua vida, como uma professora remove as anotações antigas de um quadro negro com um apagador. Então recebi aquele cartão pelo correio, e as palavras impressas me convidavam, da parte do anfitrião Akinyele Ajayi. Fico observando a casa da sua família, na esperança de reconhecer alguém, pelo menos uma daquelas pessoas que um dia considerei minha família, nesse lugar que um dia foi minha casa. Mas estou muito longe. Consigo ver as pessoas, mas não os rostos, e qualquer um dos homens pode ser você. Ainda há tendas do lado de fora; suponho que sejam da vigília realizada esta noite. Eu não tinha intenção de comparecer, de ouvir você e seus irmãos contarem mentiras cuidadosamente fabricadas sobre seu falecido pai entre um hino e outro.

Posso imaginar muito bem as palavras comedidas que você deve ter dito esta noite, as platitudes esperadas de um primogênito. Você deve ter feito um bom trabalho, deve ter levado algumas pessoas às lágrimas. Aqueles que não conheciam seu pai devem ter ficado tentados a chorar copiosamente pelo fato de o mundo ter pedido uma joia como ele na tenra idade de noventa anos. Sua mãe, como sempre, deve ter ficado orgulhosa. Como você deve ter falado primeiro, seus irmãos não devem ter ficado à altura de suas habilidades de oratória, nenhum dos dois seria capaz, mesmo que tivessem um ano para se preparar. Fico na varanda até as luzes se apagarem na casa de seu pai, então volto para o quarto e adormeço imediatamente.

Acordo antes das seis. O chão está frio e, enquanto caminho até a varanda, calafrios serpenteiam pelas minhas pernas. Na casa de seu pai, parece que ninguém dormiu. Talvez você tenha fechado a casa em Imo e dormido aqui a noite passada. Eu me sento em uma cadeira de plástico e observo. Não tenho pressa de me arrumar porque não vou à igreja.

O cantor da elegia fúnebre chega por volta das sete com seu pequeno megafone. Ele se posiciona na rua e começa a cantilena, louvando primeiro a nação Ijexá, à qual seu pai pertencia. Aprendi os versos dessa *oriki* pouco antes de me casar com você. Sua mãe me ensinou todos os versos que conhecia, e eu os memorizei com devoção. Ela me disse para acordá-lo de joelhos pela manhã, cantando os versos em louvor a sua linhagem. Eu preferia abraçar seu corpo e sussurrar as palavras em seu ouvido, mas você não gostava de ouvir poesia, nem pela manhã, nem em nenhum outro momento, e era Sesan quem apreciava minhas interpretações. Em seguida, o cantor louva a família de sua avó paterna. Ainda me dão dor de cabeça, essas palavras sobre pessoas que morreram muito antes de nascermos.

Quando o canto finalmente chega ao *oriki* de seu pai, estou com lágrimas nos olhos. Não sei se estou chorando por mim mesma, por você, por seu pai, por todos esses anos que passaram ou porque o cantor entoa os versos tão lindamente. Há uma mulher de pé ao lado dele — as mãos estão erguidas no ar. Posso vê-la chorando, sacudindo o corpo até sua saia cair no chão. Ela não a recolhe. Minhas mãos estão frias quando toco o rosto para secar as lágrimas.

Há gemidos altos quando o caixão de seu pai, que parece branco de onde estou, é levado para fora da casa. Os lamentos se intensificam quando os carregadores erguem o caixão e o apoiam nos ombros. As pessoas ficam em duplas ou trios, agarrando-se umas às outras como se temessem desabar sob o peso do luto se não se agarrassem a alguém. Uma voz feminina atravessa o barulho e chega até mim.

— Meu pai, é realmente o fim? Você está realmente nos deixando? Não vai mais acordar? Não vai nem ao menos se despedir? Meu pai? Meu pai?

Os carregadores começam uma marcha em direção ao carro fúnebre; um trompetista solitário vai à frente, tocando "Shall We Gather at the River". O cantor de louvores também continua com seu hino.

Ma j'okun ma j'ekolo
Ohun ti ganhou ba n je l'orun ni o maa ba won je

A pequena multidão que está reunida na frente da sua casa se dispersa. Muitos entram nos carros estacionados, que começam a se mover devagar, formando um comboio atrás do carro fúnebre. O primeiro a ganhar velocidade é uma picape com um homem pendurado na janela segurando uma câmera de vídeo sobre o ombro. O carro fúnebre segue, a sirene anunciando a partida final de seu pai do bairro onde passou a maior parte da vida adulta. Ele nunca mais voltará para cá: depois da missa, será enterrado no cemitério da igreja em Ijofi. Vários carros reluzentes seguem o cortejo fúnebre, jipes e SUVs de seus filhos e parentes próximos. Espero até o último carro ter saído antes de voltar para o meu quarto.

Visto minhas roupas mais ou menos no momento em que você deve estar de pé ao lado da cova recém-cavada de seu pai, cercado por sua família e pelos sacerdotes. Você será o primeiro dos filhos a lançar um punhado de terra no túmulo de seu pai. Os lamentos vão recomeçar e, enquanto todos observam os coveiros começarem a encher a cova de terra, até os homens ficarão com lágrimas nos olhos. Casais que não se falam há semanas se darão as mãos. No funeral do meu pai, eu estava chocada demais para chorar, mas você ficou com lágrimas nos olhos, mesmo que não tenha deixado nenhuma delas rolar. Segurei sua mão enquanto você fungava e piscava várias vezes.

Akin, quem vai segurar sua mão hoje se você chorar em silêncio?

32

1992 EM DIANTE

Na primeira vez que Dotun fez sexo com minha mulher, fiquei de pé diante da porta do quarto e chorei. Foi em um sábado. Funmi tinha ido visitar parentes ou algo do gênero. Eu deveria estar no clube. Eu achava que seria capaz de jogar tênis ou beber uma cerveja enquanto meu irmão tentava engravidar Yejide. Tinha planejado tudo de maneira que, quando voltasse para casa, Dotun já teria deixado nosso quarto, Yejide teria vestido suas roupas e eu poderia agir como se não soubesse o que tinha acontecido.

Mas, a caminho do clube, dei meia-volta com o carro e voltei para casa. Tinha esperança de encontrá-los na sala de estar, assistindo a algo na televisão, sentados em lados opostos. Pensava que talvez Yejide não fosse tão vulnerável quanto eu imaginava, que talvez Dotun não fosse tão persuasivo quanto eu acreditava e que eu teria a chance de dizer ao meu irmão que havia mudado de ideia. Não tinha mais certeza sobre meu plano, não conseguia mais suportar a ideia dele colocando as mãos na minha mulher.

Não havia ninguém na sala de estar.

Eu poderia ter dado meia-volta quando cheguei à porta do nosso quarto, quando ficou óbvio que era tarde demais para interromper o que eu tinha começado. Eu deveria ter descido as escadas e saído de casa novamente. Mas descobri que não conseguia me mover. Era como se meu corpo estivesse de repente sem ossos, prestes a desabar. Então agarrei a maçaneta de aço inoxidável com ambas as mãos, pressionando a testa contra o batente da porta. Lágrimas começaram a rolar pelo meu rosto enquanto eu imaginava o que estava acontecendo do outro lado da porta.

Até aquele dia, todas as lágrimas que eu derramara depois de adulto tinham sido todas por Yejide. A primeira vez foi quando ela me perguntou se eu achava que ela tinha sido responsável pela morte da mãe. *Tenho certeza de que ela ainda estaria viva se não tivesse me concebido*, disse ela, enrolando uma trança em torno do dedo indicador. Eu não sabia o que dizer, mas meu corpo respondeu ao completo desespero em seus olhos com a ardência de lágrimas nos meus. Ela piscou e o desespero desapareceu, simples assim. Então sorriu e me pediu para esquecer o que havia acabado de dizer. *Claro que não foi minha culpa; não fui eu que criei minha cabeça*, acrescentou, soltando a trança. Ela mudou de assunto enquanto eu esfregava meus olhos com o dorso das mãos. Não percebeu minhas lágrimas, e eu senti como se tivesse acabado de testemunhar uma discussão que ela estava tendo consigo mesma. Percebi que ela não tinha olhado nos meus olhos na esperança de que eu lhe desse respostas — Yejide tinha olhado na minha direção apenas porque eu estava lá.

Duas semanas depois, o pai dela morreu. Diante de seu túmulo, fiquei chocado ao perceber que suas madrastas mudaram de lugar para garantir que Yejide não tivesse nem um membro da família ao seu lado. Todos passaram de um lado para o outro do túmulo, de modo que Yejide e eu ficamos sozinhos, como intrusos. Quando a cutuquei e falei para irmos para junto de seus irmãos e madrastas, ela sorriu e me disse que eles tinham mudado de lugar por causa dela e que, se fôssemos para junto deles, simplesmente mudariam de lado de novo.

Yejide já havia mencionado que suas madrastas sentiam prazer em excluí-la. Mas, até aquele dia no enterro, eu não tinha pensado muito sobre como deveria ter sido para ela crescer em uma família na qual seu único aliado era o pai. Seu pai, o homem que lhe dissera mais de uma vez que o amor de sua vida poderia ter vivido para sempre se a cabeça de Yejide fosse menor quando ela nasceu, pequena o suficiente para que sua mãe pudesse colocá-la no mundo sem perder muito sangue. As lágrimas que consegui conter no funeral não eram pelo pai de Yejide — eu o encontrei apenas uma vez antes de ele morrer. As lágrimas que borraram minha visão eram pela menina solitária que se tornou a mulher cuja mão eu segurei quando ela se inclinou para jogar um punhado de terra sobre o caixão do pai.

Muito antes de falar com ele, eu sabia que Dotun ia concordar em fazer sexo com a minha mulher. Eu já vinha me preparando, dando como certo que, quando acontecesse, a única coisa que eu sentiria seria compaixão por Yejide. Na presença de meu irmão, ela tentava agir como uma boa cunhada, mas eu sabia que ela o desprezava e considerava sua mulher uma pobre coitada por ter se casado com ele. Uma vez, ela deixou escapar que não conseguia acreditar que éramos irmãos. Não explicou o que quis dizer com aquilo, mas eu sabia que ela estava querendo dizer que achava que eu era Jekyll e ele era Hyde. Pensei que teria compaixão dela, pela culpa que ia carregar; compaixão por ela precisar encontrar conforto em um homem que desprezava. Não imaginava que o toque de Dotun pudesse lhe dar prazer. Mas naquele sábado, em vez de sentir alguma emoção em relação à minha mulher, chorei porque me senti humilhado, desesperado, enraivecido. Minhas lágrimas não tinham nada a ver com Yejide. Eu não dava a mínima para como ela estava se sentindo naquele dia. A raiva se enroscou em torno do meu pescoço como uma jiboia, fez meus olhos se encherem de lágrimas, provocando uma dor aguda no peito cada vez que eu respirava.

As lágrimas já tinham desaparecido quando Dotun saiu do quarto — sem camisa, com gotas de suor ao redor das clavículas, como um colar que se dissolvera. Tudo o que me restava era aquela raiva que me sufocava.

— Ela está no banheiro — disse ele enquanto fechava a porta. — Você disse que estava indo para o clube. Irmão *mi*, você está bem?

Então eu me virei, desci as escadas e saí com o carro antes que Yejide percebesse que eu tinha voltado. Passei o resto do dia dirigindo pela cidade e só voltei para casa quando era quase meia-noite.

Yejide ainda estava acordada quando entrei no quarto. Lembro-me de ter pensado, quando ela veio até mim e me abraçou, que pela primeira vez tive vontade de fazer mal a ela, de fazê-la sentir dor. Minhas mãos tremiam quando acariciei seu cabelo. Sempre senti que não a merecia e, naquele dia, quando abri as janelas do quarto para deixar entrar um pouco de ar fresco, soube que nunca me tornaria o tipo de homem capaz de merecê-la.

Na noite seguinte, Dotun procurou Yejide novamente, conforme planejado. Eu fui para o Ijexá Sports Club e tentei comer uma sopa picante de bagre. Quando voltei para casa, encontrei Yejide encolhida na cama, chorando enquanto dizia algo que eu não conseguia compreender. Tirei a camisa e a camiseta que usava por baixo e a abracei enquanto ela chorava e falava sobre como tinha certeza de que estava grávida da primeira vez. *Eu senti o bebê chutar*, disse. E apesar de, enquanto beijava seu rosto, não conseguir pensar em nada a não ser no fato de que Dotun estivera com ela naquela mesma cama algumas horas antes, consegui tranquilizá-la e dizer-lhe que era apenas questão de tempo para que engravidasse de verdade.

Isso foi o que bastou para termos Olamide — um fim de semana. O plano era ter quatro filhos: dois meninos, duas meninas. Uma vez a cada dois anos, Dotun passaria um fim de semana conosco, engravidaria minha mulher e voltaria para Lagos. Eu sempre imaginei que eu fosse o instigador, quem decidia quando era hora de eles irem para o quarto e fazerem bebês. Depois que Yejide ficou grávida de Rotimi, decidi que seria cruel demais trazer outra criança ao mundo quando havia a possibilidade de que ele ou ela tivesse que enfrentar o mesmo tipo de dor que Sesan. Eu disse a Dotun que nosso acordo tinha terminado. E nunca imaginei que um dia voltaria para casa e o encontraria penetrando minha esposa sem minha permissão.

Quando surpreendi os dois, a raiva que havia ficado enrolada em torno do meu pescoço desde aquele primeiro sábado despertou de novo, apertando com força. Meus olhos encontraram os de Yejide e senti vergonha. Os olhos que antes me olhavam como se eu fosse tudo que ela possuía no mundo agora me encaravam com desprezo. Olhavam para mim como se eu fosse um inseto que ela desejava esmagar. Ela não fez nenhum movimento para parar Dotun, apenas virou a cabeça. Percebi que, apesar de eu achar que meu irmão e eu trocaríamos de lugar de vez em quando, a verdade era que, desde aquele primeiro sábado, ele tinha ocupado espaços dos quais eu nunca tinha nem sequer me aproximado.

Esperei até que Dotun saísse de cima dela e me visse. Ele pulou da cama. Tirei meu paletó sem pressa, dobrei-o e coloquei-o sobre a cama. Não havia nenhuma arma ao meu alcance, nenhum pilão, nenhuma faca afiada à mão. Fui até Dotun, armado com as únicas armas de que realmente precisava: minha fúria e meus punhos cerrados.

— Irmão Akin... espere, espere, Irmão Akin... não deixe o diabo usá-lo, *Egbon mi*... por favor, não seja... espere... um instrumento do diabo... — gritou Dotun, cobrindo o corpo com um lençol.

Comecei a rir, e o som saiu com dificuldade, arranhando minha garganta.

— Instrumento do diabo? *Eu*? Seu desgraçado.

Desferi socos em sua boca, seu nariz, seus olhos. Senti a pele se romper, ouvi seus ossos se fraturarem e vi sangue escorrer de seu nariz. A cada soco que desferia no rosto de Dotun, o latejar em minha cabeça se intensificava. Ele desviou de mim até tropeçar no lençol que usava para se cobrir. Então caiu e bateu a cabeça na mesa de cabeceira de Yejide ao tombar, derrubando o abajur. Ele caiu de costas e o lençol se desenrolou de seu corpo.

Eu me ajoelhei sobre sua barriga nua e golpeei — seu pescoço, seu peito, as mãos com as quais tentava se defender. Havia sangue em minhas mãos — seu sangue, meu sangue. O sangue escorreu para o tapete, espalhando-se em uma mancha semelhante a um mapa que nunca mais seria removida.

— Eu confiei em você!

Saí de cima dele e chutei seu peito até a pele abaixo de seu mamilo sangrar. Ele tossiu sangue no carpete. Sangue e um dente, que brilhou na pequena poça vermelha. Tentou dizer algo, em seguida tossiu e cuspiu mais sangue.

O pênis ainda úmido e mole entre suas pernas me encolerizava. Pensei em onde ele estava havia pouco, e uma vida inteira de raiva ferveu em minha cabeça. As imagens dele com Yejide contra as quais passei minhas horas de vigília lutando durante anos, imagens que me faziam afundar em pesadelos cada vez que minha cabeça repousava sobre um travesseiro, escaparam da gaiola de negação que eu havia construído para elas.

Eu me ajoelhei entre as pernas abertas de Dotun, agarrei seu pênis mole e o torci. Seu grito teria me deixado surdo se eu o tivesse ouvido, mas o som da minha mente abafava todo o resto.

Senti mãos macias em meus ombros, puxando-me para trás. Eu continuava torcendo, torcendo.

— Pelo amor de Deus, Akin. Não o mate, por favor.

Yejide estava de joelhos ao meu lado, ainda nua.

Eu tirei as mãos de Dotun.

— Cale a boca, sua vagabunda.

— Eu? Akin, eu... uma vagabunda? Um cachorro comerá sua boca por ter dito isso.

Sua voz estava carregada de raiva, não de súplica.

Peguei o abajur caído e arranquei o fio da tomada.

— O que você vai fazer? — A voz de Yejide era estridente de pânico. — Akin, Akin?

Ergui o abajur com ambas as mãos.

Yejide colocou as mãos ao redor do meu peito e tentou me afastar de Dotun.

— Akin? Akinyele, eu imploro, em nome de Deus, não permita que o diabo o use.

Dotun tentou se sentar, cobrindo os olhos com as mãos. Eu o acertei no queixo com o abajur, derrubando-o no chão. Yejide disse alguma coisa, mas eu ouvia apenas o latejar em minha cabeça, o som do vidro se partindo. Golpeei sua cabeça com o abajur, quebrando os painéis de vidro da cúpula e as lâmpadas contra seu couro cabeludo até deixá-lo inconsciente.

Eu me levantei, apertando o que restava do abajur contra o peito.

— Você matou seu irmão — sussurrou Yejide atrás de mim. — Você matou o filho de sua própria mãe.

Eu esperava que ela estivesse certa.

33

Nas semanas seguintes, Yejide passou todas as manhãs no hospital com meu irmão. Ela parou de falar comigo, limitava-se a colocar o café da manhã em cima da mesa, como se estivesse deixando comida para um cachorro, em seguida amarrava Rotimi às costas e ia para o hospital.

Eu desejava que Dotun estivesse morto, que ele nunca tivesse nascido.

Mas isso é mentira. O que eu desejava de verdade era estar morto, era nunca ter nascido. Fui eu que levei Dotun para dentro de nossa casa, eu o convidei, o persuadi, o ameacei, fiz tudo que pude para convencê-lo. Mas nunca teria imaginado, mesmo que vivesse sete vidas, ver meu irmão penetrando minha mulher, grunhindo como um porco enquanto gozava. Ao considerar todas as circunstâncias imprevistas de meu plano, percebi que tinha menosprezado justamente as que acabariam por arruiná-lo: a anemia falciforme, o desemprego de Dotun e toda a confusão do amor e da vida que só descobrimos vivendo.

No dia seguinte à minha briga com Dotun, pouco antes do almoço, Moomi apareceu em meu escritório. Ela não respondeu aos meus cumprimentos nem se sentou, foi direto até o meu lado da mesa e se inclinou sobre minha cadeira.

— Vocês dois vieram de dentro de mim — gritou ela, dando tapas na própria barriga. — Os dois mamaram nestes seios, no meu peito. O meu leite não era doce? É daí que vem a perversidade em seu coração? O meu leite era azedo? Me responda, Akin. Não está me ouvindo? Está surdo?

Moomi tinha certeza de que havia uma explicação, de que havia algo que eu pudesse dizer para ajudá-la a entender o que tinha acontecido. Senti que naquele momento ela teria aceitado qualquer coisa que eu dissesse, qualquer coisa, que depois moldaria da forma que lhe conviesse. Transformaria em uma razão que explicasse tudo. Tudo de que ela precisava era uma resposta, qualquer resposta.

Eu não disse uma palavra.

— Você quer me matar — disse ela, agarrando com ambas as mãos o colarinho da minha camisa. — Me faça entender por que meus próprios filhos tentaram matar um ao outro. Diga-me agora mesmo, enquanto estou aqui!

Eu podia ver seu coração se partindo, mas o que eu poderia dizer? A verdade? Eu sabia que isso teria sido um golpe de misericórdia. Essa verdade.

Ela foi embora com a promessa de não me dirigir mais a palavra até que eu explicasse por que tinha tentado matar seu precioso filho. Sabia que ela manteria a promessa. Minha mãe era capaz de odiar com a mesma ferocidade que amava.

Trabalhei até estar quase cansado demais para dirigir até em casa. Entrei aos tropeços quando as luzes já estavam apagadas e Yejide estava dormindo. Mas Rotimi ainda estava acordada e seus olhos se grudaram em mim no momento em que entrei no quarto mal iluminado. Fiquei de pé junto ao berço, ouvi seu balbuciar suave, deixei que envolvesse seus pequenos dedos em torno do meu polegar. Aos seus olhos, eu era perfeitamente novo, perdoado, imaculado. Esperei até que ela dormisse antes de me deitar na cama.

E, embora estivesse exausto, não consegui dormir. Olhei para minha mulher e me perguntei se a raiva que latejava em meu cérebro um dia seria tão intensa a ponto de me fazer golpear sua cabeça com um abajur. Eu me odiava porque continuava a admirar seu rosto delicado até adormecer, gravando cada traço em minha mente para o caso de ela não estar mais lá quando eu acordasse.

Nas semanas seguintes, continuei esperando que ela me deixasse. Me parecia a única coisa que restava a fazer. Algumas noites, eu traçava o contorno de seus lábios com o dedo e sussurrava *sinto muito* no espaço silencioso entre nós.

Eu me odiava por isso também.

*

No dia em que Dotun ia receber alta, Yejide falou comigo pela primeira vez em mais de um mês. Ela me entregou a conta do hospital. Eu fiz um cheque. Naquela noite, ela saiu do nosso quarto.

— Vou ficar apenas por causa da minha filha. Se não, se não, se não, *ehn*...

Ela deixou a ameaça pairar sem ser dita, como uma nuvem sombria entre nós.

— Sua maldita... maldita... dormiu com meu irmão pelas minhas costas. Você é a adúltera.

Eu tremia enquanto pronunciava essas palavras, cerrando os punhos nos meus bolsos, lutando contra o desejo de enfiá-los em seu rosto presunçoso, porque se eu começasse nunca mais ia parar.

— Você teria preferido que eu fizesse isso bem diante de você? Sob sua cuidadosa supervisão? Você é um impostor, um traidor e o maior mentiroso do céu, do inferno e de toda a face da Terra.

Ela cuspiu aos meus pés, entrou no outro quarto e bateu a porta.

Eu me deixei tomar pela fúria, socando a porta fechada até sangue escorrer das feridas. E, mesmo assim, não parei. Eu não conseguia parar.

Yejide não tinha trancado a porta. Não ouvi nenhum clique, nenhuma chave girando do lado de dentro. Ocorreu-me que eu poderia simplesmente virar a maçaneta e entrar, confrontá-la. Perguntar-lhe o que ela sabia, o que Dotun tinha lhe contado sobre mim enquanto eles se divertiam. Eu não precisava ficar sozinho no corredor, falando com meus punhos com uma porta de madeira que não respondia, erguendo os ombros para secar o suor do rosto com a manga da camisa. Não lágrimas, suor.

34

Quando meu sogro convidou Akin e eu para uma reunião de família, antes mesmo de chegarmos a Ayeso, eu já sabia que devia ter sido Moomi quem o obrigara a convocar aquela suposta reunião de emergência. Segurando Rotimi diante de mim como um escudo, entramos na sala de estar e nos sentamos lado a lado em um sofá marrom. O sofá era pequeno e pela primeira vez desde que flagrara Dotun em cima de mim, Akin e eu nos sentamos lado a lado — estávamos tão próximos que eu sentia sua respiração. Dotun já estava lá, sentado ao lado do pai, quando chegamos. Eu não o via desde que ele tivera alta do hospital.

Moomi foi a primeira a falar:

— Meus filhos estão aqui para explicar por que brigaram, por que não trouxeram a divergência que houve entre eles para resolvermos em família. Eles estão aqui para explicar por que querem desgraçar nossa família e nos tornar motivo de falatório no mercado.

— Não, pode parar. Fale por você, Amope. Foi você que eles desonraram. O mundo inteiro sabe que meu nome tem uma boa reputação na Nação Ijexá — disse o pai de Akin.

— É assim agora, Baba? Agora eles são meus filhos? Homem inútil, é claro que eles são meus filhos, já que você nunca gastou um kobo com eles. Eu paguei as mensalidades da escola, comprei uniformes, e, quando eles se formaram na universidade, você apareceu apenas para as fotos. Mas agora eles voltaram a ser meus filhos?

— Por acaso não são seus filhos? Você os roubou do hospital? — O pai de Akin agitou o dedo diante do rosto de Moomi. — Ah! Foi isso que você veio nos dizer então, que você os roubou da maternidade, *abi*?

Ele riu da própria piada.

— Mas isso não é culpa sua — sibilou Moomi. — São os filhos da laranjeira que fazem com que pedaços de pau e pedra sejam atirados em sua mãe. Filhos insensatos, expliquem-se, expliquem. Coloquem para fora as palavras que estão em suas bocas.

Ela olhou para Akin, em seguida para mim, agitando suas mãos artríticas diante de nós como enormes garras.

Dotun pigarreou. Seu braço esquerdo ainda estava em uma tipoia, havia um curativo em torno de sua cabeça e um dos lados de seu rosto estava coberto de pequenos pontos de sutura.

— Tivemos uma discussão por causa de dinheiro — disse Dotun.

Ao meu lado, o corpo de Akin relaxou com o que imaginei ser um suspiro de alívio. Eu deveria estar ouvindo e memorizando a história que Dotun estava contando. Eu deveria ter gravado todos os detalhes, para poder contar aos parentes que mais tarde certamente viriam me interrogar, com expressões de preocupação, ansiosos por fofocas para degustar com inhame nos próximos encontros familiares. Mas àquela altura eu não me importava com o que pensava a família de Akin. Eu já estava me desvencilhando, mesmo que ainda não soubesse. Então embalei Rotimi e brinquei com seu colar, pressionando meu polegar contra as bordas rígidas do crucifixo debaixo de sua blusa. Mas prestei atenção quando Akin começou a falar. Fiquei impressionada com a facilidade com que ele tapou os buracos na história do irmão. Era como se tivessem ensaiado aquelas mentiras muitas vezes.

— O dinheiro não era meu. Peguei emprestado no banco. E depois de tudo que fiz, depois de todos os sacrifícios que fiz por ele, como Dotun pode ter perdido tudo no jogo? — disse Akin, dando um tapa no joelho.

— Irmão *mi*, eu não perdi no jogo. Foi um negócio que deu errado. Deveria ter me rendido dinheiro mais do que suficiente para pagar o empréstimo, mas muitas coisas deram errado.

Dotun não olhou em nossa direção enquanto falava, sua cabeça estava abaixada e ele parecia encarar os padrões no linóleo azul que cobria o chão.

— Não era um negócio; se não fosse tão estúpido, teria percebido que eram fraudadores. Não acha que seríamos todos ricos se realmente existisse uma maneira de duplicar dinheiro?

— O dinheiro é uma coisa pequena — disse o pai de Akin, dando tapinhas no ombro de Dotun.

Akin e Dotun continuaram tecendo os fios de suas mentiras até sua história estar tão robusta quanto uma corda de verdade.

— Não podem permitir que o dinheiro se intrometa entre vocês. O mesmo sangue corre em suas veias. Que exemplo estarão dando para seus filhos, se permitirem que o dinheiro os separe? — indagou meu sogro quando seus filhos se calaram.

Moomi bufou e balançou a cabeça, mas seu marido a ignorou e continuou falando.

— Vocês precisam fazer as pazes, pedir desculpas um ao outro. — O velho se inclinou para a frente na cadeira e gesticulou com as mãos. — União: toda família precisa ser unida. Esqueceram? Um único fio de vassoura é inútil, mas quando os unimos em um maço, o que eles fazem?

— Eles varrem a casa até ficar limpa — respondeu Akin.

— Então agora vocês entendem o que eu estava tentando dizer? — disse meu sogro.

Dotun tocou o lado do rosto que estava coberto pela metade de pontos de sutura.

— Desculpe, irmão *mi*, não tenha raiva de mim. Vou encontrar uma maneira de lhe devolver o dinheiro.

Akin tossiu.

— Foi o diabo que me usou, Dotun. Aquela raiva, eu não sei de onde veio.

— Está acabado. — Meu sogro virou-se para encarar Moomi. — Iya Akin, está tranquila agora? Eu disse a você que Yejide não tinha nada a ver com isso. Ela não seria capaz de se colocar entre eles por motivo nenhum. Como pôde imaginar que ela estaria envolvida em algo assim?

— O que sei... — disse Moomi, levantando-se e ficando diante de mim e de Akin. — O que sei é o seguinte: tudo que é feito na escuridão profunda, às escondidas, um dia será tema de conversas no mercado.

Olhei para Rotimi e vi que ela tinha tirado o crucifixo de debaixo da blusa e o estava sugando. Retirei-o de sua boca, com cuidado para não machucar suas gengivas.

Moomi inclinou-se na minha direção.

— Não é possível ocultar a verdade. Assim como ninguém pode cobrir os raios do sol com as mãos, não é possível ocultar a verdade.

*

Sempre que chegava ao salão, a primeira coisa que eu fazia era entregar Rotimi a Iya Bolu. Era ela quem amarrava Rotimi às costas quando a criança chorava e a seguia pelo corredor depois que ela começou a engatinhar. Foi ela quem percebeu quando seu primeiro dentinho nasceu e que a aplaudiu no dia em que ela se agarrou à perna de um banquinho para ficar de pé.

— Por que você está se comportando assim? — perguntou Iya Bolu, pegando Rotimi, que tinha começado a chorar.

— Assim como?

Enxaguei um punhado de rolos e os coloquei para secar.

— Você nem sequer olhou quando eu lhe disse que ela ficou de pé. Não se importa?

Ela deu um tapinha nas costas de Rotimi e a embalou.

Entreguei a ela a mamadeira na qual eu havia colocado leite materno pela manhã.

— Talvez ela esteja com fome.

— É isso, mulher. Eu já lhe disse que essa criança está grande demais para ser alimentada apenas com leite materno. Por que se comporta como se seus ouvidos tivessem sido fechados com pregos? Rotimi, sinto muito, *o jare*, beba o leite, não dê atenção à sua mãe, apenas beba o leite desta vez.

Fiquei grata pelo silêncio quando Rotimi começou a sugar o bico da mamadeira. O sol já estava se pondo, e eu tinha começado a sentir dor nos joelhos e tornozelos por ter ficado de pé o dia todo. Peguei minha bolsa e contei algumas moedas para pagar as duas meninas que tinham ficado para ajudar na limpeza. Depois que as meninas colocaram as bolsas nos ombros e saíram, sentei-me embaixo de um secador e abaixei a parte de cima. Iya Bolu ainda estava falando comigo, mas, debaixo do secador, parecia que ela falava de um lugar distante, outro cômodo, outro mundo. Suas palavras não pareciam tão importantes enquanto eu estava debaixo do secador, não eram coisas nas quais eu precisasse pensar ou responder. Fechei os olhos para aumentar a sensação de estar longe de tudo, de estar sozinha.

— Quando você vai fazer peixe fresco e legumes amassados para Rotimi? Ou pelo menos comprar fórmula para ela?

— Estou ocupada — respondi, cruzando as pernas para massagear meu joelho.

— Iya Rotimi, Deus seja louvado. Você está muito ocupada para comprar leite em pó para sua filha? Se há algo que a preocupa, vamos falar sobre isso. Tire isso de sua cabeça para que possa cuidar de sua filha.

— Ela terminou de comer? Precisamos chegar em casa antes que fique muito escuro.

— Venha e tire a mamadeira dela então. Não está nem ao menos ouvindo o que estou dizendo. — Ela se virou para a criança. — Não se preocupe, Rotimi. Um dia desses eu mesma vou comprar leite artificial para você. Não dê atenção a essa mulher, logo ela voltará a si, tenho certeza.

Bocejei.

No dia seguinte, Dotun foi até o salão enquanto eu estava trançando o cabelo de uma menina. Pedi-lhe que se sentasse e esperasse porque eu nunca permitia que cabeleireiras em treinamento tocassem os cabelos de uma criança. Tinham o couro cabeludo sensível demais para ser manipulado por uma aprendiz. Quando terminei de trançar os cabelos, esfreguei lentamente óleo rosa nas linhas entre cada trança e esperei até que a menina saísse saltitando do salão antes de me sentar ao lado de Dotun.

— Quer beber alguma coisa? Coca-Cola ou Fanta?

— Não — respondeu ele, suspirando em seguida. — Eu vim dizer adeus. Vou embora de Ilesa amanhã. Para Lagos.

— Ah, tudo bem. Conseguiu um emprego em Lagos?

— Mais ou menos.

Não pedi a ele que explicasse melhor porque realmente não me importava. A única coisa que me interessava, depois que Akin o feriu, era ter certeza de que ele viveria. Eu me perguntei por que ele teria ido até lá para se despedir.

— Vou sentir sua falta — disse ele.

Então eu olhei em seu rosto — realmente olhei. O curativo em torno da cabeça tinha sido removido, deixando à mostra uma grande cicatriz onde os pontos lustrosos não permitiriam que o cabelo crescesse novamente. Parecia ter perdido mais peso e havia um sorriso esperançoso em seu rosto. Eu me perguntei se ele torcia para que eu dissesse que também sentiria sua falta.

— Boa viagem. Dê lembranças à sua mulher e aos seus filhos por mim — falei.

Ele desviou o olhar e tocou a cicatriz na cabeça.

— Eu fui ao escritório de Akin esta manhã. Ele disse à secretária para me mandar embora.

— *Irmão* Akin — corrigi. — Você não tem o direito de chamá-lo de "Akin", ele não é seu amigo.

— Espere um instante, Yejide. Eu? — Ele apontou para o próprio peito. — Você está com raiva de mim?

— Fale baixo.

Ele balançou a cabeça.

— Não foi culpa minha, você sabe, Yejide. Foi tudo ideia dele.

— Dotun, você e seu irmão conspiraram contra mim.

— Ouça, Yejide, eu achei que você sabia. — Ele colocou a mão no meu joelho. — Ele disse que tinha contado tudo a você.

— É melhor você ir agora, Dotun. Como pode ver, estou trabalhando. Não tenho tempo para essa história.

— Vou sentir sua falta.

Desta vez ele sussurrou as palavras, e elas deram a impressão de querer transmitir algo que ele não conseguia dizer.

Afastei a mão do joelho e me levantei.

— Faça uma boa viagem amanhã.

Eu me afastei dele e fui até uma senhora idosa que estava circulando entre as cabeleireiras, mas ainda não tinha se sentado.

— Boa tarde, *Ma* — falei. — Ninguém a atendeu ainda?

— Ah, elas me atenderam, minha querida. Mas eu disse que ia esperar por você. Não quero que ninguém arruíne os cabelos ralos que me restam.

Sorri e a levei até uma cadeira. Pelo canto do olho, vi Dotun parado na porta falando com Iya Bolu e Rotimi antes de sair do salão. Esperei que a mulher diante de mim tirasse o lenço e pensei no que Dotun poderia querer dizer ao repetir aquelas palavras. Ele ia sentir minha falta? O cabelo da mulher não era nem um pouco ralo, mas cheio e longo, com fios brancos na frente. Eu lembrei quem ela era enquanto passava as mãos por seus cabelos. Era uma diretora aposentada que ia até o salão para trançar o cabelo uma vez por mês e sempre insistia em não usar nada além da manteiga de karité que ela mesma levava em um recipiente de plástico.

— Eu já contei? — Iya Bolu tinha ido ficar ao meu lado. — Eu já contei sobre o casamento da minha sobrinha?

— Não — falei, penteando o cabelo da diretora aposentada.

— Vai ser no ano que vem, a filha mais velha de meu irmão vai se casar. Parece que foi ontem que ela nasceu. *Na wah.* — Eu via o reflexo de Iya Bolu no espelho. Ela segurava Rotimi no colo e sorria para ela. — Antes que você se dê conta, estaremos dançando no casamento de Rotimi também.

Eu tinha certeza de que ela tinha dito a mesma coisa sobre Olamide e Sesan, mas eu definitivamente não pensava no casamento de Rotimi. A esperança era um luxo que eu não podia mais me permitir.

— É sempre assim, as crianças crescem tão rápido — comentou a diretora aposentada, sorrindo. — Minha filha mais nova se casou no ano passado. Sabem, ainda me lembro de quando descobri que estava grávida dela, e agora ela também vai ser mãe.

— Parabéns, senhora — falei, pegando um pente de madeira.

— Obrigada.

— Então, quando é o casamento? — perguntei a Iya Bolu.

— Deve ser em junho, mas eles ainda não decidiram a data exata.

— Espero que as eleições não atrapalhem os preparativos — disse minha cliente, inclinando a cabeça para que eu pudesse separar seus cabelos em quatro partes iguais.

— É por isso que eles ainda estão esperando para marcar a data exata. Meu irmão quer ter certeza sobre a data das eleições.

Eu zombei.

— Você acha mesmo que vai haver eleição? Com Babangida que não para de adiar a data?

— Transição — disse minha cliente. — Isso se chama transição. A transição é um processo, não um evento pontual. Não precisamos ser cínicos. Houve retrocessos, mas acho que são bastante compreensíveis.

— Já eu não acho que o homem esteja indo a lugar nenhum. Essa história de eleição é mais uma fraude. Esses militares estão apenas nos enganando.

— Desta vez ele vai sair, estou lhes dizendo. E lembrem-se do que eu disse. Pelo menos agora temos governantes civis, e os legisladores assumirão seus cargos até dezembro. É uma transição gradual, um passo de cada vez, minha querida. Esta é a única maneira de garantir uma mudança duradoura.

Coloquei o pente de madeira em uma das metades de seu cabelo e comecei a trançar a outra. Eu não tinha nenhuma confiança naquela suposta transição gradual. Minha cliente, obviamente, estava interessada em todo o processo. Desfiou datas e estatísticas como alguém que passava os dias lendo jornais. Assenti com a cabeça enquanto ela explicava por que o governo militar federal tinha todo o direito de fundar e financiar os dois partidos políticos que existiam no país. Ela encontrou uma maneira de justificar até mesmo o fato de o governo ter escrito o estatuto de ambos e desenhado seus símbolos.

— Vejam bem — disse ela —, não é a situação ideal, mas depois que estivermos em uma democracia, as coisas serão diferentes. Primeiro temos que levar o país à democracia total. Depois que conseguirmos isso, poderemos colocar o restante nos eixos.

Eu deixei o assunto de lado, porque não me importava muito com essa questão. No que me dizia respeito, 1993 chegaria e passaria e, no fim, saberíamos se o governo estava falando sério em relação a manter sua promessa. Eu não tinha a menor intenção de me registrar para votar.

— Até o fim do ano, o governo vai nos informar sobre a data das eleições e então meu irmão vai marcar o dia definitivo. E você, Iya Rotimi, você vai comigo para Bauchi — disse Iya Bolu. — Seja qual for o dia do casamento, você vai comigo.

— Bauchi, *ke*? É lá que o seu irmão mora? É uma longa viagem.

— É por isso que estou lhe dizendo agora. Para você começar a se preparar mentalmente.

— Está bem, vou pensar — falei. — Eu ainda não concordei em ir, Iya Bolu. Mas vou manter isso em mente.

— Você sabe que, se for comigo, pode comprar joias de ouro em Bauchi para revender aqui. Lembra-se daquela minha cliente que perguntou se você vendia joias? Ah, agora você olha para mim, *abi*? Eu sabia que isso ia despertar o seu interesse. Falo sobre negócios e você fica de orelha em pé. A mulher do meu irmão está no negócio do ouro. Ela pode lhe mostrar todos os lugares onde comprar e, quem sabe, talvez o ouro de Bauchi venda bem aqui.

— É uma ideia interessante — falei enquanto passava manteiga de karité no couro cabeludo de minha cliente.

35

Uma segunda-feira à tarde, Linda, minha secretária, entrou em meu escritório e me entregou uma carta. Eu costumava examinar a correspondência pela manhã, depois que terminava de ler as manchetes dos jornais e antes da minha reunião diária com o diretor-executivo.

— Esta carta acabou de chegar, senhor — disse Linda antes que eu pudesse lhe perguntar por que a carta não havia sido incluída na pasta de correspondência que ela deixava em minha mesa todos os dias antes de eu chegar.

Examinei o envelope e reconheci imediatamente a caligrafia. Em cada um dos selos postais estava escrito Australia 45c acima da imagem de um rato de cauda longa. Abri o envelope e tirei a única folha que havia lá dentro, esticando-a.

Irmão *mi*,

Como você está? Como você deve ter concluído a partir do selo, agora estou na Austrália. Cheguei aqui na semana passada. Por favor, avise a Moomi que estou bem.

Deixe-me começar agradecendo por tudo o que fez por mim depois que perdi meu emprego. Não tive a oportunidade de agradecer antes de ir embora. Quero que saiba que sou grato por todos os seus esforços para me ajudar a conseguir outro emprego e me reerguer. Sou muito grato por ter me dado um teto sob o qual morar depois que perdi tudo o que tinha.

Quanto ao que aconteceu antes de eu deixar a Nigéria, quero que nós esqueçamos tudo. Não podemos continuar brigando por causa disso, entende? Nós somos irmãos, sangue do mesmo sangue. Você pode se divorciar de uma mulher, mas não de sua família. Ainda estou surpreso por você não ter sequer me recebido quando fui ao seu escritório. Eu posso desculpar o que aconteceu em sua casa, você estava com raiva, então me bateu. Posso esquecer, podemos deixar tudo isso para trás e seguir em frente. Mas, do jeito que me botou para fora do seu escritório, parece que você ainda quer brigar por causa dessa questão. Irmão *mi*, vamos deixar uma coisa bem clara. Você não pode brigar comigo. Não pode declarar guerra à família.

Yejide ainda está com você? Sinto muito se ela tiver ido embora, porque sei que você a amava. Pelo menos acho que amava. Mas não pode me culpar pela partida dela. Seu casamento já enfrentava problemas. Ela é uma mulher muito compreensiva. Ela o teria ouvido e entendido, tenho certeza. Não era minha intenção contar a ela nenhum segredo. Pensei que você tivesse dito a ela tudo, não meias verdades. Tinha certeza de que você tinha contado tudo a ela como prometeu.

É fácil conversar com ela. É fácil amá-la.

De qualquer forma, o importante é que devemos nos perdoar e seguir em frente. Quanto a mim, eu já o perdoei.

Espero ter notícias suas em breve.

Com todo o respeito,

Dotun

Pensei em jogar a carta na trituradora de papel, mas, em vez disso, rasguei-a em minúsculos pedaços. Eu me perguntei se ele tinha dito a Yejide que ia sair do país, se tinha sido ela quem dera dinheiro a ele para comprar a passagem de avião. O Dotun que eu conhecia estava falido. Não conseguia conceber que ele fosse capaz de viajar para qualquer lugar sem minha ajuda.

A carta de Dotun me desestabilizou, mas respondeu a única pergunta que eu queria fazer a ele depois de flagrá-lo com minha mulher. Disse-me que ele tinha sido estúpido o suficiente para falar sobre mim com Yejide. Até então eu me perguntava o quanto ela sabia e já tinha quase chegado à conclusão de que Dotun lhe contara todos os segredos que eu confiara a ele. Dava para perceber em sua atitude desafiadora, na mudança para outro quarto, na maneira como seus olhos encararam os meus quando os flagrei. Mas eu continuava a ter esperanças de que Dotun tivesse ficado de boca calada. Pensava que tudo o que tínhamos passado era suficiente para deixar Yejide com raiva, dizia a mim mesmo que isso explicava seu silêncio, o desprezo que permanecia em seus olhos.

Eu tinha conseguido me convencer, antes de a carta de Dotun chegar, de que ela teria me confrontado se soubesse, que teria me dado uma chance de me explicar. Não que houvesse algo a dizer: provavelmente eu teria lhe contado mais mentiras. Mas só porque eu ainda tinha esperança; eu sempre tive esperança de que tudo ia mudar e as mentiras não importariam mais. Ainda estava me consultando com um especialista no hospital da Universidade de Lagos, e ele havia se mostrado moderadamente otimista. Eu ouvi seus comentários cautelosos e me aferrei a eles, disse a mim mesmo que era questão de dias e me convenci de que o especialista da universidade seria capaz de operar milagres. Encontraríamos o coquetel certo de medicação e tudo ficaria bem. A esperança sempre foi o meu ópio, aquilo de que eu não conseguia me livrar. Por piores que estivessem as coisas, eu encontrava uma maneira de me convencer de que até mesmo a derrota era um sinal de que eu estava destinado a vencer.

Nas semanas que se seguiram à chegada da carta, tive a sensação de que nossa casa tinha encolhido. Parecia minúscula, pequena demais para impedir que Yejide e eu nos esbarrássemos. Pela primeira vez desde que ela tinha se mudado para outro quarto, fiquei feliz por estar sozinho na cama. Parei de comer a comida que ela deixava pronta, perguntando-me por alguns dias se ela planejava me envenenar, me punir sem nunca me confrontar.

Eu estava envergonhado demais para forçar o confronto que temia, que eu evitava desde a primeira vez que a vi e decidi que nada poderia me impedir de passar o restante da vida com ela. Eu me esgueirava pela casa, ia para o trabalho cedo, voltava tarde. Passava os fins de semana sozinhos em meu quarto, repensando todas as minhas escolhas, retraçando meus passos para trás, me perguntando se eu realmente tivera escolha, se teria havido coisas que eu poderia ter feito diferente. Antes mesmo de eu ter me recuperado por completo da primeira carta de Dotun, a carta seguinte chegou.

Irmão *mi*,

Como você está? E como está Moomi? Tem notícias de Arinola e do marido?

Eu consegui um emprego aqui e estou ganhando algum dinheiro. Pouco, bem pouco, mas dá para sobreviver.

Eu sei que você recebeu minha última carta. Por que não me escreve de volta? Como posso convencê-lo a me escrever?

Irmão *mi*, deixe-me tentar explicar o meu lado da história. A primeira vez que fiz sexo com sua mulher, foi para salvar seu casamento. E ainda não recebi um agradecimento seu por ter feito isso, seu arrogante. Até fechei os olhos quando ela se despiu naquele dia. Fique sabendo que, da primeira vez, tentei beijá-la, não porque eu quisesse, mas porque me pareceu a coisa certa a fazer para que aquilo não se assemelhasse tanto a um estupro. Nós fizemos um sexo casto, como costumam fazer nos filmes, com os lençóis cobrindo completamente nossos corpos como se alguém estivesse assistindo. Eu realmente pensei que você tinha contado tudo a ela como prometeu. E quando discuti isso com ela pela primeira vez, foi apenas porque você estava viajando, e ela tinha acabado de receber a notícia de que Sesan tinha anemia falciforme. Achei que ela precisava de alguém com quem conversar, só isso. Eu a desejava? Para ser sincero diante de você e do Criador, sim. Mas não contei tudo aquilo a ela para traí-lo. Pensei que ela já sabia. Irmão *mi*, não sei o que mais posso dizer.

Ajoke vai se casar novamente. Vai se casar com um major-general. O nome dele é Garuba e ele já tem três esposas. Ela não é burra, esta minha ex-mulher, casando-se com um militar logo agora que eles estão perdendo poder? Ela disse que as crianças vão me visitar nas férias. Acredito que o general vá pagar as despesas.

ME ESCREVA. Espero sua carta.

Com todo o respeito,

Dotun

P.S.: Quando me escrever, conte-me sobre as eleições presidenciais. Não tenho como me inteirar sobre o que realmente está acontecendo na Nigéria. Quero saber como estão as coisas.

Não senti raiva quando coloquei a segunda carta na trituradora. A vergonha que eu sentia não deixava espaço para mais nada, nem mesmo para a esperança. Eu não estava mais com raiva do meu irmão; já estava começando a compreender que toda aquela raiva tinha sido uma simulação. Algo que eu estava usando para me defender da vergonha. A raiva é mais cômoda do que a vergonha.

*

Foi Rotimi quem me salvou do desespero, foi ela que me ajudou a encontrar meu caminho de volta para a esperança. Voltei do trabalho uma noite, nas primeiras horas do dia seguinte, na verdade, eram quase duas da manhã quando entrei no meu quarto e encontrei Rotimi dormindo no berço. No início pensei que Yejide tivesse voltado para o nosso quarto, então bati na porta do banheiro, abrindo-a devagar quando não houve resposta, mas ela não estava lá.

Fui até o corredor, entreabri a porta do novo quarto de Yejide e senti um certo alívio quando vi que ela estava lá, adormecida na cama. Voltei para o meu quarto, perguntando-me qual seria a mensagem que Yejide estava tentando passar ao colocar o berço de Rotimi de volta no quarto que antes era nosso. Mas não tinha mais energia para pensar a respeito. Me despi, fiquei apenas de cueca, deitei na cama e adormeci.

Rotimi me acordou às cinco da manhã. Permaneci na cama, sem me surpreender com seu choro, mas esperando que parasse sem a minha intervenção, como sempre tinha acontecido antes. Os berros continuaram, cada vez mais irritados e mais altos, até eu ter dificuldade de acreditar que pudesse vir de uma coisa tão pequena. Eu me levantei, me perguntando o que fazer com ela depois que a peguei. Meu primeiro instinto foi levá-la para Yejide, mas não precisei fazer isso. Rotimi parou de chorar assim que a peguei no colo.

Ela estava quieta, mas tensa, respirando pela boca, golpeando o ar, piscando rápido. Depois que ela se acalmou, fechou a boca e pousou a cabeça contra meu peito. Decidi colocá-la de volta no berço. Mas ela começou a berrar assim que deixou meus braços. Eu a peguei novamente e ela se calou. Ela berrava quando eu tentava colocá-la na cama, quando me sentava, quando me deitava com ela sobre meu peito. Levei um tempo para descobrir o que ela queria: ficar nos meus braços enquanto eu ficava de pé. Ela demorou uma hora para voltar a dormir. Aninhada contra mim, não fazia muito, apenas bocejava e observava meu rosto. Depois que ela adormeceu, não a coloquei de volta no berço: havia algo reconfortante em seu peso e no calor de sua respiração contra meu peito. Fazia tempo que eu não ficava tão perto de outro ser humano. Eu me encostei contra a parede e a segurei em meus braços até que, por volta das sete, Yejide entrou no quarto, tirou-a de mim sem dizer uma palavra e saiu.

Naquele dia, cheguei em casa por volta das nove da noite. Era a primeira vez que eu chegava em casa antes da meia-noite desde que recebera a carta de Dotun. Yejide estava no meu quarto com Rotimi. Quando entrei, ela se levantou e me entregou a menina.

— Se ela chorar antes das onze, dê-lhe um pouco de água. — Ela apontou para a mesa de cabeceira, onde tinha colocado duas garrafas térmicas e algumas mamadeiras. — Ou um pouco de papinha, ela gosta de papinha com leite. Há fraldas na bolsa no chão.

Coloquei minha pasta no chão para poder segurar Rotimi com as duas mãos, surpreso por sua mãe estar me dirigindo a palavra.

— Não venha me perturbar. Quero dormir. Venho buscá-la pela manhã — disse Yejide ao sair do quarto.

E então, desse dia em diante, passei a aguardar ansiosamente a hora de ir para casa. Yejide não se preocupou em explicar o número cada vez maior de coisas de bebê que ela deixava em meu quarto, apenas me entregava Rotimi assim que eu entrava pela porta.

Todas as manhãs, Rotimi me acordava às cinco. Seu choro era tão pontual quanto um relógio. Eu me encostava contra uma parede e a segurava no colo por cerca de uma hora. Todos os dias, eu observava seu rosto, olhava em seus olhos e sentia algo parecido com fé, sabendo já naqueles momentos que ela viveria, que ela ficaria. Rotimi não era uma criança brincalhona; já havia algo de sério na forma como ela erguia o queixo. Raramente balbuciava. No início, nossas horas matinais eram silenciosas, contanto que eu não tentasse me sentar nem a colocar de volta no berço. E então, certa manhã, ela olhou para mim, com o punho embaixo do queixo, como se estivesse ponderando o que estava prestes a dizer, e disse "Papá". Ela repetiu essa palavra mais duas vezes antes de voltar a dormir, como se soubesse que eu precisava ouvi-la novamente. Cada vez que ela dizia isso, era como uma absolvição. Essa simples palavra aliviava um pouco o peso esmagador das cartas de Dotun e de todos os meus erros.

Era como se ela tivesse me dado um presente, algo quase divino, que aconteceu no momento perfeito. Ela me escolheu como pai. Sim, era apenas uma criança que não sabia nada sobre o funcionamento do mundo. Mas, ainda assim, me escolheu como pai. Eu me senti compelido a dar-lhe algo em troca, a forjar uma conexão que duraria enquanto vivêssemos. Comecei a sussurrar histórias para ela, as fábulas que Moomi costumava contar a Dotun, a Arinola e a mim.

Eu não tinha nenhuma favorita, mas havia uma que ainda me lembro de contar a Rotimi muitas vezes. Moomi sempre começava uma história com um ditado. Para esta, sempre dizia: *Olomo lo l'aye* — aquele que tem filhos é dono do mundo.

No tempo de Sempre, quando a maioria dos animais andava em pé e os humanos ainda tinham os olhos nos joelhos, Ijapa, a tartaruga, tinha uma esposa chamada Iyannibo.

Eles se amavam muito e viviam felizes juntos. Tinham apenas um ao outro — não tinham filhos, nem mesmo um único filho. Passaram muitos anos implorando a Eledumare por um filho, mas nenhum veio. Iyannibo chorava todos os dias. Todos os dias, as pessoas a ridicularizavam aonde quer que fosse, apontando e rindo pelas suas costas no mercado.

Iyannibo queria um filho mais do que qualquer outra coisa, mais do que a própria vida. Então, um dia, Ijapa se cansou de ver a esposa chorando e partiu para uma terra distante onde havia um poderoso Babalaô. Ele teve que atravessar sete montanhas e sete rios para chegar a essa terra distante. Era um longo caminho, mas Ijapa não se importou. Aquele Babalaô era o mais poderoso do mundo na época. Ijapa tinha certeza de que, se houvesse uma solução sob o céu, ele a encontraria com o Babalaô.

Quando chegou ao Babalaô, Ijapa implorou por ajuda. O Babalaô preparou uma refeição. Colocou-a em uma calabaça e pediu a Ijapa que a levasse para sua esposa. O Babalaô garantiu a Ijapa que, depois que a comesse, sua esposa engravidaria. Ele avisou Ijapa para não provar a comida nem abrir a calabaça antes de chegar em casa. Ijapa agradeceu o Babalaô e partiu com a refeição.

A caminho de casa, Ijapa teve que atravessar as sete montanhas e os sete rios novamente. A refeição tinha um cheiro delicioso, o sol estava quente e ele estava cansado. Depois da terceira montanha, ele parou ao lado do terceiro rio para descansar e beber um pouco de água. Não havia nada para comer, nem árvores frutíferas, nem ervas. Ijapa estava faminto.

Ijapa decidiu dar uma olhada na comida, apenas uma espiada. Não tinha intenção de comer nada; ia apenas olhar. Abriu a calabaça e viu que era *asaro*. E era um *asaro* muito apetitoso; além do purê de inhame e do óleo de palma, havia peixe, carne, verduras e lagosta.

Ijapa ficou tentado. Seu estômago roncou muito alto. Mas pensou nos braços vazios da mulher e fechou a calabaça. Ele continuou sua jornada. O sol ficou mais quente, ele ficou com mais fome e ainda mais cansado. Então parou após a quinta montanha, ao lado do quinto rio, para descansar.

Ijapa pensou: vou apenas tocar a comida com um dedo e sentir a consistência do óleo de palma. Dessa forma poderei saber se o Babalaô usou óleo de palma de boa qualidade. Não quero que Iyannibo coma nada que lhe faça mal.

Ijapa tocou o *asaro* com um dedo. Apenas para ver a qualidade do óleo de palma. Ele esfregou o óleo entre as mãos. A consistência parecia boa, ele disse a si mesmo, mas mesmo assim pode não ter um gosto bom. Então pegou um pouco mais e provou. Imediatamente, seu estômago começou a rugir como um trovão e ele devorou a refeição em poucos minutos. Depois que aquele sabor atravessou a barreira de sua boca, não conseguiu resistir nem se conter mais. Estalou os lábios depois da refeição e lavou as mãos no córrego.

Ijapa caiu imediatamente em um sono profundo.

Quando acordou, tinham se passado três dias, mas ele não sabia disso. Tinha a sensação de ter dormido por apenas uma hora. Ele decidiu que voltaria à casa do Babalaô. Vou falar a ele que o *asaro* caiu e se espalhou pelo chão, disse Ijapa a si mesmo. É um homem bom, tenho certeza de que vai preparar outro para mim.

Ijapa tentou se levantar e se deu conta de que precisava fazer um grande esforço. Olhou para baixo e viu que sua barriga estava enorme. Na verdade, estava tão grande quanto a de uma mulher grávida de nove meses.

O mais rápido que pôde, correu de volta pelas cinco montanhas e quatro rios que tinha atravessado. Quando chegou à casa do Babalaô, começou a cantar:

Babalawo mo wa bebe	Babalaô, eu vim implorar a você
Alugbirin	
Babalawo mo wa bebe	Babalaô, eu vim implorar a você
Alugbirin	
Oni n mama f'owo b'enu	Você me disse para não colocar a mão na boca
Alugbirin	
Oni n mama f'ese b'enu	Você me disse para não colocar os pés na boca

Alugbirin
Ogun to se fun mi l'ekan   O remédio que você fez para mim
                             da outra vez

Alugbirin
Mo f'owo b'obe mo fi b'enu   Eu o toquei e coloquei a mão na boca

Alugbirin
Mo wa b'oju w'okun   Então olhei para a minha barriga
O ri tandi   E ela estava grande
Alugbirin

Rotimi sempre adormecia antes de eu terminar a música, então eu parava de contar a história. Nunca começava com o ditado *Olomo lo l'aye* de Moomi. Houve uma época em que eu acreditava nela, que eu aceitava — como a tartaruga e sua esposa — que não era possível viver neste mundo sem ter uma descendência. Eu achava que ter filhos que me chamassem de papai mudaria a forma do meu mundo, me purificaria, até mesmo apagaria a lembrança de empurrar Funmi escada abaixo. Embora eu tenha contado a história a Rotimi muitas vezes, não acreditava mais que ter um filho fosse a mesma coisa que possuir o mundo.

36

Embora um raio de fato tenha caído no mesmo local duas vezes, não pensei que deixaria destruição em seu rastro pela segunda vez. Pouco depois de seu primeiro aniversário, levei Rotimi para fazer o teste de genótipo, e meus piores temores foram confirmados quando, na volta do trabalho alguns dias depois, peguei os resultados. Mas eu estava calmo quando cheguei em casa, tinha certeza de que minha filha sobreviveria, apesar dos dois SS vermelhos na folha do laudo. Ainda não sei explicar de onde vinha essa certeza, mas ela estava lá, firme como o chão no qual eu pisava. Yejide cobriu os olhos com as mãos quando eu lhe disse o resultado — mas, fora isso, não esboçou nenhuma reação à notícia. E quando Rotimi teve sua primeira crise de anemia falciforme, ela se recusou a ficar com ela no hospital.

— Eu? Eu deveria passar a noite com ela? Akin, estou exausta, completamente exausta — disse Yejide antes de sair da enfermaria onde Rotimi se recuperava. — Preciso descansar.

Eu me culpava pela maneira como ela falava, como se tivessem lhe arrancado toda a possibilidade de experimentar alegria. Observei-a saindo da enfermaria, perguntando-me se ela precisava apenas de uma boa noite de sono ou se o cansaço se transformara em uma exaustão permanente.

Depois de cerca de duas horas, tive permissão para ficar com Rotimi. Ela parecia tão pequena, fora do lugar naquela cama de hospital. Estava com um acesso venoso. Eu me perguntei se era o suficiente, se os médicos sabiam o que estavam fazendo, usando um único acesso venoso para combater algo que já nos tirara um filho. Sentei-me em uma cadeira ao lado do leito, mantendo as mãos na borda do colchão, com medo de tocá-la.

— Mamãe? — disse ela depois de um tempo, levantando a mão livre. — Mamãe *mi*?

Eu limpei a garganta e olhei para a cabeceira da cama.

— Sua mãe está cansada, ela está dormindo.

Eu não consegui olhar para seus grandes olhos castanhos enquanto mentia. Mesmo ali, com os olhos colados na cabeceira da cama, mentir me parecia errado, algo pelo qual eu precisava ser perdoado, perdoado por uma criança cujo rosto era uma versão em miniatura do rosto de Yejide. Tanto que olhar para ela era como ver Yejide através de uma lente de miniaturização. Todas as características do rosto de Rotimi pertenciam a Yejide, exceto o nariz. Seu nariz já era plano e largo, exatamente como o meu. Eu apreciava quando as pessoas percebiam isso, quando diziam: *Esta menina tem o nariz do pai.* O nariz do pai.

Depois, naquela noite, um médico e alguns estudantes munidos de pranchetas apareceram para ver como Rotimi estava. Quando era pequeno, eu sonhava ser médico, antes de minha mão direita ser longa o suficiente para tocar minha orelha esquerda, antes de eu ter idade para começar a escola. Era uma época em que eu não sabia que havia outras profissões, quando achava que era a única coisa que as pessoas que frequentavam a escola poderiam se tornar.

Depois que os outros foram ver outro paciente, um dos estudantes falou comigo baixinho.

— Senhor, estou realizando uma pesquisa sobre anemia falciforme. Para ajudar no aconselhamento pré-conjugal. Eu ficaria feliz se pudesse preencher...

Eu assenti com a cabeça como um agamá enlouquecido, peguei o questionário que ele me entregou, ansioso para me livrar dele. Eu me perguntei quantos questionários Yejide teria preenchido nos dias que havia passado no hospital com Sesan. As perguntas estavam espremidas em uma única página, como se o estudante estivesse tentando poupar dinheiro em fotocópias; só a tentativa de ler as palavras me deu dor de cabeça.

— Papai *mi*.

— Sim, querida. O que foi?

Fiquei grato por aquela distração e deixei de lado o questionário.

— Mamãe *mi*? — perguntou ela, a voz quase inaudível.

Ela respirou fundo, como se dizer aquela única palavra tivesse exigindo todas as suas forças.

Segurei sua mão, olhando em seus olhos desta vez.

— Sua mãe vai chegar logo, daqui a pouco, mas, enquanto esperamos, vou contar uma história. É sobre Ijapa, a tartaruga, e sua esposa Iyannibo.

Eu repeti o começo da história, sobre o casal estéril e as tentativas frustradas de ter um filho. Descrevi a visita de Ijapa ao Babalaô, o pote de ensopado ao qual ele não conseguiu resistir, seu retorno envergonhado ao

Babalaô depois de ter arruinado sua única solução com as próprias mãos. Rotimi ainda estava acordada quando terminei a canção, então continuei a história.

Quando Ijapa voltou ao Babalaô, ele pediu e suplicou. Rolou pelo chão, implorando perdão, clamando por outra chance.

— Não, não posso ajudá-lo — disse o Babalaô.

— Ajude-me, não por mim. Pense em Iyannibo, minha esposa. Ajude-me, não, na verdade, ajude minha pobre esposa, ajude-a.

O Babalaô pensou na pobre Iyannibo. E, embora Ijapa tivesse feito algo terrível, tivesse desobedecido suas instruções, em nome da pobre Iyannibo, o Babalaô teve piedade dele. Ele deu a Ijapa uma poção para beber. Logo depois que Ijapa bebeu a poção, sua barriga ficou plana novamente.

A história que Moomi me contava não terminava por aí. Aparentemente, a tartaruga e sua esposa não podiam continuar sendo apenas o Sr. e a Sra. Tartaruga, isso não era suficiente. A história continua até que a esposa da tartaruga tem um filho para que todos pudessem viver felizes para sempre. Eu não me dei ao trabalho de contar essa parte à minha filha. Era a mentira na qual eu acreditava no começo. Yejide teria um filho e nós seríamos felizes para sempre. O custo não importava. Não importava quantos rios tivéssemos que atravessar. No fim de tudo havia uma grande extensão de felicidade que começaria apenas depois que tivéssemos filhos, nem um minuto antes.

Daquela primeira vez, Rotimi passou uma semana no hospital. Eu consegui tirar apenas dois dias de folga para ficar com ela, mas passava as noites no hospital, dormindo na cadeira de madeira em frente à enfermaria, sonhando novamente, pela primeira vez em anos, com Funmi.

Ela não saía da minha cabeça desde que Rotimi tinha sido diagnosticada. Era impossível não me perguntar se as mortes de Olamide e Sesan não teriam sido uma forma de punição. Se em alguma balança de justiça universal, por algum tortuoso processo de carma ou *esan*, meus filhos tinham pagado o preço pelo meu pecado. Sempre que eu acordava dos pesadelos que tinha com Funmi, não conseguia deixar de me perguntar se os sonhos eram um presságio sobre o destino de Rotimi, se três filhos equivaliam a um adulto na balança universal da justiça.

Esses pensamentos nunca duravam além das horas escuras antes do amanhecer. Quando o sol nascia e eu entrava para ver minha filha, conseguia afastá-los. Aquela criança ia sobreviver a cada crise, seria a exceção a todas as regras — viva —, eu tinha certeza disso. Se realmente houvesse uma mão universal dispensando justiça, ela teria me levado em vez de crianças inocentes.

Além disso, eu nunca tive a intenção de matar Funmi.

Na noite em que ela morreu, a noite da cerimônia do nome de Olamide, tudo o que queria era chegar ao meu quarto sem tropeçar na escada. Graças às garrafas de cerveja que eu tinha entornado, os degraus flutuavam diante dos meus olhos. Eu me agarrei ao corrimão enquanto subia. Funmi, subindo logo atrás de mim, disse enrolando a língua:

— Então, como Yejide engravidou?

Eu não tive que pensar antes de responder:

— Da mesma maneira que todas as mulheres ficam grávidas.

Funmi riu.

— Você acha que sou idiota? Com as mentiras e os disparates que você faz na cama, acha que não sei? Foi porque eu decidi não expor você?

Continuei subindo as escadas. Se eu estava bêbado demais para responder ou achava que meu silêncio seria interpretado de uma forma favorável, não sei mais dizer com certeza.

Lembro-me de que Funmi pegou a perna de minha calça por trás, mas isso não me incomodou.

— Me diga — falou ela. — Me diga como um pênis que nunca ficou duro pode deixar uma mulher grávida? E não me diga de novo que só acontece quando você está comigo. Eu não acredito mais nisso.

Nunca tive certeza se Funmi sussurrou ou gritou aquelas palavras. Mas naquela noite soou como se ela as tivesse berrado, como se ecoassem por cada cômodo da casa. Ela já tinha soltado minha calça quando me virei para cobrir sua boca com a mão. E minha palma tocou seu rosto, cobriu sua boca por um breve momento antes de ela tropeçar, cair para trás e rolar escada abaixo.

*

Quando finalmente mandou me chamar, Moomi não me pediu para encontrá-la em casa. Ela me pediu para ir até sua tenda no mercado. Foi um insulto calculado. Um movimento com o intuito de me lembrar que ela nunca havia colocado os pés na loja que comprei para ela depois que Dotun deixou o país.

Moomi sempre reclamou do mercado. Ela detestava o chão, que ficava escorregadio e lamacento durante a estação chuvosa, duro e poeirento na estação seca. Desprezava as mulheres do mercado que despejavam o lixo direto na rua. Odiava a algazarra permanente, o calor insuportável de várias pessoas se espremendo umas contra as outras, tentando passar pelas ruas estreitas. Detestava como todos os dias a mão, a bolsa ou a bunda grande de alguém derrubava suas mercadorias. Que pés apressados esmagassem seus tomates e pimentas antes que pudesse recolhê-los e colocá-los de volta na bandeja. Acima de tudo, porém, odiava o fedor — nunca parava de senti-lo. Suas narinas nunca se adaptaram ao odor desagradável de tantas coisas em decomposição em um único espaço.

Durante toda a sua vida, mesmo quando era apenas uma jovem noiva cujo marido se recusou a lhe dar o dinheiro para uma barraca de madeira, Moomi sempre acreditou que seu lugar na vida valia mais do que uma barraca no mercado. No fundo do coração, sabia que seu lugar era com as mulheres que podiam vender suas mercadorias em uma loja, protegidas do maldito calor do mercado. Foi por isso que comprei para ela a maior loja na parte mais cara do mercado. Mas, quando a visitei em Ayeso para entregar--lhe as chaves, ela as jogou de volta em cima de mim.

Quando apareci em sua tenda, ela agiu como se não me conhecesse, recusando-se a me cumprimentar. Fiquei sentado em um banco de madeira durante meia hora enquanto ela atendia aos clientes.

Soube que ela estava pronta para falar comigo quando colocou um pedaço de nylon transparente sobre as bandejas de tomate e pimenta. Ela se sentou no banco de madeira, tão distante de mim quanto era possível sem se sentar no ar. Cumprimentou-me com as únicas palavras que se dignou a me dirigir desde que me dissera para cortar suas pernas se um dia ela pusesse os pés em minha casa novamente.

— Onde está o meu filho? Quando Dotun vai voltar para casa?

Embora tivesse dito a ela que Dotun estava são e salvo na Austrália, onde ia muito bem, se suas cartas fossem sinceras, ela continuava a se comportar como se eu o tivesse trancado em um porão apenas para tornar sua vida miserável. Eu tinha aprendido da pior forma que não havia uma maneira satisfatória de responder a suas perguntas. Todas as respostas que eu tentava serviam apenas para alimentar as chamas de sua raiva. Ignorar suas perguntas era o melhor a fazer, o mais fácil.

— Por que você não me disse para ir até sua casa? Sobre o que podemos falar no mercado?

— Por quê? Akin me pergunta por quê. Deixe-me dizer por quê: eu tenho que vir aqui para vender meus produtos porque não quero comer grama e areia. Você sabe que é isso que as pessoas comem quando não têm dinheiro. Agradeço a Deus por sua irmã. — Ela ergueu o rosto para o céu. — Meu Criador, agradeço por Arinola, ela sempre se lembra da pobre e velha mãe. Se eu tivesse dado à luz apenas Dotun e este aqui, agora estaria fervendo areia para o café da manhã.

Suspirei.

— Moomi, foi para isso que você me chamou aqui?

— E se fosse? Se fosse para isso que o chamei aqui, ia me dar as costas? Não me surpreenderia se fizesse isso. Minhas palavras não significam mais nada para você.

— Moomi, o que você quer?

Ela cruzou os braços sobre o peito.

— Você pode fazer a mágica que quiser, continuar me enganando. Você é filho do seu pai, e também é capaz de contar mentiras suficientes para ressuscitar os mortos.

— Por que queria me ver?

— Por que você está gritando? É assim que fala com sua mãe? Como uma criança sem educação?

Eu respirei fundo.

— Sinto muito, *Ma*. Não fique aborrecida, por favor.

— Como está a sua mulher?

— Bem.

— Ela nem ao menos me enviou seus cumprimentos? Então é assim que as coisas vão ser agora? Você sabia que faz mais de um ano que ela não vem me visitar? E vivemos na mesma cidade, na mesma cidade.

— Ela tem estado ocupada com o trabalho. Ela também não quer comer grama e areia.

— Você se acha engraçado, *abi*? Enfim, Arinola me contou que Rotimi foi internada no hospital. Como ela está agora, fisicamente?

— Já recebeu alta.

— Hummm, que Deus a proteja.

Ela disse essas palavras sem emoção, como se estivesse rezando por alguém que não conhecia ou que lhe era indiferente.

Observei as pessoas que passavam para não ter que olhar para ela.

— Amém.

Ela fungou, em seguida suspirou. Eu sabia que, o que quer que ela fosse dizer, eu não ia gostar. Já conhecia bem aquela sequência de fungada e suspiro, era uma tática antiquíssima, que ela usava para se fortalecer quando estava prestes a fazer um pedido que eu relutaria em aceitar.

— Por que você está desviando o olhar? — perguntou ela. — Olhe para mim, olhe para o meu rosto. A razão pela qual pedi que você viesse me ver, muito embora, até onde eu sei, você poderia ter matado meu filho... — Ela fungou. — Ainda assim, se o mundo souber como sua vida está começando a parecer a vida de uma pessoa insana, as pessoas vão dizer que é a vida do filho de Amope que está se desfazendo como um trapo velho. Então não posso ficar calada, mesmo que você diga que meu hálito fede. Vou dizer o que acho. Está me ouvindo?

— Estou ouvindo, *Ma*.

— Como você deve ter percebido, parece que sua mulher está destinada a ter filhos *abiku*. E você, rapazinho, não revire os olhos enquanto falo, achou que eu não ia ver? Acha que fiquei cega? — Ela deu um tapa no dorso da minha mão. — Mesmo que viva mil anos, você nunca terá idade suficiente para me olhar desse jeito. Ainda mais quando tudo o que digo é para o seu bem! Quando tudo que fiz por você desde que nasceu foi para o seu bem!

— Moomi, o que você quer de mim agora? Por favor, termine de uma vez o que ia dizer.

— Há uma garota, talvez você a conheça. — Ela balançou a cabeça. — Não, ela não é da sua idade, não pode conhecê-la. Acabou de terminar a escola. É uma boa moça, seus olhos ainda não estão abertos, você sabe, como essas garotas de hoje em dia.

— E?

Eu podia sentir um latejar na testa, como o começo de uma enxaqueca.

— Deus faz o que lhe apraz... quem sabe, talvez essa garota possa gerar filhos para você, filhos que viverão. Não estou dizendo que Yejide seja uma má pessoa, mas não podemos lutar contra o destino. E a forma como as coisas aconteceram desde que você se casou com Yejide, não creio que ela esteja destinada a ter filhos neste mundo. Ela se esforçou muito, mesmo uma pessoa cega pode ver o quanto ela se esforçou. Mas são poucos os que conseguem vencer uma luta contra o destino. Já vivi tempo suficiente para saber disso.

— Você quer que eu me case com essa garota que encontrou?

Eu lhe dei as costas. Do outro lado da rua, um homem estava colando cartazes de campanha eleitoral em um poste de luz.

— Não quer ter filhos nesta vida? O que vai fazer se Rotimi morrer?

— Rotimi vai viver.

Eu não estava tentando convencê-la. Realmente acreditava naquilo, como um fato. O sol nasce no leste, quatro mais quatro é igual a oito, minha Rotimi ia viver.

— Veja bem, mesmo que Rotimi viva, apenas um filho? Em toda a sua vida, um único filho?

— Você quer que eu tome outra esposa, de novo?

O homem do outro lado da rua se afastou do poste, examinou o cartaz verde, assentiu, em seguida passou para o próximo poste. O cartaz que ele colava era verde e branco, e, de onde eu estava, pude ler "Esperança 93".

— Não à força. Se não quiser se casar com ela, podemos pensar em algo. Basta engravidá-la. — Ela bateu o dorso de uma das mãos na palma da outra. — A sabedoria não pode ter se tornado tão escassa neste mundo a ponto de termos que viajar para o céu para encontrar a outra esposa.

— *Lai lai*, Moomi. Jamais.

— Não se apresse tanto em recusar. Eu sei que você está pensando no que aconteceu com Funmi, mas...

Quando ela mencionou o nome de Funmi, parei de ouvir suas palavras. Via apenas sua boca se movendo.

Ela bateu no meu ombro.

— Akin? Está me ouvindo? Não vai dizer nada?

Coloquei a mão na testa, batendo os pés em sintonia com o ritmo latejante em minha cabeça.

— Moomi, você fala como se já não tivesse destruído minha vida o suficiente.

Ela ficou boquiaberta.

— Akinyele, que bobagem é essa que está dizendo?

— Não se meta mais nesse assunto, *ema da soro mi mo*, está me ouvindo?

— Você ficou louco? O que foi que eu disse que...?

Eu me levantei.

— Não me chame para ter esse tipo de discussão novamente. Nunca mais. *Lai lai.*

— Eu? *Abi*, você não sabe com quem está falando, *ni*? Akin? Akinyele? *Abi*, está indo embora, Akin? Volte aqui. Akin, ainda estou falando com você. Não está me ouvindo chamar? Akinyele!

Não olhei para trás.

37

Nas poucas vezes que meu pai falava sobre seu amor por minha mãe, terminava sempre dizendo: *Yejide, oro ifé bi adanwo ni.* Ele dizia essa frase como se fosse a única parte de tudo o que tinha dito que valia a pena lembrar. Eu tinha a impressão de que ele a considerava a lição que havia aprendido com a vida e a morte de minha mãe, a sabedoria que deveria me transmitir: *Yejide, o amor é uma prova.* Eu nunca entendi exatamente qual era o significado dessa frase. Nunca me dei o trabalho de perguntar a ele porque suspeitava que sua explicação envolveria as usuais descrições sobre o quanto minha mãe havia sofrido por minha causa. Na adolescência eu já era capaz de ignorar suas horríveis descrições sobre quanto sangue ela havia perdido, mas nunca superei a maneira como ele me olhava quando falava sobre a morte dela, como se estivesse me avaliando, tentando decidir se eu valia aquilo que ele tinha perdido.

Ao longo dos anos, eu ouviria aquela frase muitas vezes de outras pessoas sem saber ao certo o que queriam dizer. Então, o amor é uma prova: mas em que sentido? Com que finalidade? E quem se submete à prova? Mas acho que eu realmente acreditava que o amor tinha o imenso poder de trazer à luz tudo o que havia de bom em nós, de nos aprimorar e nos revelar a melhor versão de nós mesmos. E, embora eu soubesse que Akin tinha me enganado, durante um tempo continuei a acreditar que ele me amava e que a única coisa que faltava era que fizesse a coisa certa, o que era justo. Eu achava que era apenas uma questão de tempo para ele me olhar nos olhos e me pedir desculpas.

Então, esperei que ele viesse até mim.

Quando Dotun entrou em nosso quarto logo depois que Sesan foi diagnosticado com anemia falciforme e me disse que sentia muito por Akin não ter encontrado uma solução para sua impotência, ficou óbvio que ele achava que eu já sabia que metade das viagens de Akin a Lagos era para se consultar com o urologista no Hospital Universitário. A verdade era que eu não sabia nada sobre o urologista, sobre as medicações prescritas ou sobre os procedimentos a que Akin havia se submetido. Mas naquela noite — porque, quando a vida zomba de nós, devemos rir também e fingir que estamos entrando na brincadeira —, assenti para Dotun e tentei agir como se tivesse sido inteligente o bastante para enxergar tudo sozinha. Mas ficou óbvio antes de ele sair do nosso quarto que Dotun também tinha percebido que meu casamento havia sido construído em cima de uma mentira.

Apesar de tudo isso, eu estava convencida de que Akin me amava. E como o amor deveria ser a prova que trazia à tona o melhor de nós, eu disse a mim mesma que em breve meu marido viria até mim para se explicar. Canalizei toda a minha energia em manter meu filho vivo, mas o tempo todo eu estava esperando que Akin viesse até mim.

Depois que me pegou na cama com seu irmão, tive certeza de que Akin ia me confrontar, me pedir desculpas, compartilhar comigo todo o sofrimento que tinha conseguido ocultar e me implorar para ficar com ele. Era difícil aceitar a ideia de que ele pretendia manter aquela mentira pelo resto de nossas vidas. Mesmo depois que saí do nosso quarto e parei de falar com ele, tive certeza de que sabia quem ele realmente era e acreditava que aquele homem ainda estava lá por baixo de toda a mentira e de todo o fingimento. O homem que eu achava que conhecia não era o tipo de pessoa que me deixaria ir para o túmulo enquanto continuava a me enganar.

Em algum momento nas semanas que antecederam a primeira crise de anemia falciforme de Rotimi, aceitei finalmente que Akin teria passado o resto de nossa vida mentindo para mim se houvesse encontrado uma maneira de se safar. Enquanto dirigia para casa do Wesley Guild Hospital depois que Rotimi foi internada pela primeira vez, me perguntei como Akin podia ter me pedido para ficar com ela na enfermaria. Ele não via que eu estava cansada de todos aqueles médicos que ofereciam apenas más notícias, boas notícias, silêncios sombrios, garantias e uma mão no ombro para dar outras boas notícias, más notícias? De Olamide e Sesan até Rotimi, eu tinha me equilibrado à beira de um precipício, e agora estava tão exausta que queria apenas me deixar cair.

Quando ela recebeu alta e eles voltaram para casa juntos, eu via Akin com outros olhos. Não o enxergava mais como alguém que tinha mudado, mas como um homem que nunca conheci. Eu duvidava do amor do qual um dia tivera tanta certeza e concluí que ele tinha se casado comigo porque achava que seria fácil me enganar.

Uma semana antes das eleições presidenciais, decidi que era hora de confrontá-lo. Ele estava com Rotimi na sala de estar, assistindo ao debate entre os dois candidatos na televisão. Não vi motivo para esperar até o fim do debate para iniciar a conversa; afinal, eu tinha passado quase três anos esperando que ele viesse até mim. No fundo, sentia que precisava atacar quando ele menos esperasse, para não lhe dar espaço para inventar mentiras. Sentei-me em uma poltrona bem diante dele porque dali o veria bem. Eu queria observar as emoções surgindo em seu rosto e julgar sua reação à minha emboscada.

— Então, Akin, é verdade que você não pode... que você não pode... Que você é impotente?

Eu queria poder dizer que ele me respeitava o suficiente para responder à minha pergunta de forma direta quando finalmente o confrontei. Ele sorriu e recostou-se na cadeira até ficar olhando para o teto. Não disse nada por muito tempo.

Esperei, assistindo enquanto Rotimi subia em seu colo. Na televisão, o moderador estava falando sobre o impacto na sociedade nigeriana da política de ajustes estruturais do FMI.

— Quando Dotun disse isso a você? — perguntou ele por fim, puxando Rotimi para mais perto de si.

— Um pouco antes de me contar que você pediu a ele para me seduzir.

Não havia calor em nossas palavras — nenhuma paixão, nenhum ardor. Era como se estivéssemos falando da chuva que havia caído durante toda a manhã. Enquanto Akin cruzava e descruzava as pernas, pensei no caminho que tínhamos percorrido até ali, até estarmos sentados um de frente para o outro em nossa sala de estar, discutindo pela primeira vez sua impotência sem demonstrar grandes emoções.

Pensei em Funmi. Lembrei-me de como Akin tinha certeza de que eu não estava grávida, mesmo antes de os médicos falarem em pseudociese.

Akin apertou o nariz.

— O que vai fazer agora?

Eu quase sorri. Ele não tinha mudado tanto assim. Era quase reconfortante ver que ainda evitava a verdade respondendo às minhas perguntas com outras perguntas.

— Você não respondeu minha pergunta — falei. — Akin, é verdade?

Ele cobriu o rosto com as mãos como se não suportasse meu olhar. Não me comovi porque estava consumida pelo desejo de ouvi-lo confessar.

— Akinyele, por que está cobrindo o rosto? Olhe para mim e responda minha pergunta.

Não senti piedade dele quando deslizou as mãos do rosto e as colocou ao redor do pescoço como se quisesse se estrangular. Como poderia? Afinal, ele tinha sido capaz de me olhar nos olhos, durante o primeiro ano de nosso casamento, e me dizer que cada pênis era diferente, que alguns ficavam duros, e outros nunca ficavam. Falava com desenvoltura, introduzindo isso na conversa de forma a soar como uma das coisas que os homens diziam às suas esposas virgens sobre sexo. Fiquei chocada com o fato de ele não precisar nem ao menos contar mentiras para me enganar.

— Yejide, por que quer que eu diga o que você já sabe?

O que eu sabia? Eu sabia que um dia estivera tão enredada em suas mentiras quanto ele, provavelmente mais do que ele — imaginava que ele, ao menos para si, admitisse a verdade. Eu não pude fazer isso até Dotun me dizer todas aquelas coisas. Akin deveria ser o amor da minha vida. Antes de ter filhos, era ele que me salvava de estar sozinha no mundo; eu não podia admitir que ele tivesse defeitos. Então mordia a língua quando minhas clientes falavam de sexo e deixava que ele segurasse minha mão quando dizia ao médico que nossa vida sexual era *absolutamente normal*. Eu dizia a mim mesma que respeitava meu marido. Me convenci de que me calar significava que eu era uma boa esposa. Mas as maiores mentiras são na maioria das vezes as que contamos a nós mesmos. Eu mordia a língua porque não queria fazer perguntas. Não fazia perguntas porque não queria saber as respostas. Era cômodo acreditar que meu marido era digno de confiança; às vezes, confiar é mais fácil do que duvidar.

— Sinto muito — disse ele, acariciando a cabeça de Rotimi.

Naquele momento, soube que ele não ia responder diretamente minha pergunta, nem mesmo se eu tivesse pressionado um machado contra seu pescoço.

— Você também enganou Funmi? — perguntei.

Ele balançou a cabeça.

— Ela não era como você.

Suspirei.

— Você quer dizer que ela não era idiota?

— Quero dizer apenas que ela não era virgem.

Eu não tinha mais nada para dizer a ele, então fiquei de pé e saí da sala. E ele não se preocupou nem ao menos em me pedir para manter segredo — já sabia que era o que eu ia fazer.

*

O clima de excitação pré-eleitoral que arrebatou o país me tomou mesmo contra a minha vontade. Nos dias que antecederam as eleições, eu me pegava cantarolando os jingles de campanha. Iya Bolu tinha me convencido a me registrar para votar. E, à medida que as eleições se aproximavam, fui tomada por uma insólita sensação de poder.

No sábado em que fomos votar, Iya Bolu chegou à nossa casa às sete da manhã. Ela não parava quieta e me pedia o tempo todo para me apressar a fim de chegarmos à mesa de voto antes das oito. Akin já tinha ido até Roundabout para votar: ele havia se registrado lá porque ficava perto de seu escritório. Por volta das oito e meia, amarrei Rotimi às costas e partimos.

Quando Iya Bolu e eu chegamos à mesa de votação, já havia centenas de pessoas lá. Depois de votar, nos sentamos à sombra de uma mangueira e falamos sobre o casamento da sua sobrinha enquanto esperávamos que os resultados fossem anunciados. A cerimônia seria dali a duas semanas, mas tínhamos planejado ir para Bauchi alguns dias antes do casamento. Iya Bolu queria estar por perto para ajudar a família de seu irmão com os preparativos.

Quando os resultados de nossa sessão eleitoral foram anunciados por um funcionário cujos óculos cobriram metade de seu rosto, houve uma rodada de aplausos e várias pessoas gritaram "Parabéns, Nigéria". Envolvida pela euforia do momento, apertei a mão de estranhos como se tivéssemos sobrevivido a uma longa e árdua jornada juntos.

*

No dia em que parti para Bauchi, coloquei em Rotimi um vestido roxo sem mangas enquanto Akin arrumava o carro. Ele estava de férias e tinha decidido passar alguns dias em Lagos. Eu não perguntei por quê — não queria saber. O vestido de Rotimi tinha sido comprado por ele, porque achava que eu ia fazer uma festa para comemorar o aniversário dela. Claro que não houve festa, mas Rotimi gostava do vestido e toda vez que o usava, passava as mãozinhas sobre o corpete de renda e sorria.

Naquela manhã, levei mais tempo do que de costume para vesti-la; estava irritada porque eu a acordara cedo para conseguirmos sair de casa antes das seis. Depois de convencê-la a vestir os sapatos, eu a sentei na penteadeira e apliquei pó compacto no rosto. Quando terminei, apliquei uma leve camada de talco em sua testa, e ela manteve o rosto completamente imóvel enquanto eu passava o pó sobre sua pele. Então me sentei em um banquinho e cobri meus lábios com batom rosa. Enquanto eu olhava no espelho para me certificar de que não tinha manchas de batom nos dentes, Rotimi inclinou-se para a frente e apertou o polegar contra o lábio superior. Observei enquanto ela levava a mão à boca, esperando que sugasse o polegar, mas em vez disso ela passou o dedo pelo lábio inferior, imitando a maneira como eu tinha passado batom.

— Você é esperta, não é? — falei.

Ela tocou minha boca para pegar um pouco de batom, seu dedo macio contra meu lábio inferior, a pressão tão leve quanto uma pena. Quando terminou de esfregar o polegar nos lábios, eu a coloquei no colo para que pudesse se olhar no espelho, mas ela mal olhou para si mesma. Virou-se até ficar de frente para mim, então inclinou a cabeça de um lado para o outro sob meu olhar, como se eu fosse o único espelho que importava.

— Você é a mais bela de todas — falei para uma criança a quem eu nunca havia contado histórias.

Histórias e canções me pareciam inúteis diante da doença contra a qual ela estava lutando, então eu não me dava o trabalho. Não queria contar histórias para ela, queria curá-la, queria salvá-la. E, enquanto ela apertava os lábios um contra o outro como eu tinha feito momentos antes, quis apertá-la contra mim até que de alguma forma ela voltasse para o meu útero, de onde poderia ressurgir com um novo genótipo, livre para sempre da ameaça constante da dor e da doença.

Foi só quando Rotimi soltou um gemido que eu percebi que estava apertando seus ombros, ofegante. Eu a soltei. Era por isso que não me permitia ficar sozinha com ela por muito tempo — por causa dos pensamentos que me empurravam para o precipício, um poço sem fundo no qual eu me precipitava agitando braços e pernas. Lutei contra o súbito desejo de apoiar a cabeça na penteadeira e chorar. Respirei fundo e arrumei o colar de ouro ao redor do pescoço da minha filha.

Levei Rotimi sentada em meus joelhos enquanto íamos de carro até o complexo onde havíamos morado para pegar Iya Bolu. Ela estava esperando na varanda com sua mala de viagem.

— Já viu sua antiga casa? — disse ela, enquanto se acomodava no carro.

— A nova família que se mudou para lá a destruiu. Está vendo como a tinta está descascando? Eles nem sequer se preocuparam em pintá-la novamente. E o homem, o homem é um cachorro excitado, vou lhe dizer.

Em seguida, Akin dirigiu até Omi Asoro para pegar Linda, sua secretária. Ela também estava indo para Lagos naquela manhã, e Akin tinha oferecido uma carona. Quando chegamos à casa de Linda, ela colocou a cabeça para fora de uma janela e disse que estaria pronta em cinco minutos. Enquanto esperávamos, Akin ligou o rádio, tentando achar uma estação que estivesse transmitindo o noticiário. Nove dias já passavam desde a eleição e o vencedor ainda não tinha sido anunciado.

— Está procurando atualizações sobre a questão eleitoral? — perguntou Iya Bolu a Akin. — É brincadeira, já faz quase duas semanas. E já é de novo segunda-feira. Como é possível que o tribunal tenha dado uma ordem para impedir a liberação dos resultados? Por quê?

— Não se preocupe com isso. O tribunal não tem nada a ver com essa questão, e esse juiz sabe muito bem disso; apenas o tribunal eleitoral tem jurisdição.

— *Abi*, esses soldados não querem deixar o poder, *ní*?

— Mas tenho certeza de que os militares ainda vão entregar o poder — disse Akin. — Já foi gasto muito dinheiro nessa transição. Vamos jogar tudo no ralo?

— Deus deveria ter piedade de nós — suspirou Iya Bolu. — *Abi*, nossos filhos vão crescer sob um governo militar?

Assim que Linda entrou no carro, comecei a espirrar. Era como se ela tivesse esvaziado dois vidros de qualquer que fosse o perfume que estivesse usando naquela manhã. Akin desligou o ar-condicionado e abaixou os vidros.

Quando chegamos ao terminal de ônibus, entreguei Rotimi a Linda.

— Você não vai levá-la? — perguntou Iya Bolu, fechando a porta do carro e arrumando a saia.

Balancei a cabeça e esperei que Akin abrisse o porta-malas. Ele pegou minha mala e nós duas o seguimos até a plataforma onde os ônibus estavam estacionados. No ônibus que ia para Bauchi já havia sete passageiros esperando.

Akin entregou minha bolsa ao motorista e em seguida deu a volta no veículo. Examinou os pneus e deu uma olhada no volante, nos pedais e na caixa de marchas. Sempre fazia isso quando eu ia embarcar em um ônibus. Eu achava isso divertido quando namorávamos, mas naquela manhã me perguntei quais seriam seus verdadeiros motivos. Agora via com suspeita todas as suas ações, mesmo as mais simples, imaginando se haveria alguma grande mentira por trás delas.

— Linda e eu estamos indo — disse ele enquanto eu embarcava no ônibus.

— Boa viagem — falei, chegando para o lado para que Iya Bolu pudesse se acomodar.

Akin e eu sempre éramos educados quando estávamos em público; às vezes, até fazíamos um esforço para parecer cordiais.

— Eu ligo para você à noite — disse ele. — Iya Bolu, você disse que tudo bem se eu ligar para a casa do seu irmão depois das sete?

— Sim, não há problema. Apenas diga à empregada com quem você quer falar.

— Tudo bem então, boa viagem.

38

— Sua esposa vai chegar mais tarde, senhor?

Os olhos do funcionário da recepção me julgavam incapaz de cuidar de Rotimi sem a assistência de uma mulher.

— Pode pedir ao serviço de quarto para levar uma garrafa de vinho para o nosso quarto? — pedi.

Eu tinha passado horas preso no trânsito depois de chegar a Lagos, por volta do meio-dia, e consegui chegar a tempo para a consulta com meu urologista no Hospital Universitário apenas para ser informado de que ele estava doente e só voltaria ao trabalho na quinta-feira. Eu não estava com a menor disposição de responder ao recepcionista.

Ele assentiu e pegou o telefone.

Quando chegamos ao quarto, troquei a fralda de Rotimi. Enquanto colocava a fralda suja de molho na pia do banheiro, lembrei-me de que tinha de perguntar a Yejide se já não era hora de desfraldá-la.

Eu não desci para jantar no restaurante; em vez disso, pedi arroz para comer no quarto. Rotimi não queria que eu lhe desse de comer. Tentava a todo custo tirar a colher das minhas mãos. Quando resolvi por fim me render, ela já havia jogado um pedaço de carne no chão com raiva. Depois que o serviço de quarto limpou a bagunça que Rotimi tinha feito, liguei a televisão e fiquei andando de um lado para o outro enquanto discutia com a TV sobre o que diabos estava acontecendo no país. Na cama, Rotimi ria, batendo palmas como se eu estivesse fazendo uma apresentação para ela. Depois de uma hora mudando de canal na esperança de um novo comunicado do governo militar sobre as eleições, desliguei o aparelho, me sentindo agitado.

Antes de Dotun perder o emprego, quando ia para Lagos eu me hospedava na sua casa em Surulere. Enquanto observava Rotimi arrancar o braço de sua boneca no quarto do hotel, desejei estar lá com ele, discordando sobre o estado atual do país. Eu sabia que ele teria justificado a recusa do governo militar em divulgar os resultados da eleição; ele era o tipo de idiota que anunciava para quem quisesse ouvir que os militares eram a melhor coisa que tinha acontecido à nação. Eu sentia falta dele.

Era impossível não pensar nele enquanto estava em Lagos. Tínhamos estudado juntos na Universidade de Lagos, dividindo um apartamento vizinho ao campus durante o meu último ano. Foi nessa época que eu disse a ele que nunca tinha tido uma ereção. No começo, ele riu, mas, ao perceber que eu estava falando sério, coçou a nuca e me disse para não me preocupar, porque ia acontecer quando eu conhecesse a garota certa. E como ele era Dotun, enquanto esperávamos que a mulher certa aparecesse, durante o dia ele fazia uma série de garotas desfilarem por nosso apartamento e à noite me arrastava para os distritos da luz vermelha na Allen Avenue. Era ele quem, mesmo depois de eu ter iniciado um tratamento em uma clínica privada em Ikeja durante meu último semestre na universidade, comprava ervas e bebidas milagrosas que me purgavam, mas não endureciam meu pênis. Graças a ele, devo ter assistido a todos os vídeos pornográficos disponíveis na Nigéria. Assisti a tudo: homens e mulheres, homens e homens, mulheres e mulheres — nada funcionou.

Enquanto pensava em meu irmão, pensei em ligar para sua mulher, Ajoke, para perguntar se poderia visitar seus filhos enquanto estivesse na cidade. Eu não pretendia responder à carta de Dotun, mas enquanto Rotimi puxava meu nariz e ria cada vez que eu gritava, eu não podia negar que lhe devia algo apesar de seu caso com Yejide.

Liguei para Bauchi, mas a empregada me disse que Iya Bolu e minha mulher já tinham ido dormir.

*

Na manhã de terça-feira, comprei o jornal e folheei as páginas à procura de notícias sobre quando os resultados das eleições seriam divulgados. As páginas estavam cheias de especulações fantasiosas, teorias as mais diversas e editoriais raivosos, mas continham pouca informação. Não havia nenhuma declaração do governo militar federal. Estava ficando cada vez mais claro que o falso embargo do tribunal que continuava a impedir a liberação dos resultados eleitorais servia a seus propósitos de algum modo. Os altos tribunais de Ibadan e Lagos já tinham emitido sentenças contrárias ordenando à comissão eleitoral nacional que liberasse o resto dos resultados. Eu não acreditava que o bizarro drama que estava sendo encenado indicasse que os militares pretendiam manter o poder por tempo indeterminado. Por algum motivo, achava que eles estivessem simplesmente tentando adiar a entrega do poder por alguns meses e que atrasavam a divulgação do resultado da eleição com esse propósito.

Lembro-me de pensar, ao dobrar o jornal, que a situação estaria resolvida dentro de algumas semanas, no máximo. Achava que os militares sabiam que tinham se tornado impopulares e que antes do fim do ano voltariam para os quartéis. Se alguém me dissesse, naquela manhã, que a Nigéria passaria mais seis anos sob ditadura militar, eu teria dado uma sonora gargalhada.

Depois do café da manhã, liguei novamente para Bauchi e falei com Iya Bolu. Ela elevou a voz quando me disse que Yejide estava no banheiro, me dando a impressão de que minha esposa estava ao seu lado, mas que simplesmente não queria falar comigo. Eu queria falar com ela. Achava que, como estava distante, talvez ela quisesse conversar, nem que fosse apenas para saber como Rotimi estava. Eu havia planejado dizer algo sobre o que tinha ido fazer em Lagos. Achava que estava pronto para discutir minha condição com ela e pensava que não ter que encará-la era uma vantagem, já que não poderia me dar as costas e me deixar falando sozinho. A pior coisa que ela poderia fazer era desligar na minha cara. Quando disse a Iya Bolu que voltaria a ligar mais tarde, senti que estava pronto para contar tudo a Yejide, até mesmo sobre minha visita desesperada a um herbalista tradicional.

Eu tinha ido até Ilara-Mokin para me consultar com Baba Suke durante um período que ainda considero um dos piores da minha vida. Na época, Yejide, ignorando todas as provas médicas contrárias, proclamava para o mundo que estava grávida.

Eu imaginava que todos os herbalistas fossem homens idosos. Mas Baba Suke era jovem; provavelmente na casa dos vinte anos. Ele me fez beber uma mistura de alcatrão e me cobrou cinco nairas.

Enquanto voltava de carro para Ilesa, senti um movimento logo acima da virilha. Estacionei à beira da estrada, perguntando-me se o lento remexer, a contração e o relaxamento dos músculos abdominais, significava que a poção estava fazendo efeito.

Foi repentino. E até o cheiro empestear o carro, eu não consegui acreditar. Não estava curado — estava apenas com uma diarreia como nunca tinha tido antes. Fiquei sentado, atordoado, enquanto as fezes aquosas ensopavam meu jeans e os carros passavam por mim. No mês seguinte, fui até Lagos para ver Dotun e não disse uma palavra sobre Baba Suke enquanto implorava que ele fosse até Ilesa e engravidasse Yejide.

Naquela tarde, quando liguei para Bauchi, a empregada disse que Iya Bolu e Yejide tinham saído. E quando, à noite, Iya Bolu me disse que Yejide estava mais uma vez no banheiro, eu disse a mim mesmo que o fato de ela ter ficado comigo depois de me confrontar significava algo. Embora ainda não estivesse me dirigindo a palavra e muitas vezes saísse da sala quando eu tentava falar com ela, estava feliz por ela ter ficado em nossa casa. Meu segredo fora revelado e nós ainda vivíamos sob o mesmo teto. Isso tinha que contar para algo. Quando voltássemos a Ilesa, eu tinha planos de chamá-la para conversar e perguntar se poderíamos começar de novo, do zero.

*

Na quarta-feira, acordei com o rumor da anulação das eleições presidenciais. Acho que, antes daquele dia, nunca tinha ouvido a palavra "anulação" sem ser em referência a um casamento. Definitivamente nunca ouvira um garçom de hotel usá-la antes disso. À noite, o rumor já tinha se tornado notícia e uma pequena multidão se reunira na rua para protestar sem cartazes e queimar pneus. Um homem ficou no meio da rua com os braços abertos como asas enquanto outros montavam barricadas com grandes galhos de árvore, pedaços de metal, pregos e garrafas quebradas.

Eu me afastei da janela e olhei para minha filha.

— Isso é impossível — falei —, impossível. Esses soldados devem estar de brincadeira. Quem eles pensam que são?

Ela imitou a palavra "impossível" e jogou o chocalho no ar.

Naquela noite, insisti em aguardar ao telefone até Yejide sair do banheiro no qual ela parecia estar vivendo desde que chegara a Bauchi.

— Então? — disse ela quando pegou o telefone.

— Você está bem? As pessoas aqui estão reagindo muito mal a essas notícias de anulação. As coisas estão calmas por aí?

— Sim.

— Eu só queria ter certeza de que você está bem. As pessoas estavam bloqueando as ruas em Ikeja hoje, parece que voltarão amanhã. Acho que não vou conseguir sair para a consulta com meu urologista amanhã.

Toquei o disco do telefone, esperando que ela percebesse que eu tinha mencionado o que estava fazendo em Lagos, desejando que desse um sinal de que tinha registrado minha última frase: um suspiro, uma pergunta, um assobio. Eu teria ficado feliz com qualquer reação.

— Ainda está aí? — perguntei depois de um tempo.

— Mais alguma coisa? — disse ela.

— Bem, Rotimi está bem, ela acabou de dormir.

— Boa noite.

Na manhã seguinte, acordei pouco antes das oito e fiquei surpreso ao descobrir que Rotimi ainda estava profundamente adormecida. Desde que tínhamos chegado a Lagos, ela me acordava beijando meu queixo enquanto tamborilava em minhas bochechas. Do lado de fora, uma multidão se reunia — gritando palavras de ordem e empunhando cartazes. Antes do meio-dia, havia milhares de pessoas na rua; o ar estava denso por causa da fumaça dos pneus incendiados. Seria inútil tentar chegar ao hospital.

Como Rotimi nem tocou o feijão que pedi para o almoço, pedi que me levassem no quarto um pouco arroz. Ela também não comeu. Quando ela saiu do meu colo e se deitou no chão, eu me ajoelhei ao seu lado, prometendo sorvete se ela comesse alguma coisa. Mas ela não tentou se sentar, sorrir nem negociar. Apenas fechou os olhos e os cobriu com o braço esquerdo. Coloquei a mão em sua testa: estava quente, como quando começa uma febre. Eu a tirei do chão e a coloquei na cama. Eu tinha levado comigo xarope de paracetamol, além de outros remédios, mas, como ela estremeceu quando a coloquei na cama, decidi que era melhor levá-la imediatamente ao hospital.

Fui até a janela e olhei para a rua, me perguntando se a multidão me deixaria passar de carro se eu explicasse o problema de saúde da minha filha. Foi quando vi os soldados. Eu ainda estava na janela quando o primeiro tiro foi disparado na multidão. Me joguei no chão, me arrastei até a cama e puxei minha filha para junto de mim. Seus olhos estavam fechados e ela estava gritando. No começo, pensei que o som dos tiros a assustara, mas quando toquei sua testa era como se houvesse uma fornalha debaixo da pele.

39

Enquanto nos preparávamos para dormir em nossa primeira noite em Bauchi, Iya Bolu me passou uma pequena descompostura sobre como eu precisava me aprumar e cuidar de Rotimi. Ela estava diante do espelho da penteadeira, passando creme no pescoço e examinando uma espinha que nascera na ponta de seu nariz.

— Eu tenho que lhe dizer a verdade, Iya Rotimi. O que você está fazendo não está certo. O que essa criança fez para você? Nunca a vi brincar com ela, nem uma vez. Pense no Criador antes de tratá-la assim. Basta ver como a carrega no colo, longe do seu corpo. Isso não é bom. É por causa dessa coisa falciforme? Ah, mas nem sempre podemos dizer como vai ser o amanhã olhando apenas para o hoje. Seu papel como mãe é cuidar dela. Deixe que Deus decida se ela vai viver ou morrer. Não a mate antes do tempo em sua mente. Não faça isso.

— Antes de chamar o caracol de fraco, amarre sua casa às costas e carregue-a por uma semana — falei. Eu achava curioso que Iya Bolu, que nunca vira uma de suas filhas deixar de respirar, pensasse que podia me dizer como viver minha vida. — Além disso, quando suas filhas tinham a idade dela, você não as deixava sozinhas engatinhando pelo corredor?

Ela franziu a testa e passou creme no rosto.

— Você acha que pode me calar me insultando. Eu só acho que você precisa parar de punir Rotimi pela morte de... dos outros.

— Eles se chamavam Olamide e Sesan. E não estou insultando você. *Abi*, não as deixava no corredor?

Iya Bolu se levantou e foi sentar-se na cama.

— Pelo menos eu as alimentava quando tinham fome e as abraçava quando choravam. Iya Rotimi, não estou tentando cutucar sua ferida. Só estou dizendo que ela não tem outra mãe e que, por enquanto, é a única filha que você tem.

Eu não estava punindo Rotimi por nada. Simplesmente não acreditava que ela fosse viver tempo suficiente para se lembrar do que eu fazia ou deixava de fazer. Achava que era uma questão de tempo antes que ela seguisse o caminho de meus outros filhos e estava me preparando, me habituando a não ter mais filhos. Sempre que pensava nisso, tudo o que desejava era que ela não sofresse muito. Eu não a segurava muito perto de mim porque estava me protegendo dela. Tinha perdido pedaços de mim mesma com Sesan e Olamide, e me mantinha afastada de Rotimi porque queria que me restasse algo depois que ela morresse.

— Por que pediu à empregada para mentir para seu marido e dizer que já estávamos dormindo? Está brigada com ele?

— Nem mesmo a língua e os dentes podem conviver sem brigar.

— Iya Rotimi, estou farta de todos esses provérbios. Boa noite, *o jare*.

Ela virou as costas para mim e puxou as cobertas sobre a cabeça.

*

Na quinta-feira, eu estava sozinha na casa com a empregada. O irmão de Iya Bolu e sua esposa tinham saído para trabalhar e Iya Bolu tinha ido ao mercado comprar presentes para suas filhas. A futura noiva, professora da Universidade de Jos, devia chegar naquela noite. Eu estava lendo um jornal velho quando a empregada entrou na sala e me disse que havia uma ligação de Lagos.

— Avisei para dizer a ele que estou ocupada.

— Ele disse que precisa falar com você, senhora. Falou que sua filha está doente.

Larguei o jornal e fui até a sala de estar.

— Yejide — disse Akin quando atendi o telefone. — Rotimi está inconsciente.

Desabei sobre a cadeira. Antes daquele dia, achei que estava preparada, afastada o bastante, física e emocionalmente, para receber a notícia de que Rotimi estava morta ou prestes a morrer. Mas o que sabemos sobre nós mesmos? Realmente sabemos como vamos reagir a uma situação até que ela se apresente? Desde o dia em que ela nascera, eu estava me preparando para o pior, mas uma vida inteira não seria suficiente para me preparar para a vertigem que me atingiu.

— Você tem que levá-la para o hospital — falei.

— Eles estão atirando nas ruas, Yejide. Os soldados estão aqui. Eles estão atirando, atirando nas pessoas. Ela simplesmente parou de chorar de repente. Então eu... então tentei acordá-la, mas ela não respondeu. Mas ainda está respirando, ainda está respirando.

— Você tem que levá-la para o hospital.

— Você sabe se existe alguma coisa que eu possa fazer? Qualquer coisa que eu possa fazer agora? Yejide? Yejide? Você está aí? O que devo fazer agora?

— Você tem que levá-la para o hospital.

— Diga qualquer outra coisa. Tenho certeza de que já mataram pessoas; nós poderíamos ser baleados. Tem alguma coisa que eu possa fazer? Yejide? Você sabe de algo? Eles lhe ensinaram algum procedimento de emergência para Sesan? Yejide?

Eu podia ver o que restava da vida de Rotimi se esgotando diante de mim.

— Não vou voltar para você.

— O que está dizendo?

— Não vou voltar para Ilesa. Não vou voltar para você.

— O que está dizendo? Ouça, preciso ir. Ligo para você à noite para dizer se... se... para lhe dizer.

Fiquei sentada naquela sala de estar estranha, segurando o telefone em meu ouvido muito depois que a ligação havia terminado. Uma boa mãe aguardaria o inevitável telefonema, voltaria para Ilesa para receber as visitas, aceitaria as mensagens de condolências com grande sofrimento, desempenharia seu papel de mãe de Rotimi mesmo que ela tivesse morrido. Depois de ter feito tudo isso, só então eu poderia deixar meu marido. Mas eu estava cansada e não havia mais nada em Ilesa para mim. Havia o salão, mas isso não bastava para me levar de volta para a mesma cidade onde vivia Akin. Não suportava a ideia de passar mais uma vez diante do Wesley Guild Hospital ou de ver crianças vestidas com o mesmo uniforme escolar que Sesan tinha usado quando era vivo. Então fiz o que eu realmente queria fazer.

Bebi dois copos de água e entrei no quarto que estava compartilhando com Iya Bolu. Peguei apenas a minha bolsa de mão. Dentro dela estavam todas as coisas de que eu precisava: meu talão de cheques, uma caneta, um caderno, todo o dinheiro que levara para Bauchi e a única foto que tinha da minha mãe. Deixei um bilhete sobre a cama de Iya Bolu. Tive certeza de que sua cunhada o leria e explicaria que eu não ia mais voltar.

Fui até a rua e fiz sinal para um táxi que ia na direção do terminal de ônibus. Lágrimas embaçavam minha visão quando entrei no carro e quase tropecei. Admiti para mim mesma, então, que tinha falhado: Rotimi também levara uma parte de mim. Enquanto saía do táxi e secava as lágrimas para poder ler as placas que indicavam para onde cada ônibus estava indo, soube que nunca esqueceria Rotimi, nunca conseguiria apagá-la como tinha desejado.

Embarquei em um ônibus que ia para Jos. Jos porque eu tinha ouvido que era a cidade mais bonita da Nigéria e sempre tive vontade de ir para lá. Levaria um tempo para eu me dar conta de que cada um de meus filhos tinha me dado tanto quanto tinha levado. Minhas lembranças deles, agridoces e constantes, eram tão poderosas quanto uma presença física. E, por isso, enquanto o ônibus me levava para o coração de uma cidade que eu não conhecia, enquanto minha última filha estava morrendo em Lagos e o país mergulhava no caos, eu não tive medo porque não estava sozinha.

parte 4

40

ILESA, DEZEMBRO DE 2008

Estou aqui. Minhas mãos tremem ao ajustar minha saia e meu coração bate na garganta, mas estou aqui, e não vou embora até ver você.

Os convidados apareceram às centenas e as tendas são do tipo mais caro, com ar-condicionado: seu pai morreu bem. O campo de esportes da escola secundária foi transformado. Há estandartes com a foto do seu pai, seguranças para expulsar os mendigos e fios com lâmpadas para que a festa possa continuar durante toda a noite. Qualquer homem que tenha filhos capazes de armar esse tipo de circo para honrá-lo na ocasião de sua partida teve uma morte bem-sucedida. Mas eu não estou aqui por causa da morte dele; vim por causa da filha que deixei para trás, aquela cuja morte eu me recusei a assistir.

Quis voltar muitas vezes, apenas para perguntar a você sobre os últimos momentos dela. Não podia mais me dar ao luxo de ter esperança, então tinha descartado a ideia de que ela pudesse ter sobrevivido de alguma forma. E, sempre que pensava em voltar para você, era apenas para perguntar se ela tinha sofrido muito.

Mais de uma vez, arrumei uma pequena mala e disse ao meu motorista que se preparasse para uma viagem a Ilesa. Mas todas as vezes que me programava para deixar Jos, eu ficava paralisada, incapaz de me levantar da cama, certa de que o menor movimento ia me estilhaçar em um milhão de pequenos fragmentos. Passava esses dias na cama, chorando sem soluçar, deixando que as lágrimas escorressem pelas laterais do meu rosto até me fazerem cócegas na orelha, porque não tinha energia para erguer as mãos e secá-las. Depois de uma década, parei de planejar essas viagens e, durante cinco anos, não fiz uma mala sequer nem disse ao meu motorista que se preparasse para uma viagem ao sul.

Mas estou pronta agora, pronta para ouvir sobre seus últimos momentos e saber onde foi sepultada. Não faz sentido negar que o pior aconteceu comigo mais de uma vez, e não ver seus túmulos não muda o fato de que sobrevivi àqueles que deveriam ter ficado diante da cova recém-escavada e atirado os primeiros punhados de terra sobre meu caixão. Akin, não me importo mais em honrar a tradição: preciso ver o túmulo da minha filha.

Sob as tendas, tudo é amarelo e verde. Toalhas verdes, capas amarelas de cetim com laços verdes para as cadeiras. Eu me sento no primeiro banco que encontro sob uma tenda que tem seu nome; há mais de mil convidados. Você deve ter gastado muito dinheiro, mas não parece. Todos na mesa estão reclamando porque ainda não serviram nada a ninguém. Nem mesmo uma garrafa d'água.

— Mas a tenda é muito bonita e as cadeiras estão muito bem decoradas.

Ainda saio em sua defesa, como se esta ainda fosse a minha família, como se eu não fosse a filha pródiga.

O homem ao meu lado zomba.

— Por acaso devemos comer as toalhas de mesa? Tenho comida em casa. Por que convidar tanta gente se sabiam que não teriam dinheiro para nos alimentar? Precisavam fazer uma grande festa? É obrigatório?

— Tenho certeza de que os garçons vão chegar logo para nos servir.

Eu me levanto e vou para outra mesa. Mais uma vez, fico inquieta; tamborilo sobre os joelhos e vasculho a multidão em busca de uma cabeça que se pareça com a sua. A essa altura você já deve ter tirado o chapéu; chapéus fazem sua cabeça suar. Estou à procura de uma cabeça descoberta.

— Testando, testando microfone. Um, dois, um, dois. Testando, testando, um, dois, um, dois — diz alguém no sistema de alto-falantes.

Eu o vejo; você está de pé próximo de uma mesa vizinha. Meus olhos encontram seus lábios; o lábio inferior ainda é rosa. Você ainda não me viu; seus olhos perscrutam a multidão e você cumprimenta os convidados com um ar distraído. Está procurando por alguém. Você passa pela minha mesa. Enterro as unhas nas palmas para não estender a mão e tocá-lo. Já não me sinto tão corajosa como quando resolvi vir, e tenho vontade de me agarrar aos pequenos confortos da ignorância. Talvez eu ainda não esteja pronta para saber como minha filha morreu, no fim das contas. Talvez eu não precise saber.

— Baba Rotimi, o banqueiro, veja só como ele anda, é o dinheiro que está andando — diz uma mulher à minha mesa, dando um tapa na coxa.

O olhar dela segue você.

Fico atônita por eles ainda o chamarem pelo nome de Rotimi e espero que não façam isso na sua presença. Apenas pessoas cruéis o fariam lembrar de nossa perda dessa maneira.

— O irmão dele também está aqui? Os dois únicos filhos homens de sua mãe, e ouvi dizer que nem se cumprimentam — disse a outra mulher à mesa.

— É claro que ele também está aqui. Não foi o pai dele também que morreu? Não foi? Eles terão que passar por cima de suas diferenças, nem que seja em nome do pai morto — retrucou a primeira mulher.

— Você sabia que dizem que foi a mulher dele que causou problemas entre os dois? Uma mulher perversa, imagino, daquelas que não querem a família do marido por perto de jeito nenhum... mulheres cruéis.

Então é assim que nossa história é contada? Eu sou a perversa e você é o santo. Eu me levanto e ando ao redor da tenda até encontrá-lo diante de uma mesa cheia de bebidas.

Ao seu lado há uma adolescente. Ela se parece comigo, mas tem o seu nariz. Eu pisco, mas ela ainda está lá, em pé ao seu lado. Eu me aproximo e minha boca se abre. Imaginei esse encontro de muitas maneiras, mas nunca imaginei ver seu braço em torno dos ombros dela, muito menos me permiti pensar que ela estaria sorrindo para você.

Como pôde não me dizer nada?

Meus olhos se encontram com os dela primeiro; ela me olha como as pessoas olham para os intrusos, como se eu fosse alguém que ela nunca viu antes. Há tantas palavras brotando em meu peito, que tomam todo o espaço do ar e eu mal consigo respirar. Você se vira e nossos olhares se encontram. Eu olho do seu rosto para o dela e tenho a sensação de que vou desmaiar. Essa é uma batalha que eu achava que tinha perdido e, de repente, parece que a venci — não apenas a batalha, mas a guerra.

Ela tem os olhos da minha mãe, seu pescoço longo e o contorno delicado dos lábios. Quero tocá-la, mas tenho medo de que recue ou até mesmo desapareça. Enquanto respiro fundo, ela toca o crucifixo pendurado no colar de ouro.

Eu me aproximo.

— Essa é minha filha? Akinyele, essa é minha filha?

41

Yejide, todos os dias desde que lhe enviei um convite para o funeral, pensei com preocupação em como ia ser esse momento. Timi me disse várias vezes que ia ficar tudo bem. Mas o que ela sabe? Apenas o suficiente para pensar que ainda existe uma chance de nós três sermos uma família feliz. Eu deveria saber — eu sei — que isso não vai acontecer, mas, em se tratando de você, nunca vou deixar de ter esperança.

— Quem é essa? — você continua a dizer, apontando para Timi, mas olhando para mim. — É Rotimi? Akin, quem é essa?

Ela prefere que a chamemos de Timi, diz que é uma pessoa, não um monumento a irmãos que nunca conheceu. Eu concordo. Ela tem planos de mudar de nome oficialmente, mas quer discutir isso com você primeiro. Sempre acreditou que nós a encontraríamos, mas recuou em todos os planos que fizemos para entrar em contato desde que conseguimos seu endereço. Reservamos voos nos quais nunca embarcamos. Escrevi cartas que ela rasgou. Ela escreveu cartas que depois rasgou.

E se a mamãe não me quiser?, ela me perguntava enquanto saíamos do aeroporto e ela jogava os pedaços de cartas cuidadosamente escritas na lixeira. Eu respondia que você a amava, que nunca teria ido embora se soubesse que ela estava viva, que você ia querer ficar com ela agora. Apenas uma vez, ela disse: *Mesmo como a anemia falciforme? Sabe, eu tenho um amigo na universidade, seu pai abandonou a família por causa da anemia falciforme dele, não conseguiu suportar. Pode me dizer se tiver sido por isso que a mamãe foi embora. Eu aguento.* Nessa única vez, garanti a ela que você nunca a perdia de vista quando estava conosco, disse-lhe que o dia que você partiu para Bauchi foi a primeira vez que saiu de casa sem ela nos braços. Dizer coisas boas sobre você é o mínimo que posso fazer.

Foi ela quem decidiu que deveríamos lhe enviar um convite depois que meu pai morreu. Ela escolheu a companhia de correio; eu apenas enviei o convite. Desde então, esperamos e nos preocupamos, e agora você está aqui, bem ao nosso alcance.

Ela toca meu braço, se inclina para perto e sussurra:

— É ela, não é?

Você está olhando para ela, como se estivesse prestes a desmaiar. Alguns convidados nos olham de soslaio, esticando o pescoço em nossa direção.

Pego a mão de Timi.

— Yejide, por favor, venha conosco.

Não tenho certeza de que mão está suando, a de Timi ou a minha. Você nos acompanha. Timi não para de se virar e olhar para você, franzindo o cenho como se achasse que não vai mais estar lá quando ela olhar para trás. Andamos até a música ficar distante e eu conseguir ouvir seus saltos batendo contra o chão de pedra. Diante de nós, há um bloco de salas de aula recém-pintado.

Quando entramos em uma das salas, eu limpo a garganta.

— Sim, essa é Rotimi. Mas agora nós a chamamos de Timi.

— Meu Deus! Desculpem, mas preciso me sentar.

Timi e eu observamos enquanto você se senta em um banco de madeira. Você se inclina para a frente e segura a cabeça. Timi aperta minha mão com tanta força que ela começa a ficar dormente.

— Nós a encontramos no ano passado — diz Timi. — Bolu, você se lembra dela, não é? Está fazendo mestrado na UniJos. Foi comprar ouro na sua loja e a reconheceu.

Você olha para Timi com a boca ligeiramente aberta. Posso ouvi-la respirar.

— Tudo bem se você quiser ir embora. Eu... eu só queria... eu só queria ver você. Só isso.

Mas não é só isso que ela quer. Nem eu. Ela quer que você a abrace, que diga que não a esqueceu, nem mesmo quando achou que nunca mais a veria. Ela quer que você fique.

— Rotimi — você diz, levantando-se.

— Timi — a voz dela vacila. — Todo mundo me chama de Timi.

— Minha filha, *omo mi.*

Timi solta minha mão quando você se aproxima.

Você toca seu rosto como se esperasse ter que secar lágrimas, mas as bochechas dela estão secas, assim como as suas. Ela deixa as mãos penderem livres na lateral do corpo, esperando pelo seu abraço. Então coloca os braços em torno de você com cuidado, como se tivesse medo de quebrá-la.

— Por favor, Rotimi. Timi — você diz. — Pode esperar lá fora? Por favor? Preciso falar com Akin.

— Tudo bem — responde ela. Então, depois de um tempo, sorri e acrescenta: — Você tem que me soltar para que eu possa ir.

Ela se desvencilha do seu abraço e sai da sala. As costas dela estão eretas, o queixo erguido, como o seu. Ela se afasta do prédio e fica de lado, ajeitando as dobras do vestido amarelo.

— Você me disse que ela ficou inconsciente.

Você está de costas para mim, mas sei que está olhando para o lugar onde Timi está parada.

— É verdade. Mas acabei conseguindo ir a pé até um hospital. Tive que erguê-la no ar como uma bandeira enquanto andava pela rua para que os soldados não disparassem. Eles não me deixaram pegar o carro, nem mesmo quando entenderam que ela estava inconsciente.

Você se vira na minha direção, perscruta meu rosto. Não a culpo se não acreditar em mim, mas essa é a verdade, exatamente como aconteceu. Você franze o cenho, apoia-se contra a parede, vira o rosto para a porta aberta. Fica em silêncio pelo que me parecem horas. O único som entre nós é a música distante da recepção. Eu deveria encontrar palavras para quebrar o silêncio, mas tudo em que consigo pensar é em como ainda a acho bonita, depois de todo esse tempo, e sei que não é isso que você quer ouvir. Decido esperar pelas suas perguntas antes de dizer qualquer uma das palavras que ensaiei na frente do espelho que você usava quando compartilhávamos o mesmo quarto.

— O que contou a ela sobre mim? Sobre o motivo da minha partida?

— Eu disse a ela que, quando liguei, falei a você que ela estava morta. Então, até onde ela sabe, quando foi embora, você fez isso pensando que havia perdido outro filho.

Você começa a se afastar em direção à porta, em direção a Timi. De repente para e se volta para mim.

— Contou a ela sobre nós e Dotun? Sobre...?

— Ela precisa saber?

Você morde os lábios e acena com a cabeça.

— Como tem sido... com a saúde dela?

— Ela é corajosa.

Você levanta a voz, como se esperasse uma reação negativa.

— Eu preciso ficar com ela esta noite.

— Claro — digo. — Preparei um quarto para você em nossa casa. Podemos sair agora mesmo se você quiser.

Você me olha como se eu tivesse acabado de lhe dar um punhal e pedido que desse uma punhalada em si mesma.

— Não, não posso ir para sua casa.

Suas duas últimas palavras são suficientes para que eu engula todas as frases idiotas que tinha preparado. *Eu quero que você viva comigo. Podemos ser companheiros. Eu senti sua falta. Se você quiser pode ter amantes, apenas seja discreta. Podemos recomeçar, do zero.*

— O que quero dizer é que se Rotimi, se Timi não se importar, eu gostaria de levá-la comigo para o hotel, para passar a noite comigo. Vamos para sua casa amanhã e então você e eu poderemos discutir como tudo isso vai funcionar.

— Claro — digo.

— Tudo bem então.

Você se volta, afrouxa e refaz o nó de sua saia enquanto atravessa a porta. Vai em direção a Timi, segura sua mão, encosta a testa na dela. Ela assente enquanto você fala. Você coloca um braço em torno de seus ombros e a leva para longe.

42

Seguro as mãos de minha filha, deslizo os polegares por suas palmas, toco o interior de seus pulsos e sinto seus batimentos. Não é um sonho. Minha filha está aqui, de pé diante de mim com as costas voltadas para a escola. Ela veste sandálias douradas, tem as unhas dos pés pintadas de verde. A bainha de seu vestido amarelo roça os joelhos, um crucifixo pende de seu colar de ouro, seus lábios estão cobertos de brilho rosa e seus olhos contornados com kohl. Ela *está* aqui. Dou um passo à frente, apoio minha testa na dela e sinto sua respiração em meu rosto. O farfalhar de seu turbante contra meu lenço.

— Rotimi... Timi, Timi.

É tudo que consigo dizer.

Conto seus dedos, passando meu polegar direito e meu dedo indicador ao longo deles, contendo o impulso de ficar de joelhos e contar seus dedos do pé. Sou Tomé, procurando uma prova tátil do que meus olhos viram antes de me entregar à alegria. Minha filha pisca, contendo as lágrimas, e sorri.

Eu toco o crucifixo.

— Este é o...?

— Papai disse que você me deu. — Ela limpa a garganta. — Eu o uso quase todo o tempo.

Não seguro as lágrimas quando penso em todos os anos que minha filha passou como uma criança sem mãe. Quero segurar seu rosto em minhas mãos até ela deixar as lágrimas rolarem. Quero abraçá-la forte e dizer que ela se sentirá melhor se chorar, mas me dou conta de que não sei se isso é verdade. Não sei nem ao menos se ela amarrou essa bela *gele* sozinha ou se precisou de outra pessoa para ajudá-la a ajeitar as dobras. A menina que abandonei é agora uma jovem mulher que eu reconheço, mas sobre a qual nada sei. Um novo fluxo de lágrimas brota em meus olhos, dessa vez por mim e por todos os anos que vivi como uma mãe sem filhos enquanto outra pessoa segurava a mão de minha filha em seu primeiro dia de escola, enquanto outra pessoa lhe mostrava como fazer o contorno perfeito dos olhos com kohl.

— Eu sinto muito. Se eu soubesse que você estava viva... se eu soubesse, juro que teria voltado. Eu teria voltado. Eu teria voltado por você.

— Você está aqui. — Ela seca minhas lágrimas com as mãos. — Você está aqui agora.

Suas palavras me lavam, como se me absolvessem pelos anos perdidos.

— Moomi — sussurra ela.

Olho para trás, esperando ver minha sogra.

— Sua avó? Onde ela está?

Minha filha ri — e esse som maravilhoso faz um sorriso surgir em meu rosto. Quero que a risada dela ressoe até o fim dos tempos.

— Mãe, esperei a vida toda para dizer isso. Você é a minha Moomi. Eu não chamo a vovó assim. — Ela toca o crucifixo e encolhe os ombros. — Ninguém entende, é só uma esquisitice minha.

— Eu entendo.

Eu entendo como algo que as outras pessoas dizem todos os dias pode se tornar uma palavra sussurrada no escuro para amenizar a dor de uma ferida que nunca vai se curar. Eu me lembro de pensar que nunca a ouviria sem ter a sensação de me desfazer um pouco, de imaginar se um dia conseguiria dizê-la em plena luz. Então reconheço a dádiva dessa simples enunciação, a promessa de um começo contida nessa única palavra.

— Você pode dizer isso de novo, me chamar assim outra vez? — pergunto, grata pelo fato de minha filha não ter que se contentar com uma substituta.

Minha filha me abraça.

— Moomi.

Sua voz é suave e trêmula.

Fecho os olhos como se recebesse uma bênção. Dentro de mim, um nó se desfaz, a alegria se espalha por todo o meu ser, pouco familiar e ao mesmo tempo indiscutível, e sei que isso também é um começo, a promessa de maravilhas por vir.

AGRADECIMENTOS

À minha incrível irmã, JolaaJesu, que de alguma forma encontra tempo para ler tudo que escrevo, agradeço por estar sempre ao meu lado. *O ra nukan ro.*

Sou grata à minha extraordinária agente, Clare Alexander, que, além de todas as outras coisas maravilhosas que faz, ofereceu um apoio inabalável à minha visão deste livro.

Ellah Allfrey, Louisa Joyner, Jennifer Jackson e Joanna Dingley, muito obrigada por terem tornado este romance melhor.

Obrigada, Jamie Byng, por ter acreditado neste livro. À equipe da Canongate — Jenny Fry, Jaz Lacey-Campbell, Vicki Rutherford, Rafi Romaya e todos os outros —, obrigada por seu comprometimento com este livro.

Paula Cocozza, Rory Gleeson, Jacqueline Landey e Suzanne Ushie, obrigada pelos comentários inestimáveis, pelas palavras gentis e críticas perspicazes.

Dami Ajayi, meu alegre pai, obrigada por sempre acreditar que eu poderia fazer isso.

Emmanuel Iduma, irmão, sou grata por sua fé neste romance.

Agradeço em especial a você, Dra. Chima Anyadike. Obrigada por me dar acesso à sua impressionante biblioteca, por ser uma excelente professora e por acreditar na minha escrita. Tia Bisi Anyadike, obrigada por comemorar comigo todos os meus sucessos.

Tenho uma dívida eterna com as equipes da Ledig House, Hedgebrook e Threads pelo tempo e espaço que essas residências colocaram à minha disposição.

Em mais de uma ocasião, a generosidade do Prof. Ebun Adejuyigbe e do Dr. A.R. Adetunji permitiu que eu continuasse escrevendo, e por isso sou grata.

Arhtur Anyaduba, Abubakar Adam Ibrahim, Laniyi Fayemi e Funto Amire, obrigada por terem lido este livro enquanto ele nascia.

E, naturalmente, obrigada a Yejide e Akin Ajayi, que escolheram ficar comigo durante todo o tempo que precisei deles.

Este livro foi impresso pela Cruzado em 2025, para a
HarperCollins Brasil A fonte usada no miolo é Minion Pro,
corpo 10/13,9. O papel do miolo é pólen natural 80g/m^2,
e o da capa é cartão 250g/m^2.